女儿亚妮

何守先 著
亚 妮 整理

新星出版社 NEW STAR PRESS

图书在版编目（CIP）数据

女儿亚妮 / 何守先著；亚妮整理. —— 北京：新星出版社，2017.01
ISBN 978-7-5133-2387-1

Ⅰ.①女… Ⅱ.①何… ②亚… Ⅲ.①散文集-中国-当代 Ⅳ.①I267

中国版本图书馆CIP数据核字(2016)第276775号

女儿亚妮

何守先 著　亚　妮 整理

特约编辑：曹榆萍
责任编辑：高晓岩
责任印制：李珊珊
装帧设计：画　羽

出版发行：新星出版社
出 版 人：谢　刚
社　　址：北京市西城区车公庄大街丙3号楼　　100044
网　　址：www.newstarpress.com
电　　话：010-88310888
传　　真：010-65270449
法律顾问：北京市大成律师事务所

读者服务：010-88310811　　service@newstarpress.com
邮购地址：北京市西城区车公庄大街丙3号楼　　100044

印　　刷：北京汇瑞嘉合文化发展有限公司
开　　本：720mm×1000mm　　1/16
印　　张：16
字　　数：200千字
版　　次：2017年1月第一版　2017年1月第一次印刷
书　　号：ISBN 978-7-5133-2387-1
定　　价：56.00元

版权专有，侵权必究；如有质量问题，请与印刷厂联系调换。

谨以此书献给我的父亲

开篇的话

近按计千年新春老新闻茶话会上，一位老记者走到我的面前向我提议：req你写一本书，题目就是"我的女儿亚妮"。我一下楞住了。我自己来写自己的女儿，岂不有自吹自擂之嫌？

我不知这位老同志怎么会提议这样一个建议，或许是由于我是宁波市记协老新闻工作者沙龙的主任，是今天这个聚会的主角，引起他们的关注。由我而反映老新闻工作者的亚妮。我当时未能也一味摇手，不过这个建议却让我久久不能安心。是写还是不写？一直想了好几天。

渐渐地不妨写一写的想法占了上风，而且⬛⬛⬛⬛在脑海里翻腾。我想，成为⬛⬛⬛⬛不时 新闻了，该写点故事给年轻人了。现在不写

六年级刀马旦

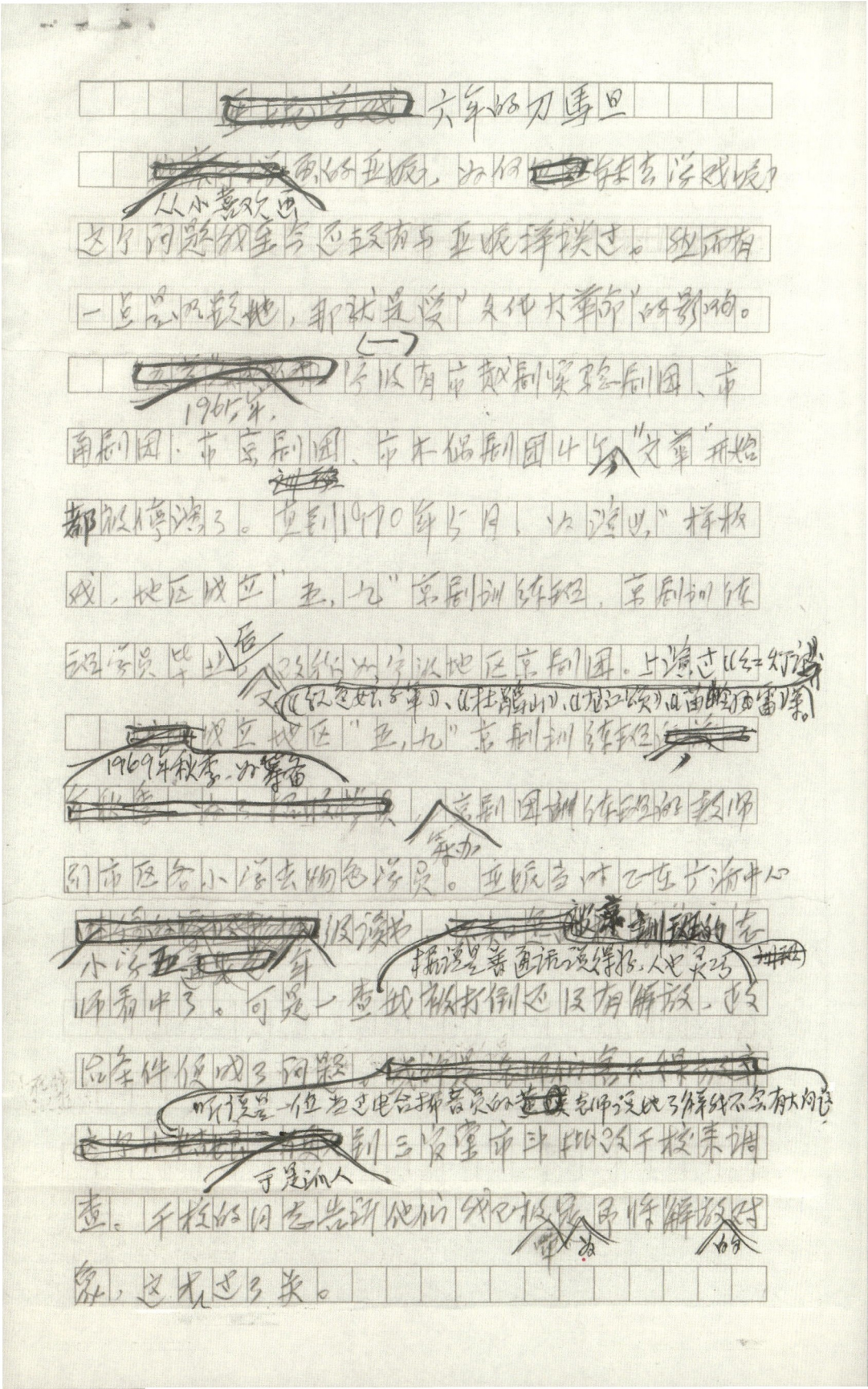

从小喜欢□□更好亚妮，如何□□□学戏的
这个问题我至今还没有亚妮样模式。她所考
一点总跟我说，那就是受了文化大革命的影响。

（一）

1965年
□□□□宁波市越剧院、剧团、市
甬剧团、市京剧团、市木偶剧团4个"文革"开始
都被停演了。直到1970年5月，以演出"样板
戏"地区成立"丑、九"京剧训练班。京剧训练
班学员毕业后□□□□成为宁波地区京剧团。上演过《红色娘子军》、《杜鹃山》、《龙江颂》由的一面雷峰。

1969年秋季，为筹备
□□□□□□□□□□京剧团训练班的教师
参加
到市区各小学去物色学员。亚妮当时已在方浦中心
□□□□□□报/读地□□□□□□秘密训练的
小学五年□□□□□□普通话读得报，人也灵巧
师看中了。可是一查她被打倒还没有解放，这
□□条件使成了问题。□□□□□□□□□□
听说是一位老地下电台报务员的□□老师说这么了解这不会有大问题
□□□□□□□□到了宁里市斗批改干校来调
于是派人
查。干校的同志告诉他们她妈是敌伪情报对
象，这就过了关。

亚妮和父亲

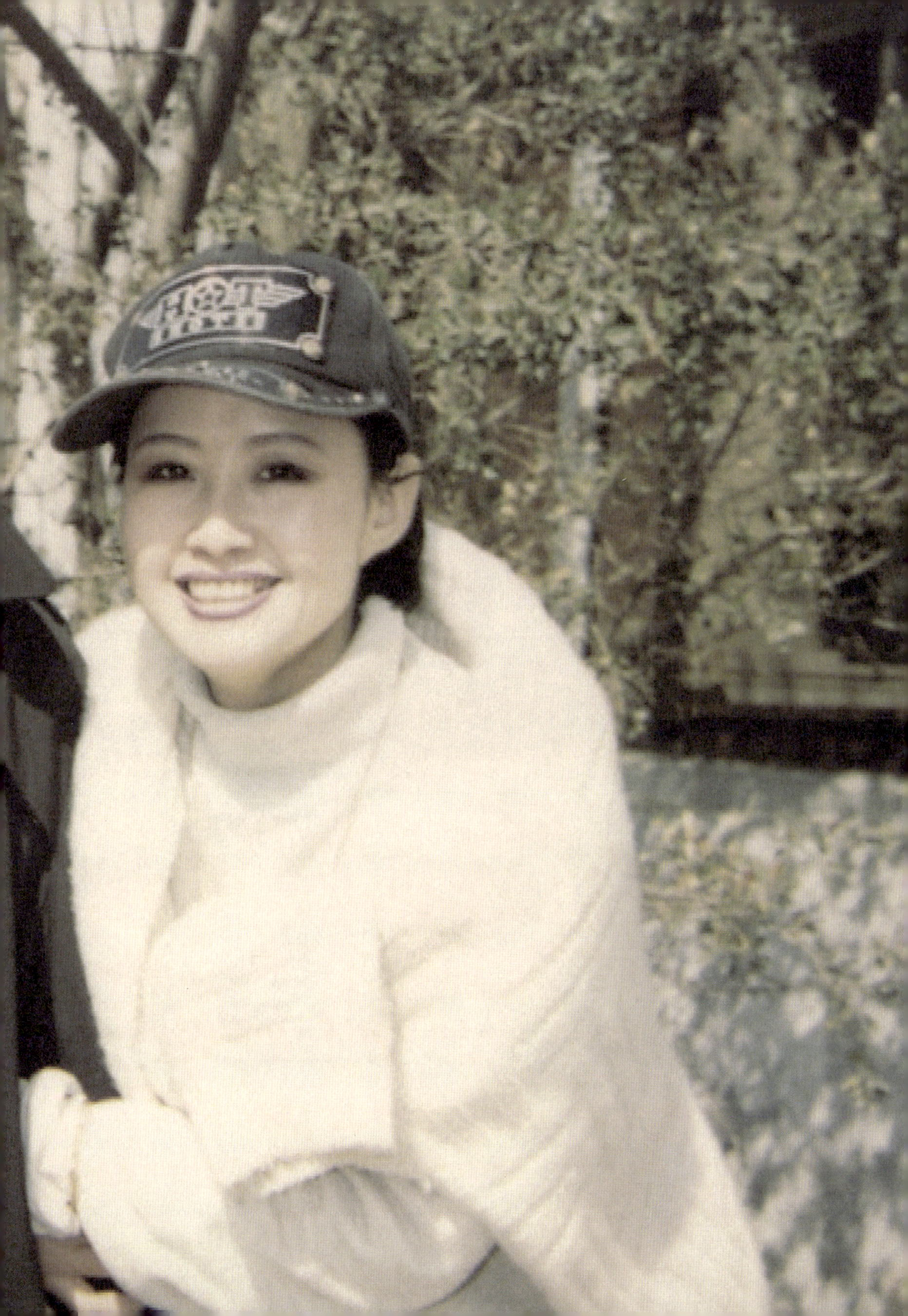

父亲对我们有三句话,权当家训:

第一句话:要对知识负责,要对生命负责;
第二句话:路靠自己走;
第三句话:任何时候都要记住,你们是山里人的后代。
——亚妮

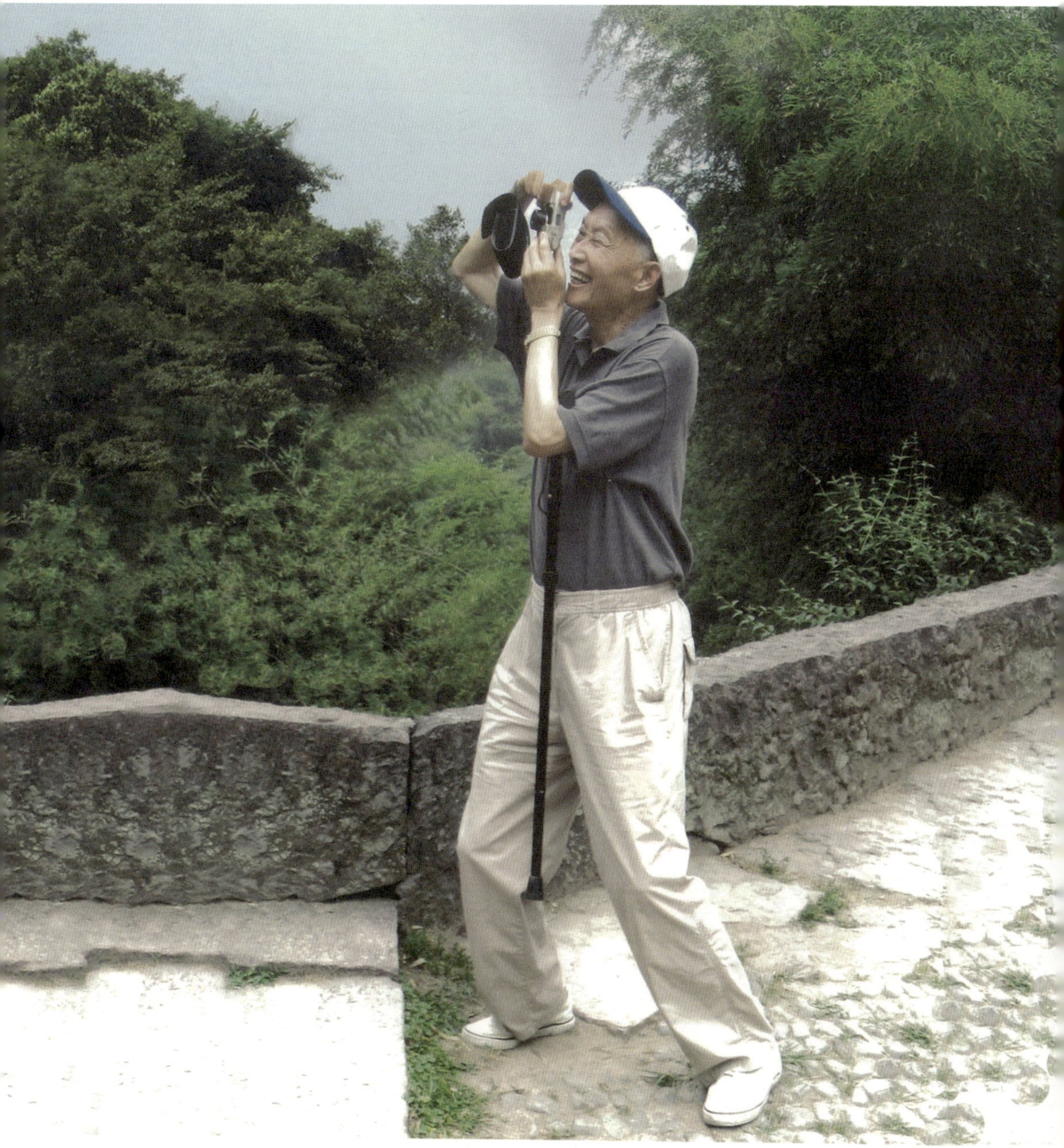

亚妮的话
From Yani

如果有来世，
我一定还做你们的女儿！

这是父亲的一部遗稿。

发现于一个夜晚——我的新书《没眼人》下厂印刷的那天深夜。

那天,离父亲去世已有三年一个月又三天。

在那些时日里,我几乎不能碰父亲留下的任何东西,尤其是他的文稿,一旦触及,会有不可名状的揪心。

发现那沓文稿,纯属意外。父亲曾任社长和总编的宁波日报社打算出版他的文集,委托我整理全部遗稿。整理工作进行到第五天,在父亲书房一个柜子底部,发现一摞用黑色铁夹子夹着的文稿。凑近看,发黄的封面上,几个工整的钢笔字:女儿亚妮。我迅速翻到末页,落款是2008年夏末。

这是一部十多万字的散笔,记载了我几十年的生活经历和闯荡故事。其中的很多人事,我不知晓父亲从何得知底细,又如何搜集到这么多的资料。

我读了通宵。

我认识了一个叫父亲的人。

我的思绪不得不回到2013年初夏。那是一道注定要刻到我脊背上,永远无法愈合的,深痕。

那个夏,就叫苦夏,闷着一种汗淋淋的郁结。

那年,我正在跟踪拍摄十一个流浪在太行山的盲艺人的故事。这是一支在抗日战争中参与中国军队谍战,七十多年来传承着非遗民歌的奇特队伍，山里人叫他们"没眼人"。这是一部纪录片，因很多故事无法再现，便延伸出一部电影，我必须再次返回太行山，补夏天的戏。

那段时间，父亲肝功能有一项指标不正常，去医院询问了专家，说再观察观察。我跟母亲商量，是否去上海复查。父亲年纪越大，越不愿意住医院，对家的眷恋近乎固执。但这次他却同意了，说等我从山里回来就成行。

我走前，父亲交给我一张银行卡，说里面有二十万存款。我知道这是他用一辈子稿费积攒的，伸不出手去。但父亲执意要我收下，他知道，我拍了十年的纪录片和电影，已经负债。

进山没几天，母亲来电话，说父亲有内出血迹象，已经住院。当我赶到宁波市第一医院干部病房时，父亲尚能讲话，但当晚就大出血，陷入肝昏迷……

七天，仅仅七天后的8月2号，父亲躺在ICU病房床上，面容安详。医生对我说："你父亲走了。"我脑子瞬间被清空。看着父亲熟睡般的脸，我握住他还温热的手，一直握着，很久。

那一刻，居然无泪，就是想杀了自己。

我跟父亲说话，说很多小时候的事。父亲爱我，最爱我，从小。

我想唤回父亲尚未走远的魂。

父亲没有回应。没有。

渐渐，泛黄的梧桐叶从记忆深处浮现，幽灵般舞着，轻妙恣肆。我的思绪一下子回到四十五年前那些叶瑟月冷的岁月。

1966年初夏。一天，在午饭桌上，我第一次从母亲口中听到了一个新名词：文化大革命。我第一次看到父亲沉郁到令人寒战的神情。一种大难临头的预感，填满了彼时不谙世事的心。果然，不久时任市委党校副校长的父亲，就从上虞的"四清"（即清政治、清经济、清思想、清组织）工作队被

上世纪六十年代中期的何守先，是宁波的"一支笔"。

揪回来。他因家庭出身，又一直在干校、党校、报社、市委调研室、市委办等领导决策部门从事文笔和领导工作，于是，他的讲课资料、为领导起草的文稿、调研所写的报告、在报刊上发表的文章等都被搜罗出来审查。有一年，他在宁波郊区的洪塘抗台，晚上与农民座谈如何做好防台抗台工作，有位老农谈抗台经验说："台风来了不要把前后的门窗都关牢，要打开门窗，让风通过，这样房屋不会被刮倒……"他听了有感而发写了一篇抗台杂记，在报上发表。这下好，适逢蒋介石叫嚣要反攻大陆，你"开门通风"？你是要"大陆在国民党反攻时门户开放，引敌深入"，那就是"亡我之心不死的现行反革命分子"！紧接，林林总总"恶毒攻击毛主席、反对毛泽东思想、颠覆无产阶级政权的反动言论"被一一发现，批判！来势凶猛到大小会议"批斗"、上街游斗，进出任何场合身上都得挂黑牌。那块黑牌是胶木黑板做的，一米

这是上世纪六十年代初，宁波市政府派出的上虞"四清"工作队。

见方，很重，用一根铁丝吊在他脖子上，天热，尽管隔着一层布，还是嵌进去肉里，不得不用更厚的布垫起来。父亲尽量挺直自己，但时间一长，顶不住，还是常常弯下腰去，于是，就很契合被彻底打倒，且"踏上一只脚永世不得翻身"的形象。黑板上的内容会有更换，起初是"死不悔改的当权派"、"走资派"、"黑笔杆"、"反动文人"，后来变成"反革命分子"、"三反分子"等，五花八门。大字报、小字报铺天盖地，连外婆家的大门都被糊得丛林密布。事情进展迅速，开始白天被批斗，而后升级到批斗之后扫厕所，

何守先在宁波电台当台长的时候，那里是亚妮的乐园。

又责令他回到原来搞四清的生产队去，边批斗边劳动。父亲在四清中得过肝炎，此时复发，耘地时昏倒在水田里，只得由农民抬回城来。接着，外调"证实"了父亲是"投机革命、混入革命队伍的阶级异己分子"。这个定论就相当严重了，有点像电影里被锄奸队盯上的叛徒。在一片打倒声中，他的辩解变成了"拒不认罪、百般狡辩、与人民为敌"。再升级，关进"牛棚"不准回家，工资停发，几个月后才有很少的生活补助费。

起初，父亲被关在位于市中心的冷静街机关幼儿园里。那是一座典型的

7

宁波大户人家的宅院，一进套着一进，层层叠叠犹如迷宫。我和大妹从幼儿园小班上到大班，都是在那里度过。此时，幼时乐园已辟为牛棚。父亲的肝病，经冰雹砸来般的一番折腾，病情加剧，身体非常糟糕。我的任务，就是每天给他送煎好的中药。一般是在下午，因为上午父亲都要挂着沉重的黑牌被押去批斗。大概一年后，父亲被换到另一个牛棚——位于南大路的延庆寺。该寺始建于五代后周太祖广顺三年（953年），为天下讲宗五山之二。父亲曾告诉我，延庆寺不仅是宁波有影响的宗教建筑，还是名人流寓和学者讲学之所。元末书法家吴志淳曾在此以八分书法作千字文，由杨理学刻石以传；明末，"南湖诗社"则在寺内集会，吟诗论文，风华一时；到清康熙初，浙东学派创始人黄宗羲在寺后殿设"证人讲会"，一度成为甬上学才重地。这之前，我跟随外婆常去进香，那里的大雄宝殿、禅悦堂、塔院、能仁堂、罗云堂、大悲阁、育往堂、钟楼、山门等建筑，雄伟且精致无比，诸多玄妙佛像，巍峨又清丽。可到父亲关进去的那一年，延庆寺已被红卫兵砸烂，大殿里，菩萨东倒西歪，满地都是散落的玉石和菩萨身上的镶嵌物（现在想来，那都是极其珍贵的文物），唯有院子里参天的梧桐树依然故我地屹立，遮天蔽日。

延庆寺没有食堂，我送中药的时间提前到中午。外婆每天交给我的"杭州竹篮"里，除了父亲的两煎中药，还有一天的饭菜。

那时候，我听大人们说，父亲的病很重，可能活不过几年。我感觉，父亲就是靠药活着的，药比饭菜还重要，所以按时把药送到父亲手上是天大的事。有一次，按点到了延庆寺门口，大门却紧关着，任我怎么呼叫捶门都无人应答。对一个视药为父亲生命的六岁孩子来说，当时天就塌了。除了坐在寺院门墩上哭，没有任何办法。哭到暮色压顶，有一老男人出来，认出我是何校长的孩子，才把我带了进去。父亲遗稿中有写：

那天见到梳着两条小辫子的女儿低着头，拂去满头落下的梧桐叶，钻过从天花板上拖下来的、密匝匝写着我"三反罪行"的大字报，偶尔撇上一眼那被划上粗粗红叉的"何守先"三个字，紧咬着嘴唇，拎着竹篮子向我走来，我的心就紧缩成一团，噙着眼泪接过用毛巾捂盖着的饭篮时，便连忙扭过头去，挥挥手叫她赶快离开……

而那天，父亲那张憔悴又慈祥的脸，还有那种揪心和无助的感觉，深深烙进我的记忆，走在我每一寸的日子里。

抢救父亲的医生进来说，殡仪馆的车几个小时就到。我一个激灵，握紧父亲渐渐变冷的手，就想一直把他焐热，不让任何人带走他。

记忆潮水般卷来。我一直说着小时候的事，相信父亲能听见，我甚至期望父亲能翩然归来。

父亲向来乐观，在我跟他有限的相处日子里，他总说他很知足。有时开玩笑，说他赚了几十年。或许就是这种上天馈赠的品性，让他参透了生命的真谛；或许就是山里人天性中的善良、宽厚，让他活得磊落光明、坦荡率真；或许就是后天日积月累的修养，让他从不做苟且之事。我家兄妹四个，敬父如师。唯一遗憾的，是父亲几乎从不直接表达对我们的爱——我们能感受到他的睿智、持稳、勤奋、儒雅、博学，就是没有温情。但在整理父亲遗物的过程中，我第一次读了他几十年手写的工工整整的文稿，我发现，我们错了。

父亲的爱，山一般厚重，只是深埋；父亲的情，水般温柔，只是潜泪，一如他的厚道，就在于，那种隐忍苦痛却让人觉得天成自然的原本。

可以说，我真正认识父亲，就始于阅读他的文稿。那种阅读是需要毅力的，因为太过痛苦，字里行间让我几乎能触摸到通往记忆深处正在结冰的车辙，后悔和愧疚一寸寸碾过去，我甚至能听到坚硬的冰辙被粉碎后的声响；那种阅读又是酣畅的，因为走心，笔到之处，都是定格的一扇扇岁月之窗，淡墨情盈之间，皆为日子里的苦乐。如果问我，活到今天，有无让灵魂无着，抑或后悔至不能回瞥一眼的事，我会说，是父亲走后，我阅读他文稿的那些日夜。

父亲主编出版的《宁波市场大观》、《宁波新闻纵横》、《百岁考》、《乐龄心语》、《海之骄子》、《三国演义与现代经营管理》，以及大部头的长篇历史小说《商·盗·冠》、《王安石治鄞》、《四明狂客》、《万丈长缨缚恶魔》、《竹影萍踪》等，还有正待出版的《南少林传》、《浪荡正传》、《薛楼烛影》、《旁证》等，就静静地看着我；那些政论、报评、散文、小说、日记，那真是看不到头的文海，一进去，就被淹没，喘不过气来。

在海量的阅读中，一个老报人的崇高修为和忠贞信仰赫然眼前；一个为父的拳拳慈厚和仁爱之心一目了然。

父亲的笔，就是我回望的灯。

所有的文字，包括日记，没有那笔二十万稿费的片言只语。

父亲，我该怎样面对？

我唯有嚎啕。我唯有在嚎啕中撕裂自己。

如果还有选择，我什么都不要，不做，我只要我的父亲。

在父亲追悼会的前夜，我通宵守在殡仪馆他的玻璃棺柩旁。姑姑几次劝我歇息，我不愿，我怕我一睁眼，父亲没了。姑姑无奈："你父亲说过，活到八十四岁，算是奇迹，他知足。"我耳边便有父亲恬淡的声音萦绕，我就轻声告诉父亲："咱们赚了，您知足，我也知足。"

那时，我尚未读父亲的文稿，竟不知那份"知足"，需要多么坚韧的心理和生理调适；竟不了解他带着家人走过来的日子，有那么多匪夷所思的艰难、委屈、酸楚和沉重。

上世纪六十年代的记忆，是浸泡在黄梅雨里的，枯黄萧索。阳光，有，而云，总是斜进来。

由于每天持续的批斗和彻夜的隔离审查，没有营养补充，又不允许家人照顾，父亲的体力每况愈下，近乎不。终于有一天，他在水房打开水时，一阵眩晕袭来，装满开水的暖瓶砸在地上，右腿重度烫伤。于是，我的任务就从每天一次的送饭送药，变成了跟父亲住在一起，照料他的生活。那段时间，是我一生中第一次，也是唯一一段跟父亲独处的日子。

父亲的腿怕感染，不能裹纱布，上面涂满了黑乎乎的药膏。每天，他拖着一条残腿被押去批斗时，我只能搀扶到门口，父亲从不允许我跟去现场。所以那时我不知道批斗是什么。在父亲诸多遗稿中，有一部名为《旁证》的自传体纪实文学，他用张竹（张，为父亲的老家张地村；竹，乃父亲崇尚之物，也为父亲笔名）之名，写有自己的故事，其中有一段写到那些时日：

"张竹不老实，打倒张竹！"口号来得太突然，只有零零落落的几个人跟着喊。胡光一看急了，跳上凳子，嗓子扯到撕裂："打倒张竹！坚决打倒张竹！""张竹不投降，就叫他灭亡！"这下有了声威，大厅四周立马发出一阵阵嗡嗡的回响。其实，批斗了一段时间，张竹已经有点神经质的习惯，稍有动静就闭上眼，皮肉苦会随时袭来，猝不及防，他等惯了。那天，他正想着怎么能回家一趟，告诉岳母，让乡下的老婆姐上来帮衬一把，耳朵就灌进来雷声。他的身子哆嗦了几下，拿着检讨书站在那里目瞪口呆，烫伤的右腿也麻木起来。在一阵又一阵要他表态和对他表态不满的大轰大炸之后，苦笑着："那要我怎么说呢？"他干咽了几下口水，想起了毛主席的一段语录："一个共产党员随时都要准备坚持真理，修正错误……"没等念完，就有人吼着责问道："你这坚持真理是什么意思，你还有资格讲真理吗？"

"同志，真理是普遍的，不是哪个人所特有的。"

"你放毒！"另一个造反派，手挥过头顶，一转，啪！一个耳光霹雳般扇在张竹的耳根上。张竹的脑袋倏然就有一百只蜜蜂飞进来，嗡！蜜蜂满眼飞舞，一个声音忽近忽远，好像是说，张竹公开宣扬《二月提纲》那个"在真理面前人人平等"的反动谬论，真是猖狂至极什么，末了，是一声断喝："把头低下来！"随即就有几个别着红袖章的红卫兵冲上讲台抓住张竹的头发往下揪，有人还趁机往他的背上、腰上猛踢几脚。

　　坐在面前的教职员工，有的假装思考，或寻找什么，把眼睛移开去，有的低着头或翻着白眼望着窗外。乱了好一会儿才平静下来。张竹呢，真是书生气十足，他整理好被抓乱了的头发，掸去裤腿上的尘埃之后，又规规矩矩地弯着腰站在那里。革命群众嘛，虽然难免发生一些过火的行动，但它的大方向始终是正确的，不能与之闹对立。这就是他的信念，在当四清工作队长时，张竹向来就是这样要求工作队员的。

　　"你说，你是不是放毒？"

　　"我强调的是真理的客观性。"

　　"不要讲大道理，你回答，为什么要这么说？"

　　"这话不是我说的。"

　　"什么，不是你说的，刚说过就赖，好啊，我叫你放屁……"一只手又举起来。

　　"放屁？这话是马克思说的嘛！马克思说，真理是普遍的，它不属于我一个人，而为大家所有，真理占有我，不是我占有真理。"说完，张竹的嘴角浮出一丝微笑。那只高举的手停在半空，一转，变成了拳头，向上一杵，会场肃静，拳头再向上一杵，高呼出："张竹不老实，绝没有好下场！"会场立马跟上，口号赶走了张竹耳边的蜜蜂，清清楚楚，最后是："张竹滚出会场！"

　　我真不知道，若是这种场景展在那时的我跟前，会是什么状况，我会疯掉。

到了秋天，父亲腿脚稍好一些。他每天挤出一点时间，尤其在傍晚，吃完晚饭，和我踩着满地的梧桐叶，讲他的故事。

有一次，我问父亲，为什么我从未见过爷爷和奶奶？父亲说，自他参加革命，就和家庭"划清界限"了。那时我不懂什么叫"革命"，也不知道何谓"划清界限"，但至今记得父亲仰望梧桐树时脸上那种冷峻的表情。

后来我听母亲讲，爷爷是个非常好的人，而且父亲参加革命跟爷爷不无关系。大饥荒的1960年，爷爷从山里逃出来，走了很多天，到城里找他儿子，我父亲竟不敢正大光明地接待自己的父亲，只是偷偷塞给几十斤粮票，就匆匆把老人打发走了。再后来陆续从老家亲戚那边传来关于爷爷奶奶的凄惨晚景。再再后来，听我姑姑说，到"文革"时，因受儿子牵连，爷爷被吊在村里的碓房里活活饿死……要知道，自那匆匆一面至父亲去世，半个多世纪里，父亲竟然没有再见过我爷爷一面，也没有与我奶奶有任何联系。那是被硬生生隔绝的血脉，是对家园故土的彻底掩埋！而且一隔就是一生，一埋就到白头，谁都不知道父亲心头是一种怎样的痛楚。

父亲出生在浙西南山区一个家境殷实的富农家庭，祖父是满清秀才。父亲在县里的洋学堂读到高小毕业，自幼不仅受到儒家"仁义礼智信"的思想熏陶，也浸染了书香门第善良、刚正的处世品性。抗战时期，我祖父做着堂堂正正的国民政府乡长，暗地里却变卖地产，给共产党武装输送枪支和物资。

家庭的革命倾向和民众的疾苦现状，是父亲投身革命最初的催化剂。初中毕业的父亲，在当地已是响当当的"秀才相"了。因为宗派之争，我祖父被诬陷入狱，而他为共产党提供物资的秘情一旦暴露，就会招致一场杀身之祸。十六岁的父亲自己写诉讼状，准备上堂为父辩护。同时，又四处奔走筹措银两，准备实施搭救。就在此时，得到有人预谋追杀他的信息。于是，父亲开始了逃亡生涯。他和几个同学绕道福建，行走了整整一个月，逃到杭州萧山。父亲在《旁证》中写有那段经历：

1947年早春，从未有过的倒春寒，让窝在深山里的张地村人放不下火笼，赤身紧裹的棉衣也离不了身。一个深夜，从山脚那边传来一个可怕的消息，张竹父亲的冤家对头，他的堂伯父要一不做二不休，密谋对张竹下毒手，以剪除后患。于是，第二天夜里，所有的亲戚，包括五里外母亲那边的亲戚都急忙聚拢来，作出了让张竹出山读书的决定。决定一下，母亲临时从各家凑了一些钱，把结婚时从娘家带来的一只金戒指和几块银元也拿了出来，连夜整理行装。翌日凌晨，张竹穿着一双新布鞋起程了。

　　山路两边的茅草挂满了露水，除了个把出远门赶路的，只有白茫茫的山霭。家里人和张竹都劝说母亲不要送，可是她还是执意地挪着"金莲"小脚来送儿子出村。她似乎预感到，这一走，可能就是天人永隔，再也见不到儿子了。母亲没有流泪，那泪水在昨晚已经流干了。也没有说话，只是默默地走着，用她那混浊和带着血丝的老眼盯着清瘦而显得精明的张竹。

　　到了村尾的水桥头，母亲停了下来，给张竹整了整那件黑青色的学生装："在外边，冷热自己要当心……"就一句，说不下去了。张竹双眼也一阵发酸，禁不住双泪直流。他想向母亲下跪，又觉得不合时宜，鞠一躬又觉得不够表达对母亲的安慰，结果是情不自禁地扑到母亲怀里，像少时那样痛哭起来。还是母亲先收住了哭泣，用袖头给张竹揩去泪水，布满皱纹的脸忽然舒展开来，从眼里射出坚定的光，大概是想到应该让儿子高高兴兴出远门："硬仔啊，你这是去闯前程，应该高兴才是，记住，我们家的希望全放在你身上了。"说完就向他示意该走了。

　　舅舅挑着铺盖走在前头，张竹跟在后面，一步一步机械地走下小岑。转过一个山岙，张竹回过头，看到母亲像村尾那株老水杉一般，一动不动地站在桥旁小山头上，再走，再回头，母亲还站着，他的腿就像灌了铅一般抬不起来。

二十多年过去了,张竹对家里的许多事情都遗忘了。家里到底有多少田地和山林,他是哪月哪天哪个时辰出生的,都弄得模模糊糊,唯独母亲送别的这一幕,却深深地印在他的脑海里,甚至连母亲那一丝温婉的笑,都清晰如昨日。山外的梦里,张竹常见老母挪着小脚的身影,常听见她不安的叮咛。他多少次扪心自问,这就是阶级烙印吗?可是,正是这个家庭的经历,才使他从山里走到大千世界;正是家族这件事的推动,才使他这个乳臭未干的少年,对国民党的黑暗政治产生了仇恨,走上革命道路的。答案无从知晓,但对母亲的愧疚,明明白白。其实,多少年,山外的日子,不仅仅包裹着对母亲的愧疚,对父亲,在张竹内心深处,更是划下了无法抹去的伤痕。尤其是最后一次见父亲,那种刻骨铭心的痛,无法愈合。

那是六十年代初秋。张竹当时在报社当领导。一天中午,管总务的老贾告诉他有个老乡来找他。他匆忙走到门房,见到一个瘦长的身影背着他站在那里。当他走近仔细一看,愣住了,这不是阔别十多年的父亲吗?怎么突然来了?老家出了什么事?乃父穿着一身灰布长衫,翘着羊尾胡子,从混浊发黄的眼里射出微弱的光。张竹艰难地叫了声:"爸,你来了。"乃父动了动嘴,听不清他说什么,可能说的是家乡土话,张竹已经听不懂了。"你怎么来了,也不事先写封信来。"儿子想起了父亲的身份,作难了,怎么处理才好呢?他紧张思索着……

领着父亲到食堂吃了中饭,然后带他到自己的寝室坐下,谈开来家里的情形。

父亲告诉他,山里闹饥荒过不下去了,能不能给家里弄点粮票什么的;更重要的是他愈来愈感到自己衰老了,要看看没见过面的儿媳和孙子。他对张竹说:"你妈想你,老哭……眼哭瞎了。"然后拿出一个用布包着的小木盒子，"这是你妈苦熬着留下来的一只金戒指，是给你媳妇的，还有这双银手镯是给小孙子的……"张竹动情了，家里饿着肚子也没有把这两件东西卖了。所谓快刀斩水水更流，这血缘之情是怎么也断不了的。泪水像断了线的珠子从张竹的两颊滚落下来，他看着父亲那布满皱纹的脸和干瘦的手脚，穿得发黑闪着油光的衣裤，他深深感到自己未尽人子之责，对不起父母。但很快，他就冷静下来，记起了自己向组织上表示过与反动家庭划清界限、彻底决裂的决心。他一下子警惕起来，把眼泪揩干，横一横心对父亲说："这里不是你来的地方，你晚上到乡下岳母家里去过夜，见一见孙子，明天就乘火车回去。"父亲默然。

张竹从抽屉里拿出几包香烟，从箱子里翻出自己的一套衣裤、一双鞋袜，又从各个衣袋里寻出几块钱和几斤粮票交给父亲。就这样前后不过两个小时，便与千里迢迢、忍饥挨饿从大山深处一脚脚赶来探望他的父亲分了手。第二天，也没有去送父亲上火车。而后来，为了向党表示自己坚定的阶级立场，将那枚金戒指托人送了回去……张竹根本不能回想这一幕。父亲如柴的手接过粮票时的颤抖，苍老微驼的背远去，这样的情景常让他从噩梦里醒来。可是，尽管如此，后来在"反右"整风运动中，他还是作了检讨。那意思是，他根本就不应该见自己的富农父亲，更不应该给他那些东西，这说明他在灵魂深处跟"反动"父亲仍然藕断丝连。

忠孝双全，是他自幼习得的秉性。然而，张竹多少次为这四个字所困扰。慢慢地，张竹悟出了一个道理，对于他，只能尽忠而顾不得守孝——出身于"剥削阶级"家庭的革命者，理应作出这般牺牲。所以，当老家多少次传来对他"六亲不认"的谴责时，他只能泰然处之。后来，他接到大弟从老家写的信，信中详细描述了母亲临终前的情景：老人家在弥留之际，断断续续呼唤着他的奶名，睁着迷惘的双眼等待着最后看一眼

何守先上四明山打游击（右一）。

自己的儿子。那一刻，张竹揪心到痛哭。可他还是没有回去。身处政治漩涡的张竹，不得不一次次从极度悲伤中冷静下来，他已经跟家里划清了界限，向党保证过坚守阶级立场，所以纵然撕裂自己，也只能硬着心肠寄去几十元钱了事。

　　对张竹来说，叛家离亲的个中苦楚他尚能咽下；若出生入死的革命生涯被玷污、被中伤、被诬蔑，则是绝对不能接受的。

　　文革一开始，关于张竹怎样参加革命的问题，一夜之间成了大案。起因是，调查组在萧山湘湖师范一份1948年11月份的校务会议记录中，查到了一则实名记载，说二年级学生张竹、姜士辉、林芝圃等十二人，于11月20日突然离校，去向不明。经学校会议议决，暂保留学籍，其所有留存物品由总务处代管。就在调查组调查期间，县委机关正好揪出了一个所谓湘师出去的三青团（中国国民党下属青年组织三民主义青年团的简称）分队长，而此人和张竹一起参加过学校的同一个联谊会，这个联谊会又被认定有"国民党外围组织"的重大嫌疑。于是，从这个人"挤出一点材料"，再加上调查组的推理分析，一个有轰动效应的结论就出来了：张竹履历中的"1948年12月突然出走去参加革命"是极可疑的。原因是，那时解放军在淮海战场上取得了重大胜利，军事形势到了新的转折点，打倒蒋介石、解放全中国已经胜利在望。在这种急转直下的形势下，国民党反动派垂死挣扎，做了一系列应变部署，包括派人混入我军内、党内，相机进行反革命活动，而张竹就是在这个时候上山去的，这本身就是个问题。当时有领导指示，要用阶级斗争的观点分析一切，对张竹的种种迹象绝不可麻痹大意，不管他隐藏多深，也要掘地三尺挖出来。有这个结论，可想而知，接踵而来的会是什么！

　　每每被最信任的同事莫须有诬陷；每每被造反派反剪双手乘"喷气式飞机"押到批斗大会台上，看着台下一张张熟悉的脸满是冷漠和愤懑；

每每"打倒张竹，踏上一只脚，让他永世不得翻身"的口号震耳卷来；每每夜来屈原那"谗人高张，贤士无名"的话语，幽灵般在他脑海里游荡，一种陷入"世溷浊而不清"的无助裹挟张竹身心，痛苦到不能自拔。而无休止地从精神到肉体的非人折磨，愈演愈烈，几乎看不到尽头，他绝望了。于是，他要了断生命，回老家去，回到母亲的怀抱……可想到年幼的孩子，他又开始挣扎……

在延庆寺陪伴父亲的日子里，父亲讲得最多的就是自己的革命故事，这也是我们兄妹引以为豪的荣耀。

父亲天资聪灵，儿时又习过拳术，拉得一手好二胡，以优异成绩考上了当时"吃饭不要钱"的湘湖师范学校体育专科。父亲在学生自治会里担任过文娱干事，编撰墙报是他的拿手好戏，他甚至还在剧团当过剧务、演员，在伙食团担任过会计等，是学校很出挑的多面手，而他的"倔"更是有名。

当时，教授的体育理论和技术，不外乎美式要领和国军步兵操典，家父认为这些东西华而不实，内心有抵触，就常常鼓动学生闹事。他若闹事，往往响应者众多。有一次，在军事训练中，他因为扔了枪去小便，回来又顶嘴，被教官罚举枪跪操场，由此又多了个校方给予的名号——"捣蛋生"。就在他一度彷徨，想转学音乐之时，他接触到了中共地下党的外围组织，加之阅读了大量新文化运动以来的文艺书籍，尤其是巴金、曹禺等作家的作品，激起他革命的热情，因此就积极投身到学生运动之中。

父亲在学生运动中，他给自己起了个笔名，叫"讨饭"，后来成了他的绰号。渐渐，这个很具浪漫色彩和文人风度的"讨饭"，有了革命志向。当时发生的一件事，对他直接投身革命起到了决定性作用。

1947年10月26日，在杭州大同旅馆，一个叫于子三的爱国青年被特务秘密逮捕。敌人用尽酷刑，要他供认共产党员身份和中共秘密组织名单，特别是要他供出恢复工作不久的全国学联情况，他宁死不从。10月29日，这名青年被秘密杀害于浙江省保安司令部监狱，年仅二十三岁，时称"于子三事件"。在与地下党的接触中，父亲也了解并相信了共产党宣传的为劳苦大众谋幸福的宗旨。此时，解放战争已经到决战时期，他就萌生了离校从军的念头。

由于他跟训导主任对着干，在墙报上写文章骂政府，期末操行仅得了五十九分，再加上不断领头闹学潮，训导主任建议开除这个"顽劣生"。这样，父亲终于做出了离校的决定。1949年初，他在地下党的接应下，秘密投奔到活动在四明山一带的新四军三五支队，开始了他的职业革命生涯……

一些彼时烙在我记忆中的事，经由岁月侵蚀，现在已经淡漠了，但有三件事却一直很清晰。

第一件事发生在秋天。一个晚上，我记不得是深夜还是黎明，一群年轻男女突然疯狂冲进外婆家。他们把柜子和床翻了个遍。后来我才知道，那叫抄家。

那天晚上，我第一次从一个比我哥哥大不了多少、戴红袖章的男人嘴里听到，我父亲是个"反革命"。我不明白为了革命走出大山的父亲怎么会变成了"反革命"？我也不知道为什么一群素不相识的红卫兵对我们如此仇恨？世界被无边无际的恐惧笼罩了，打砸声响彻在无助的天空，不足三十平米的家里，顷刻间一片狼藉。

我们四个孩子全部由外婆养大。当时父母住在另一个地方，外婆和保姆像老母鸡护小鸡般护着我们。保姆来自农村，有一双大脚，我们都不知道她的姓名，从来都叫她"大脚嬷嬷"。那天，大脚嬷嬷一直怒目斥骂抄家者。或许因为她是"劳动人民"之故，竟无人还嘴。那个时候，我多么希望我就是大脚嬷嬷的女儿。抄家后没多久，大脚嬷嬷被责令回乡。临走，她抹着眼泪，用一种叫粘头树的叶子浸泡成浆，就像现在女人用的摩丝一样，给我和两个妹妹都梳了头，编了规规整整的小辫儿……我们哭得震天动地。

没几天，某天早上，大脚嬷嬷又站在了我家门口，还背着一袋米。外婆紧着摆手："造反派已经不让我们请保姆了，我们也没有钱了，走吧。"大脚嬷嬷大声回答，她不是来做保姆的，她是来照看孩子的亲戚！然后放下米，说，早稻刚打下，新米。外婆抹泪收下了米，在大脚嬷嬷把米倒进米缸时，外婆一直在边上念阿弥陀佛。

很长一段时间，一家人吃饭就靠大脚嬷嬷从乡下背来米菜解决。我问过她，没有工钱了，你还一趟趟背米背菜到我们家，为什么？她说，你爸爸是个好人，少有的好人。从那以后，无论发生什么，我都坚信，父亲是好人。

第二件事，就在大脚嬷嬷再次到我家不久，她在乡下的儿子生病，爸爸给了她十块钱，而且说不用还，那时的十块钱是一个相当大的数目。到文革后期，爸爸"解放"了，大脚嬷嬷也老了，一天，她提出要告老还乡。我记得家里整了好多衣服，妈妈又塞了钱给她。大脚嬷嬷把每个孩子的头摸了一遍，好像在告别亲生的孩子，最后轻声跟我说："照顾好你的爸爸，他是个少有的好人。"

大约两年后，爸爸已复出工作，在市委办公室当领导。有天早晨，外婆家的门被人敲得很响，开门一看，门口站着一个壮年男子，他说了一个名字，我们才知道他是大脚嬷嬷的儿子。他说，他娘两天前过世了，过世前专门让他来告诉一声，谢谢老何。这次她儿子又背来一袋刚打下的新米，还有一只甲鱼，外加十块钱。那时，父亲的肝硬化已经发展到几次腹水了，大脚嬷嬷听说甲鱼能治肝硬化，千叮咛万嘱咐，不仅让儿子一定要把甲鱼送到，而且要当场杀好了炖，不要过夜。在我的记忆中，父亲自从得了肝硬化后，吃了很多甲鱼，都是乡下各种各样的人送来的，有的是保姆，有的是他搞四清时蹲点的老乡，甚至是老乡的老乡。爸爸能活到八十四岁，我想跟那些甲鱼一定很有关系——所有送甲鱼的人都会说一句话：老何是个好人！

来到宁波城的王水花,和表姐拍的人生第一张照片(左)。

母亲也常说这句话。

第三件事。日期完全模糊，是我家惯有的家庭会议。一旦有重大的事，父母一定召开家庭会议，连保姆都要列席。那天的会我只记个大概，说有领导要母亲离婚，同事也轮番规劝。因为母亲的家，临近解放家境败落，成分就划为贫农，如果离婚，就可以在无产阶级的阵营里青云直上；如果不离，就是"与反革命为伍"，终身遭罪。母亲一意孤行，决然与父亲同行，她言辞凿凿地让我们记住："你们的父亲，以前是革命者，现在是革命者，将来是革命者，绝不会是反革命。"外婆一直在念阿弥陀佛，大脚嬷嬷一直在抹泪，母亲很淡定，"我们全家必须同舟共济，我相信会等到他平反的一天。"

我人生第一次听到"离婚"两个字就在那天。从此对这两个字很敏感，长大后甚至对婚姻有一种莫名的抵触。

母亲用她所有的爱，支撑着父亲走过八十四年。父亲要走了，她几天几夜泪不能止，我听见她对我哥哥说："我天天拉着他的手，我天天给他准备药，到那头谁照顾他……"父亲要火化了，她还拉着父亲的手，"如果有来世，我们还是一家人啊。"我拉过母亲的手，帮她擦去满脸的泪："如果有来世，我一定还做你们的女儿！"

在这之前，母亲跟我讲过她跟父亲之间的故事，有段时间我想把它拍成电影。

宁波近郊有个叫白沙的地方。那个地方并没有沙，是个出稻米的村庄。白沙比较有名的一户人家，是薛家弄的王家。王家的主人叫王天生，是个木匠，手艺无人企及，家境富庶，娶了一个裹了"三寸金莲"的温淑妻子，又有一对聪慧玲珑的儿女，四方羡慕。儿子在外做点生意，不常回来。女儿到了八岁，王木匠把她送到挨着家门的一所叫"郎斋"的教会学校。上学的女儿被远近的人称为"好日脚的小娘（宁波人管女孩子叫小娘）"，因为她是这个村唯一上学的小娘。小娘叫王水花，白净水灵，眉清目秀，王家夫妇溺爱到捧着含着。到1947年，王水花已读到初中，很少回来的阿哥突然从外地回来，这让她很高兴，从小她在阿哥的背上长大，有什么悄悄话都跟阿哥说。但阿哥很少在家，而且昼伏夜出，问，阿哥会刮她的鼻子："你不懂。"这让她不爽，跟阿哥赌气，好几天没理他。这天课间休息，王水花从学校二楼走廊上望见自家门口来了一排国军大兵，她立马冲下楼。几个兵正从自家后院的池塘里捞起一把枪，然后把她的阿哥五花大绑绑了出去。她喊着"阿哥"没命地扑上去，被父亲拽到一边。到门口的阿哥，回头一句："照顾好阿爸阿姆！"眼里是从没有过的叮咛和殷切，还有爱。她哭着追出去，阿哥再没回头。两天后，她的木匠阿爸也被绑走了。从阿姆嘴里知道，阿哥是赤匪。什么叫"赤匪"，王水花不知道，她只知道家里没了阿爸和阿哥，家里的天就塌了。"三寸金莲"的阿姆终日吃斋念佛，此时除了跪在菩萨面前磕头如捣蒜，终日以泪洗面，别无他法。一周以后，父亲被放了回来，她才知道，阿哥是新四军三五支队的人。何为"新四军"，何为"三五支队"，王水花又一概不知，她只晓得她那个上过学的阿哥正直善良，学问大本事大，是父母的命根子。向来开朗厚道的王木匠，没了笑容，他很快变卖了所有的家产，托人再托人，不知道拐了多少弯，才疏通了关系。终于在一天，领着小脚的妻子和尚不领世面的女儿，拿了一个包袱，包袱里是给儿子新做的一套衣裤，老少一路走，到了宁波的一所监狱门口。一家人就在七月的炙阳下烤着等。很久，那道高耸的黑铁门上打开了一扇小窗，探出来一个狱卒的脑袋，王木匠赶紧凑上去，狱卒说了什么，王木匠一下变了脸色。狱卒大声一句："不要声张，你们家可是通匪啊！"咣当关上了门。跟上来的王水花，眼前一片漆黑，她明明听到，她的阿哥已经在三天前被枪毙了。王木匠的小脚妻子当场晕厥在监狱门口，王木匠眼里转着泪竟忘了去搀扶。王水花一手拉着父亲，一手挽着母亲，往白沙走，往薛家弄走，她觉得那天的太阳是白色的，所有的一切都在旋转。王木匠的家境很快衰败，家里的长工被辞退的那天，对十五岁的王水花说："你要顾好你家阿爸阿姆，就剩你了，不要读书了，找个生活做。"于是那年的冬天，第一场雪飘下来的清晨，王水花就跟着远房表姐踏上了村外那条通往宁波城的沙石路。

表姐叫章翠月，在宁波的华美纱厂细纱车间当工头。这是华东数得上的大型纱厂，老板是上海人，实行美国的一套管理制度，工头称 Number One，工人们叫"拿布王"。章翠月是"拿布王"，王水花自然很顺利地进了那个车间，做了挡车工。她第一次出家门，第一次见到那么多穿着白围裙的女工，眼前高大的纺纱机上，连绵排列的纱筒管不停地转着，轰隆隆的声音灌满她的耳朵，几乎要吞掉她的魂。这世界什么都没了，阿爸阿姆那么遥远，家后院那个池塘里的鱼游在天边。恐惧都来不及消失，她想起了阿哥，想起了监狱门口白太阳下的一幕，拉着表姐的手就松开了，这个轰隆隆的世界，是她讨生活的地方。拿布王章翠月对这个小表妹的关照也有限，她能做的，只有手把手地教会她如何在机器飞转的间隙把断了的线头接上，告诉她手眼要快脚要勤，告诉她上厕所有时间规定，几分钟跑步，告诉她吃饭也是几分钟，吃完没吃完，放筷子……王水花从小家境优越，没受过什么罪，但她咬牙记住。常常没吃几口饭就被催着上工了，站一天，饿到肚子咕咕叫，双脚麻木，不吭声，也不能吭声，她要养活阿爸阿姆。一年之后，厂里人发现这个白净漂亮的小娘，居然写了一手好字。挡车的姐妹就都找她写信、算账，甚至给孩子起名；表姐的报表都是她来帮忙，她成了细纱车间的女秀才。一天，老板从上海回来，下车间巡视，午饭时间过了，见几个年长的挡车工正围着一个小娘写什么，走了过去。几个工人慌忙站起，老板明显不悦，问在写什么。工人不敢答。王水花站出来，指着一个大姐，虽然细声细语，但清清爽爽，说她乡下的家被洪水淹了，几十里地回不去，写封家信寄点钱。老板看完她写的信，没收了。下午，把她叫到办公室，问这问那。王水花说了家里的情况，当然哥哥的事绝不会提及，那个狱卒的嘱咐她会记一辈子。

几天后，车间大姐的家里居然收到了信，还有钱；表姐又告诉她，厂里打算提拔她穿红边围裙。管理车间的拿布王是穿红边围裙的，工人们一律穿白围裙。就在1949年来临的这个当口，马上要晋升拿布王的王水花，却迎来了另一番的命运。

那些日子，从舟山飞过来的国军飞机，天天在头顶嗡嗡作响，炸弹落在甬江，溅起巨大的水花。她听人讲，解放军已经渡过了长江，宁波马上就会解放，国军要炸了宁波的灵桥，以阻止解放军进城。她不知道"解放"是什么，但她知道当新四军的阿哥，就是为这一天的到来而死的，所以她从心里盼望着这一天的来临。那几天，只要飞机一来，警报一响，工厂就停工了。准备让她穿红围裙的那个老板逃得无影无踪。

这一天来了。宁波在锣鼓喧天中迎来了解放。一天上午，太阳那么好，是红的。厂里所有的工人全部拥到门口，王水花跟着鼓掌。迎面走来六七个穿灰军装的解放军，全是男的，都很年轻，那么和蔼可亲。进了厂，很快召集工人开会，她才知道这些是驻厂的军代表。军代表说了两件事。一件要筹建工会，号召工人们当家做主；第二件，要生产自救，把日子过下去，过好。王水花发现在一帮说北方话的解放军中，有一个最年轻、瘦高儒雅的英俊解放军，说一口南方话，她印象很深。后来，工厂要物色工人积极分子，王水花是首选，因为她的初中水平在当时的纱厂女工中绝无仅有，又要求进步，工友们信任她。那个瘦高儒雅的英俊解放军，叫何守先，是常常组织积极分子开会的头。王水花虽然读过初中，但对革命的道理还是懵懵懂懂，何守先就借了她两本书，一本是《新民主主义论》，另一本是《条条道路通向共产主义》。这两本书启蒙了宁波小娘的革命意识。以后她又听何守先在课上讲"谁养活了谁"等诸多的革命道理，让她看到了一条陌生又充满希望的光明大道。不知为什么，每每上课，何守先在台上的举动，每每他领着女工们搞各种活动时的身影，都会让她想到自己的革命阿哥，于是跟这个解放军有一种特别亲熟的感觉，于是，王水花和何守先经常在借书还书之间走动，在"谁养活了谁"的讨论中交流，关系在细雨润物般地变化着。

半年后，何守先接到上级调令，被调往另一个更重要的岗位。一个傍晚，何守先在他的宿舍里赶一个汇报，没有吃晚饭，抽了满满一烟缸的烟。一只小手，轻轻地把那只烟缸移了出去，放上了一只很精致的三层叠加的方形竹篮。何守先回头一看，王水花的笑脸那么真诚，美得像朵花，他握着烟，烟灰烧到手指方醒过来。王水花不经意地一句："我家阿姆送来的，新上市的油焖笋，你尝尝。"说完，走了。吃完饭，何守先去工人宿舍找她。他们第一次散步，在绕着纱厂的甬江边上。那一晚的星空是蓝的，星星是铮亮铮亮的。何守先讲到他与三五支队的过往，王水花停了下来："你是三五支队的？你认不认识我阿哥？"何守先当然不认识她的阿哥，但这不妨碍白太阳下监狱门口的那一幕呈现到他面前，不妨碍王水花视他为阿哥一样的家人。

何守先倏然发现，他爱上了这个宁波小娘。但他不敢明说。这个从山里走出来闹革命的人，几乎没有接触过女孩子，这是他的初恋，这个宁波小娘简直就是神。他拉过她的手，然后两人继续往前走，一直走，一直走。最后他们约定，以后一周见一次。这一周一次的约会，开启了他们爱情的征程。

1950年3月，王水花加入了共青团。到1951年底，组织上通知她去杭州，参加省总工会干校工人政治理论培训，脱产半年。但她的父母不同意，尤其是她的母亲，对共产党有很深的偏见。一周一次的约会又到了。王水花跟何守先说了这件事。于是第二天何守先就来到了白沙薛家弄的王水花家，做她父母的工作。一来二去，不仅做通了她父母的思想工作，差不多还做成了一个女婿。在这个过程中，这对恋人谈得最多的是未来实现了共产主义的社会美景，何守先讲得最多的也是没有共产党就没有新中国的道理，希望她入党。

1952年6月28日，王水花在宁波延庆寺的工人干校礼堂宣誓入党，成了宁波市第一批女共产党员。十五年后，王水花曾经宣誓入党的地方，竟然

王水花至今还记得入党宣誓的每一句话（前排左一）。

不偏不倚地成了关押何守先的牛棚。

　　说回1952年。三个多月后，一纸调令，王水花被调往宁波市委组织部，任干事。纱厂的姐妹送她，那个求她写信的老姐妹哭得稀里哗啦。王水花从干事做到区妇联主任、团委书记、处长等，一直升任到宁波市总工会的教宣部长。无论王水花调往哪里，纱厂那个大姐，一干姐妹从没断了往来。

　　1954年，宁波小娘王水花嫁给了时任宁波市工人干部学校副校长的何守先。

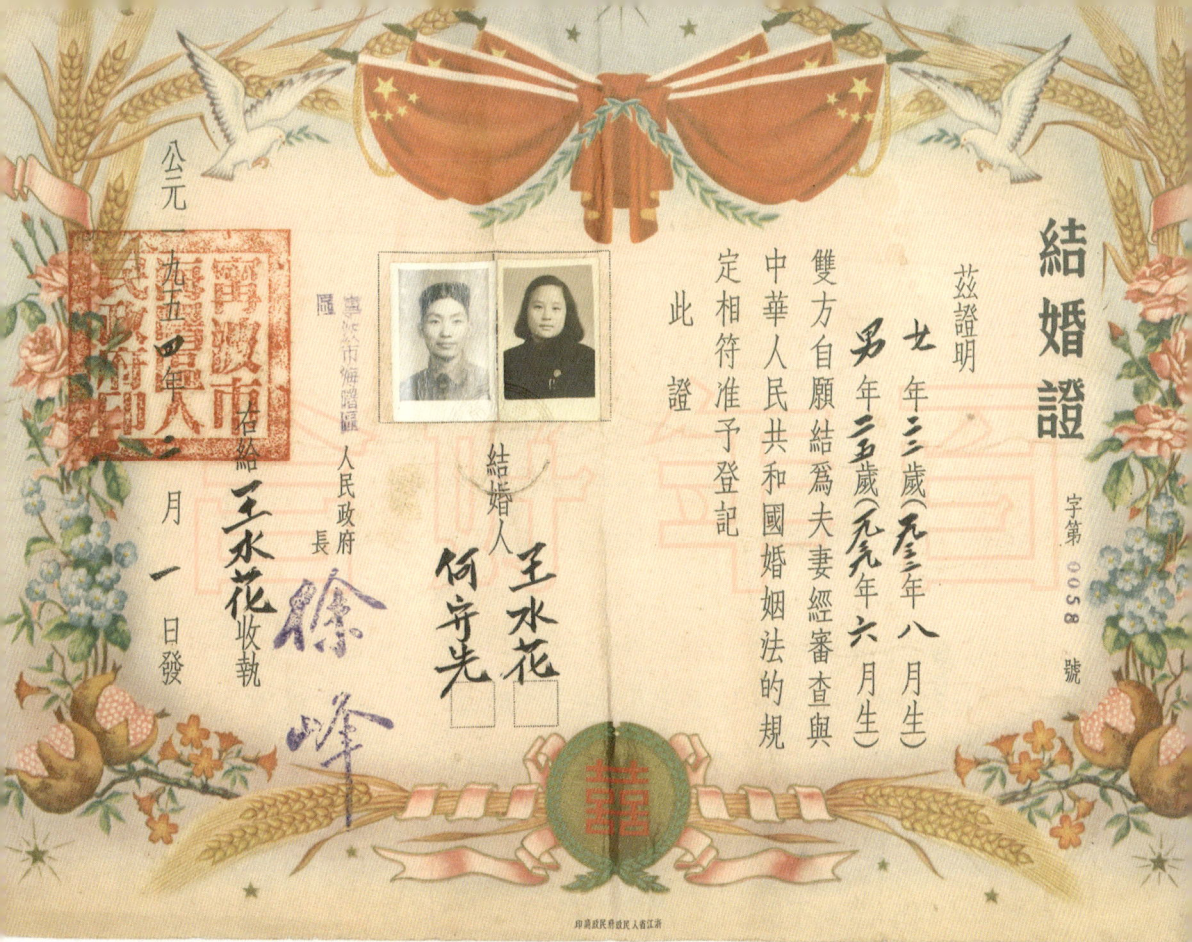

王水花说:"这张结婚证,何守先的年龄填错了,但登记的人说,没关系!"

 那时候,适逢一批苏联专家到宁波帮助建设,除了工作上的往来,王水花还被点名常常去陪苏联专家跳舞,这也是一份荣耀的工作,按现在的话说,业绩是要纳入考评的。苏联专家也会带几个女眷,都是什么妮什么娜,于是,他们第二个出生的女儿就叫了"亚妮"。

 时间行进到六十年代。这一对憧憬着保卫着奋斗着共产主义理想的革命夫妻,被卷入了一场全民癫狂的文化大革命运动。

 父亲被三番五次地批斗、劳动改造,身心遭受严重摧残。母亲不能用离婚来划清界限，也被下放到农村的"斗批改干校"接受再教育改造。终于，父亲在一次批斗会上晕厥，送到医院，医生结论是肝癌，即刻送往杭州。杭州的医生也确认为肝癌，且断定活不过一年，要立刻送往上海。母亲如遭雷击，拿着化验报告，走投无路，怎么办？去上海是要有全国粮票的，她没有，再则，别说治病，家里的日常开销都难以为继，母亲急得以泪当饭。奄奄一息的父亲反倒劝说："回宁波再说，也许搞错了。"他们住在火车站边上一个小旅馆，此时，服务员发现，这对夫妻已经大半天没出门，一个十七八岁的女孩来敲门，一问明白，睁着大眼摇头，走了。母亲拥着父亲，看着他蜡黄蜡黄的脸，鼓胀的肚子，竟不断地说："老何，我对不住你……"母亲知道，摆在他们面前的只有一条路，等死。父亲却淡然，说船到桥门自会直。这句话是大脚嬷嬷经常说的，后来几乎是我家的座右铭。夫妻没什么东西，收拾一下，就要回了。又有人敲门，涌进来好几个服务员。一个小时前来过的那个女孩，递上六斤三两全国粮票，还有十九元钱："我们几个人凑的，救人要紧。"另一个稍年长的大姐，放下一碗面，上面窝了一个鸡蛋，还冒着热气："住房费就不用付了，今天已经晚了，明天动身好了。"母亲说不出一句话，就是点头。送服务员出去，一下冲到厕所，多少天积郁的酸楚，蒙在一条毛巾里，哭了个淋漓尽致。

第二天一早，在父亲的执意下，他们还是先回了宁波，在父亲看来，这趟远门，也许就是永别，他要见孩子。

父母进门的时候，哥哥正吹着笛子。那支笛子是父亲在离我家不远的开明街乐器行买的，开始的时候，哥哥吹得吱哩哇啦，那时已经能吹很悠扬的曲子。一首"王二小"，让整个明堂都显得欢快，哥哥养的蚕，此时随着乐曲，在桑叶上爬来爬去。我们小，谁都没有注意父母的神情，直到晚上，又一个家庭会议开始，才知道事情那么严重。其实，杭州服务员给到母亲的钱，远远不够他们去上海就医。我家隔壁，有一户人家，掌家的是一个在旧社会何守先被"解放"后,专程去上海答谢救他命的孙增一医师。这是他和妻子的合影。

少有的读过书而且会弹钢琴的女人，因为个子高，墙门里的邻居都叫她"长脚外婆"。长脚外婆的儿子在美国开饭店，在文革中属于有海外关系的不光彩人家，但长脚外婆从来趾高气扬地做人，典雅精致地生活。见我母亲落泪，她拿出家里的积蓄，一句话："救命要紧。"

　　母亲都来不及谢，就带着父亲踏上了去上海的轮船。

　　轮船底舱挤满了人，没有睡的铺位，就互相靠着坐。父亲拉着母亲的手，只字不提所受的苦，竟还在做母亲的工作："我相信自己背叛剥削阶级家庭投奔革命是对的，委屈是暂时的，我们要相信党，相信……"母亲当然相信，但终也担心："你那些莫须有的罪名，谁来替你作证？还有改变不了的家庭出身，会连累到孩子的前程，我们怎么交代？"父亲就一句话："党会有让我说话的一天。"

　　到了上海。举目无亲，坐了一辆三轮车，把他们拉到了华山医院边上一个极其简陋的小招待所门口，然后狠狠地敲了他们一笔。父亲很快住院，但因为是反革命，医药费不能报销。母亲从一个最普通的房间搬到几乎不能住人的阁楼。每次吃饭，母亲总是背着父亲，草草几口。有一天傍晚，父亲非要跟母亲从医院出来，到了一个小饭店门口，进去，坐下后点了一杯啤酒，双手端着："我请客。"母亲知道，父亲是要用这样的形式感谢自己，但她怎么喝得下去，每一分钱都是用来治病的。父亲笑着，说他这么多年都大难不死，死不了，看着母亲喝了啤酒，更是一脸轻松。饭后，父亲还是拉着母亲的手，就像当年走在纱厂后面的甬江边上，不说话，就是走，但那天只走了很短的一段路，再也走不动。

　　中山医院，给父亲看病的是位老医生，叫孙增一，一开始看了转院单，就知道是被批斗的当权派，但面对这么年轻的一对夫妻，很同情，检查非常仔细，但结论还是下不了，说："要再检查，做同位素扫描，但药要到北京

何守先能活到八十四岁，医生都说，这个奇迹来自王水花几十年的爱。

去配，现在是造反时期，路上飞机、火车都没时间保证。你们先回去，等药到，我会负责通知你们。"

不到一星期，孙医师来信了，说药已到，可速去检查。

第二次去上海的中山医院，没有床位，只能门诊检查。两天后报告出来了，虽然癌症被排除，但孙医师一板一眼跟母亲说："是肝早期硬化，而且严重腹水，搞得好，拖上十年左右，搞得不好很难说。"母亲一听，心又被惊得突突乱跳。且不说搞得好搞不好，十年？他们才三十几岁，孩子还小，十年也就……想着泪就流下来。但她很快擦干眼泪，走到父亲身边，说没大事，回家好好就医吃药就行。当晚母亲就要乘船回到宁波，父亲不肯。那时候市面上刚刚流行一种叫"的确凉"的布，怎么洗都不会皱，父亲一定要第二天陪母亲扯一块："宁波人讲，骨挺，你难得赶赶时髦。"

仅有的钱，被父亲逼着扯了一块天蓝色的"的确凉"。夫妻俩回到宁波，船到上岸，没钱坐三轮车，就沿街边走边坐，两个多小时，才从江北码头走到家中。

没几天，父亲又被下放，到设在农村的"斗批改干校"放牛。好在没有了持续的批斗，相对宽松了一些。

父亲放牛的那个地方，离我家还是很远，需骑自行车才能到达，每天送药的任务就由哥哥替代。在我的印象中，从那时起，直到父亲去世，好像我家从来没有断过煎中药的味道。四十几年与疾病作斗争，父亲已经久病成良医。到了晚年，他主办了《老年报》，大部分精力用来介入健康和养生学的研究与写作，几乎每年出版一到两本书籍。

也许，父亲认为这一生亏欠父母兄妹太多，在他晚年，让我感受最深的，是他对老家的眷爱与牵挂。1993年12月，我收到老家庆元县政府的邀请，让我去主持首届香菇节文艺晚会。父亲得知消息，异常高兴，一再嘱咐，再忙，也得腾出时间，去啊！

在《女儿亚妮》遗稿中，有写道：

听亚妮说，她主持文艺演出那天晚上，庆元县大会堂里，台前幕后都挤满了人，光是庆元城里的何家及相关亲友就来了上百号人，他们只要说声是亚妮的什么人，就被放行进入。一个只有三万多人口的小县城，亚妮的名字很响亮。对她的返乡，丽水所有媒体都作了报道，亚妮是丽水的庆元人，几乎家喻户晓。此后，丽水地区的重大节庆和文艺活动都来找亚妮。亚妮总是挤出时间风尘来去，兑现乡情。

我因主持中国首届香菇节，第一次去父亲老家庆元县的张地村。这个村隐逸在有"浙江西藏"之称的百山祖腹地，罕有人至，保存着秀美的原始山水和上百座古朴优雅到无以复加的宋代以来的廊桥。我坐在老家门槛上，极目远山，无法想象在没有任何交通工具的情况下，父亲是怎样一步一步走出大山的。走进村头那间原始的水碓房，倾泻而下的溪水摇动木轮，带动石杵捣谷，我想起了爷爷……同时，我无法想象，生于斯长于斯的父亲，如何能成为一个才智崇积的学者。那些于我陌生的，却是父亲记忆中的景象，我就爱；老家，就像一根线，牵引我，回到父亲的过往，我就恋。

在我离开老家时，一位叔伯告诉我，多少年来，从村里到公路，只有绕着山脚的七公里田埂可走，一根成年毛竹背出去，只挣两块钱。于是，我把当主持的全部酬劳和所有积蓄送到县政府，希望县里再出点钱，为老家修一条能走车的公路。几年后，我陪父亲回到老家，车走在宽敞的水泥路上，山风吹进来，漾开父亲脸上的笑意，我蓦地感到，我是山里人，从没离开过。

2011年4月开始，用一年的时间，在当时的县委书记陈景飞全力支持下，我编剧、导演、制片一身兼，把老家的廊桥和传说，融进了电影故事片《情缘廊桥》。父亲很少去电影院看电影，那部电影一上映，他买了很多电

何守先的老家浙江庆元张地村。

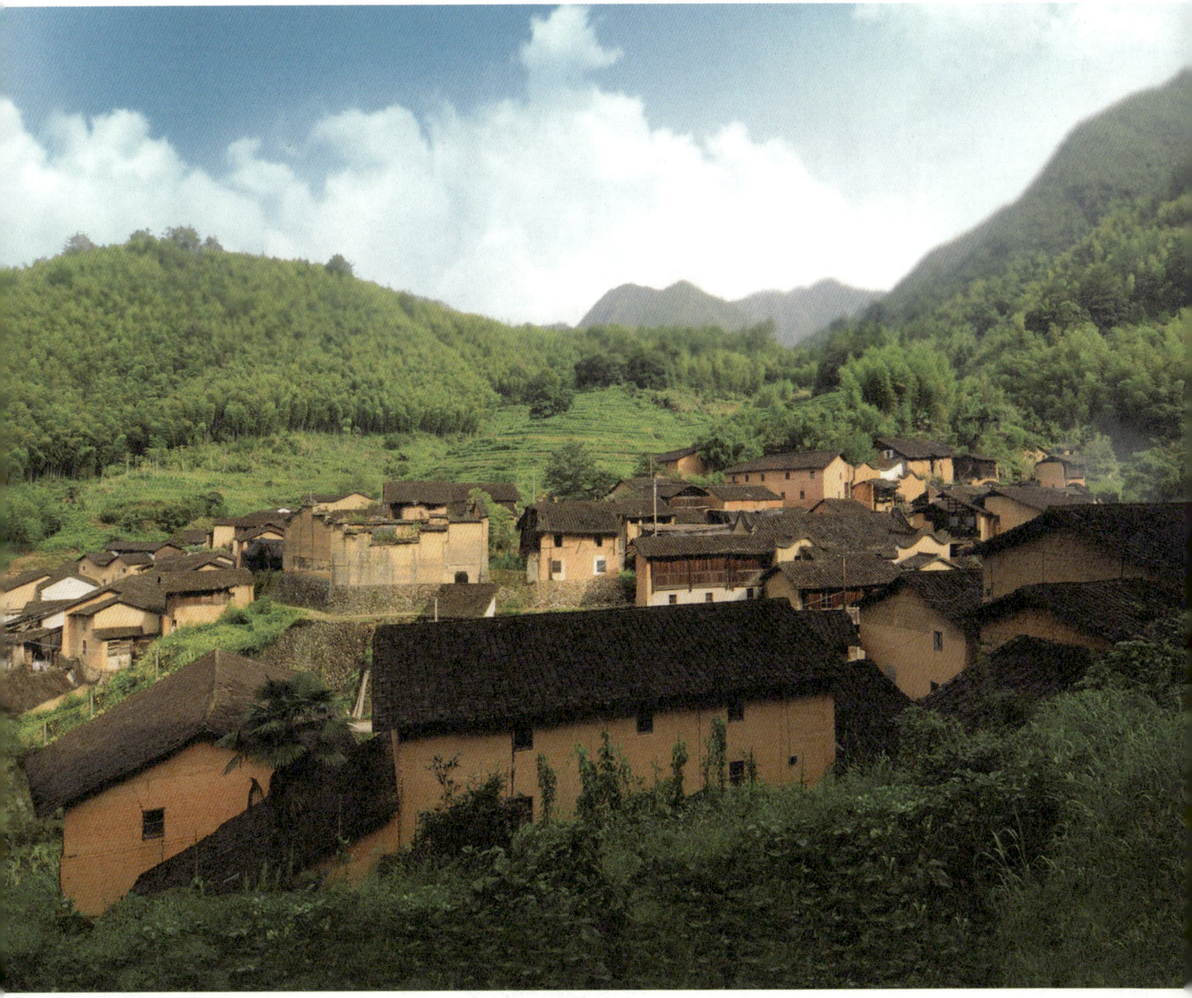

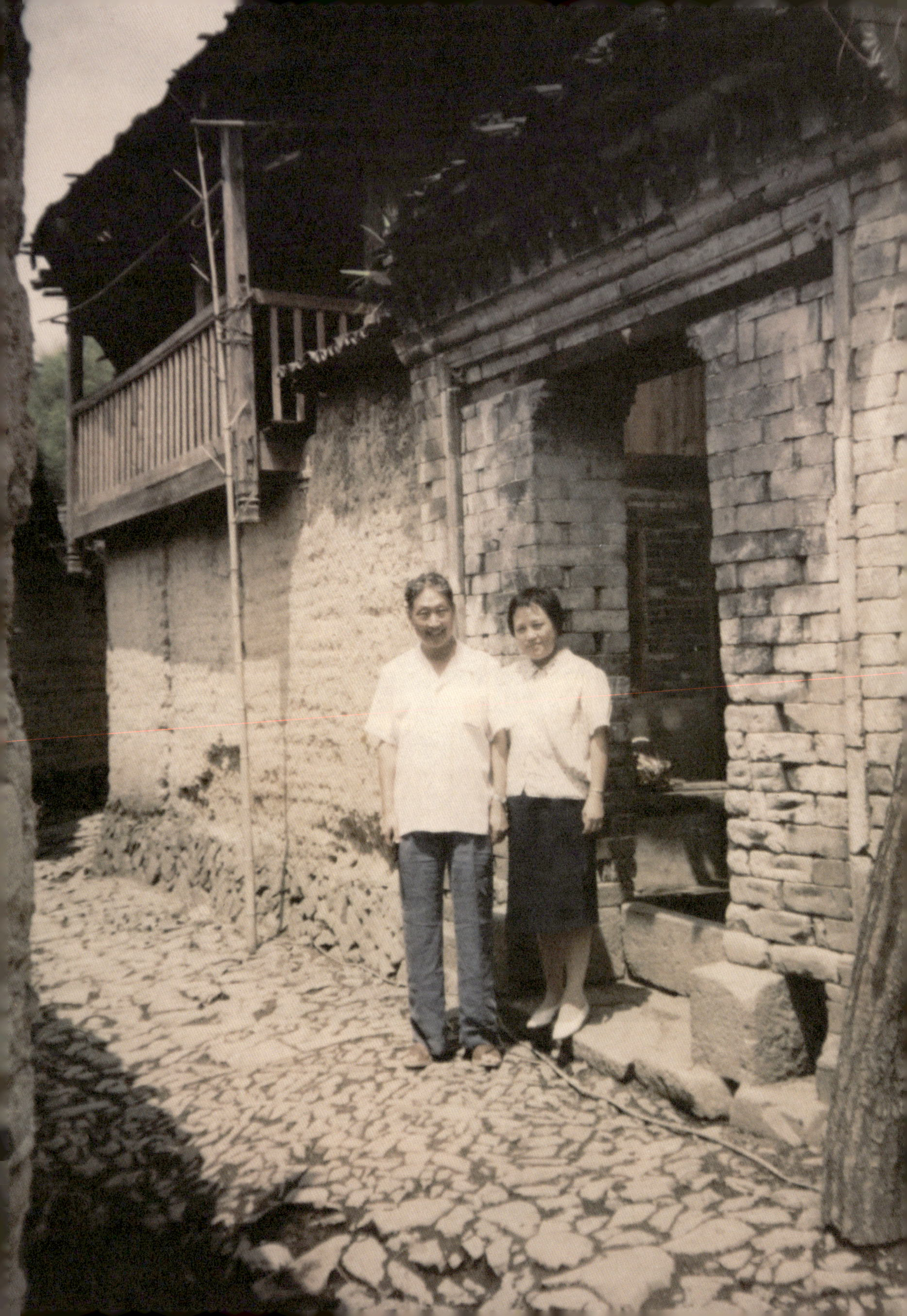

亚妮坐在老家的门槛上，无法想象在没有任何交通工具的情况下，父亲是怎样一步一步走出大山的。

影票，认识的，不认识的，送！老家真是他魂牵梦萦的地方。后来父亲又说，这么好的廊桥，这么好的山水，应该让全世界看到。于是，我把电影送去欧洲四十七家卫视。国外发来的播出日期表放在他的办公桌上，他那么高兴："你做了一件好事。"

守灵夜，我搜肠刮肚，发现，这是我为父亲做过的，仅有的，两件叫做"好事"的事。

这个打游击出身的革命知识分子，是个内敛又隐忍的学者和官员，在我人生的十字路口，每每面临选择的关键时刻，都有他的指引。从他身上，我学到了正直、磊落的职业坚韧；学到了对故土对家人的本份亲情；学到了对爱情持之以恒的濡沫相守。

进入电视台，紧接着考大学，毕业后又回台里担任导演、主持人，后又兼制片人，工作繁忙到不仅根本无暇顾及父母，还要烦劳他们为我抚养女儿。拍电影《没眼人》时，父亲已经迈过七十大门，本该到了享天伦之福的晚境，我却带走了本该属于他的最后十年，还有那辛劳笔耕所得的，二十万。我一千遍地假设，我一万遍地愧责——如果我有放弃，去陪伴父亲，应该会发现他身上潜伏的病灶；如果我全身心去照顾父亲，或许，他还在人间……

送父亲走的那天清晨，没眼人的队长七天给我电话，问我可好。我哭了。我说，如果还有选择，在没眼人和父亲之间，我一定选择父亲。七天没接茬。良久，说，他们十一个人，昨天，拿出所有的乐器，面向南方，为我父亲，唱了一天一夜，刚歇。七天又说，他们唱的是左权话，不知我父亲能不能听懂，但唱了，因为七十八岁的屎蛋说，能懂，天堂只通用一种话。

我至今不知道父亲为什么埋下这部文稿，难道他在等，等一种叫"通用"的歌唱？

2016 年 9 月 29 日于杭州家中

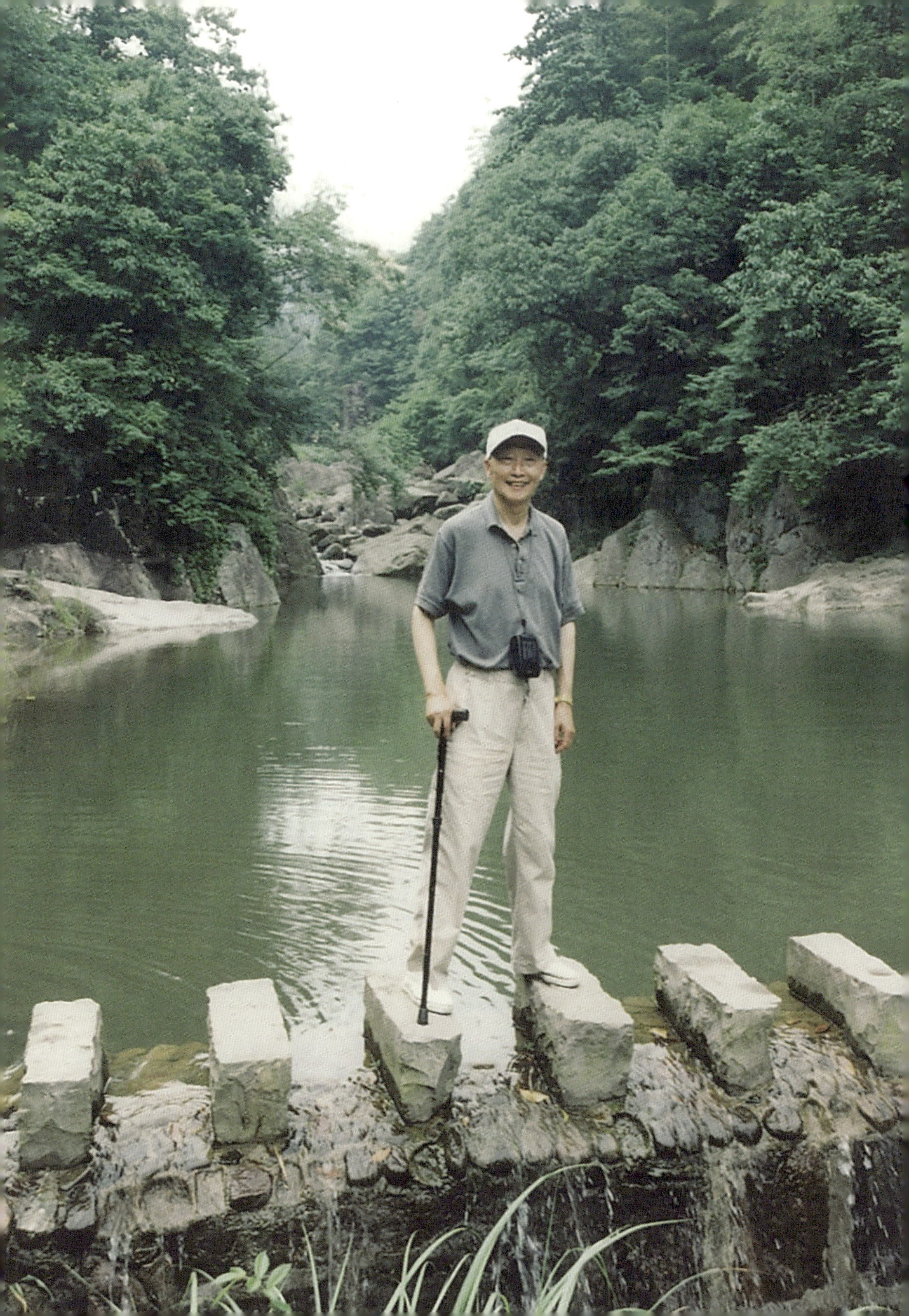

目 录

002　　一根牵连命运的锚

006　　刀马旦的码头

044　　我可以爱，也可以不爱！

052　　第一次见活佛的宁波小娘

068　　意大利刮过来的风很猛

078　　监狱的那个舞者

082　　无声的丁明和疯狂的"杨古董"

104　　这一生，就在等你！

108	神秘西夏
130	两个人的学校
138	遭遇剪花娘子
156	没眼的光棍八路
178	寻找记忆
194	遥远的古歌
206	亚妮自语

一根牵连命运的锚

The anchor of destiny

新千年"新春老新闻茶话会"上,宁波市的"老新闻"几乎全部到场。一位老同事走到我跟前,认真地说:"你该写写亚妮。"我有点发愣,不知他此话何意。或许是由于我是宁波市记协老新闻工作委员会的主任,是聚会的主角?抑或亚妮也圈在"老新闻"之列?可她还没"老"到可以"写写"的地步。我当时本能地一味挥手,此事就过去了。

一晃六年。

冬日一个凌晨,出去锻炼,不慎滑倒骨折,做了钢架支撑手术。那一段时间,成了我此生与女儿亚妮相聚最多的日子。尤其当麻药过后剧痛袭来,女儿在病床前会讲各种各样她经历的故事,以分散我的注意力。有些故事又会引出她过往陆续讲过的、让我颇觉稀奇的人和事的记忆。那些人和事,大多涉及非物质文化遗产的传承和保护,大多发生在崇山险壑的原住民区域,大多传奇,大多由亚妮百般艰辛地记录,在浙江卫视的"亚妮专访"栏目里播出。

我出院那天,亚妮离家。

她去拍一部电影。这部电影,其实是她从2002年就开始跟踪拍摄的一部长纪录片的延伸。那部纪录片,讲述一支在抗日战争时期曾为八路军谍战服务、七十多年又口口传承着非物质文化遗产、被山里人称作没眼人的一群流浪盲艺人的故事;那部延伸的电影,讲述那支队伍与一个盲人家庭两代人之间的生死恩爱。为此,她要进太行山,要跟没眼人的队伍流浪一段时间,完成电影的编剧。

那天，那位老同事的话回来了。

那天，我想到我与女儿的时日不会太长。

那天，我决定写写女儿，写写亚妮。

1975年，身为"当权派"而一直接受审查的我，终于被"解放"，回到市委办公室工作。

地委办公室分给市委一台黑白电视机，放在资料室里，常在晚上接收开办不久的北京电视台（中央电视台前身）节目，电视信号是由宁波电台设在华侨饭店楼上的微波台转来的。那时，市区机关和个人拥有这种小型黑白电视机，合起来也不过十几台。正好落实政策，补了一笔钱，我唯一的想法，就是给孩子们买一台看。

那时，电视机要凭侨汇券才能购买，也就是你得是华侨。我家隔壁住着一户有海外关系的人家，外甥女婿姓陈，听说后，二话不说，就把几张券塞到我手里。

那个夏天，亚妮十七岁。

那个夏天特别热。一天下午，知了不停地叫着。她妈妈满头大汗地抱回来一个纸板箱，他们兄妹四人兴奋地围过去，哥哥大叫："电视机！"没等妹妹们张着的鲫鱼嘴喊出话来，妈妈"嘘"的一声制止了一场"张扬"，在左邻右舍中，电视机可是个稀罕物。

那是台九时黑白电视机，飞跃牌，四四方方的，和市委办公室的一样。"飞跃"一到，五斗橱中央放着的"红灯"牌收音机，就只好退居二线。

整个下午，兄妹四人围着电视机转个不停，亚妮不时盯着家里那架红木自鸣钟，等着夜来。

大院及周围住了几十户人家。晚饭后，她妈妈让哥哥把电视机搬到院子里。亚妮和妹妹们也忙得满头大汗，竹椅子、长板凳，能坐的都搬出来，排成几列。

天将黑时,邻居陆续到来。有人选好座位,两脚一架,等戏开场;有人寒暄两句一头扎在电视机旁研究"西洋镜"。后来的几家,落座前还少不了你推我让一番,她妈妈指定的座位时常无效。站的、坐的、蹲的,闹哄哄像煞农村露天电影开场。

她妈妈向来重礼俗,把老人请到第一排,他们兄妹四个被安排在最后,我也站在最后。人越来越多,透过黑黝黝的人头,电视机越变越小。一个阿姨把亚妮拽到前排,又被她妈一句话唤了回来。最后,她哥哥很有风度地让出自己的小板凳叫亚妮站上去,才勉强让她的小脑袋浮上来。

电视机一直闪着雪花点。大院里一个姓丁的中年男人,曾是电台"一号男播",好歹与"电"有点关系,理所当然地由他摆弄这个时髦东西,旁边站着七嘴八舌的指导者。

几十人呆头鹅一般等了许久,当有了声音和图像的时候,节目好像已演了一半。

那个夜晚,尽管电视机的画面传到亚妮眼前已经模模糊糊,但几个小时里,她一直站着,小脑袋一直伸着,竟连手上驱赶蚊子的芭蕉扇也忘了扑扇。电视演完,腿上被咬得红肿一片。电视演什么,估计亚妮已记不得了,但无论如何,这是她第一次对那个神奇的东西有了朦胧的憧憬。我感觉,于冥冥中,一根牵连命运的锚,从时间的这一头悄然拔起。命运之锚,何时抛落另一头,往下讲。

刀马旦的码头

Peking opera kongfu

十七岁的亚妮扮演京剧
《盗仙草》中的白素贞。

十五岁的亚妮扮演京剧《红灯记》中的李铁梅。

亚妮十九岁开始出演古装戏。

唱做念打，对亚妮来说，小菜。

一年秋天，我从农村搞调研回来，保姆拿出一件八成新的红色外衣给我看，指着胸前新补上去的一朵花："你看你女儿把它剪下来贴在墙上玩，补上去了，还是有针脚的呀。"我问亚妮，为什么把好好的一件衣裳剪了个洞，她居然理直气壮，她想画那朵花。我对四个孩子都有期许，但因自身所遭受的不白之冤太过锥心，不想让他们再介入官场或文字工作，学个硬专业为好。发现亚妮爱美术，于是想请个辅导老师教她学绘画。杨古城就这样成了亚妮学画的启蒙老师。他是宁波工艺美术师，早先则与我同在《宁波报》，是报社的美工，1961年《宁波报》停刊后，被分配到宁波工艺美术厂。一联系，杨古城立马就来了。那时亚妮上一年级，每到周末，杨古城就背着画板或提

1997年，亚妮获中国广播电视节目主持人"金话筒"金奖。

着黑色小提包到我家里，边画边讲，画画讲讲，讲讲画画地教亚妮绘画。先是教素描，后来又教水彩，有了点基础，就到公园、湖边去写生。慢慢走远了，海边、村庄，一路画过去画过来，看她手稿，很像回事，拿杨古城的话，一点就开窍。

　　宁波人有崇文尚艺之传统，到1965年，有越剧、甬剧、京剧、木偶四大剧团，文革开始都被停演了。直到1970年5月，全国普及"样板戏"，宁波地委决定恢复京剧，从而成立了京剧训练班。十几岁的亚妮就到了实行完全军事化管理的宁波地区京训班受训，学的是刀马旦。酷爱画画的她，缘何去学京剧？这个问题我至今没跟她详谈过，但很明显，一定跟那场突如其

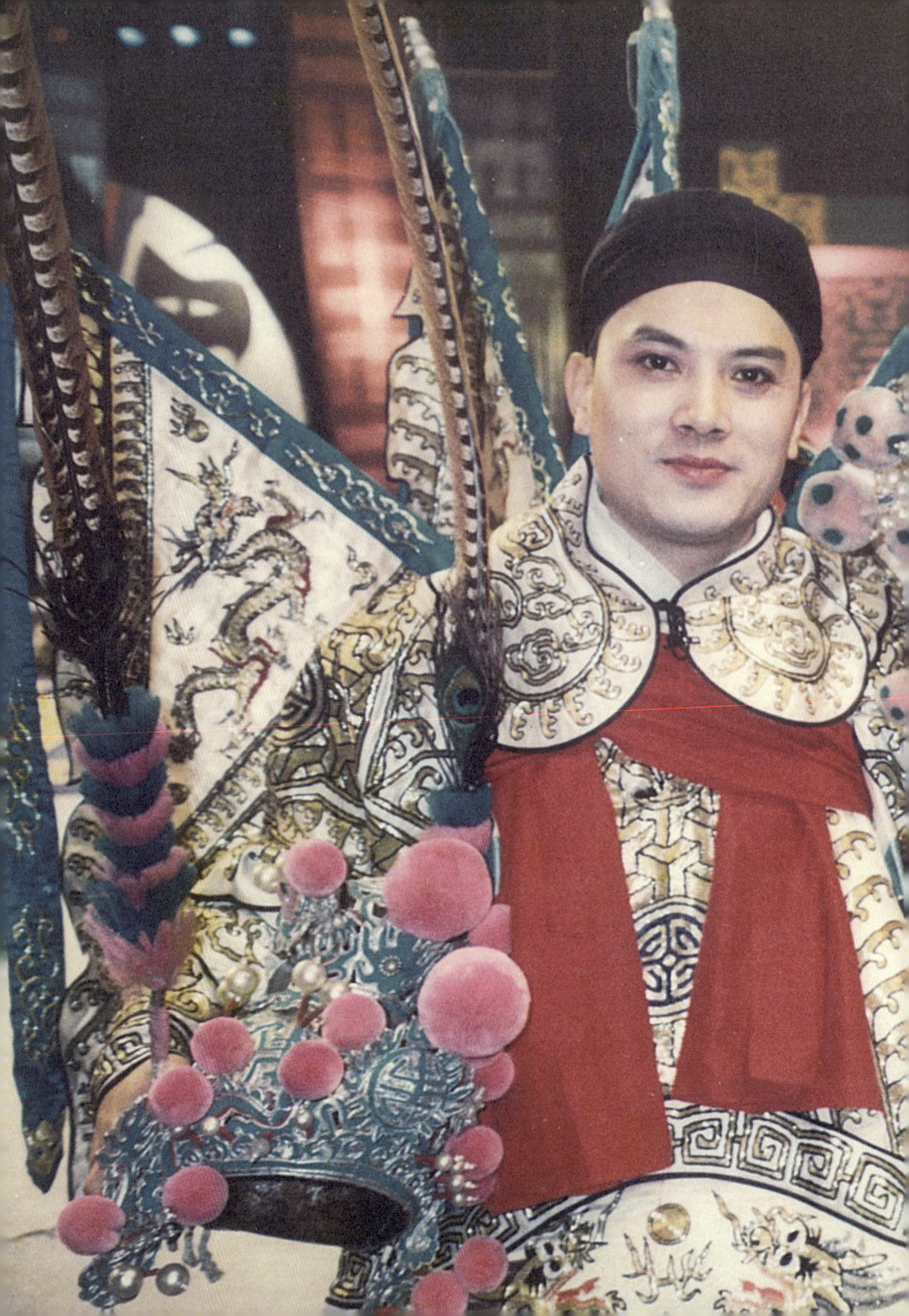

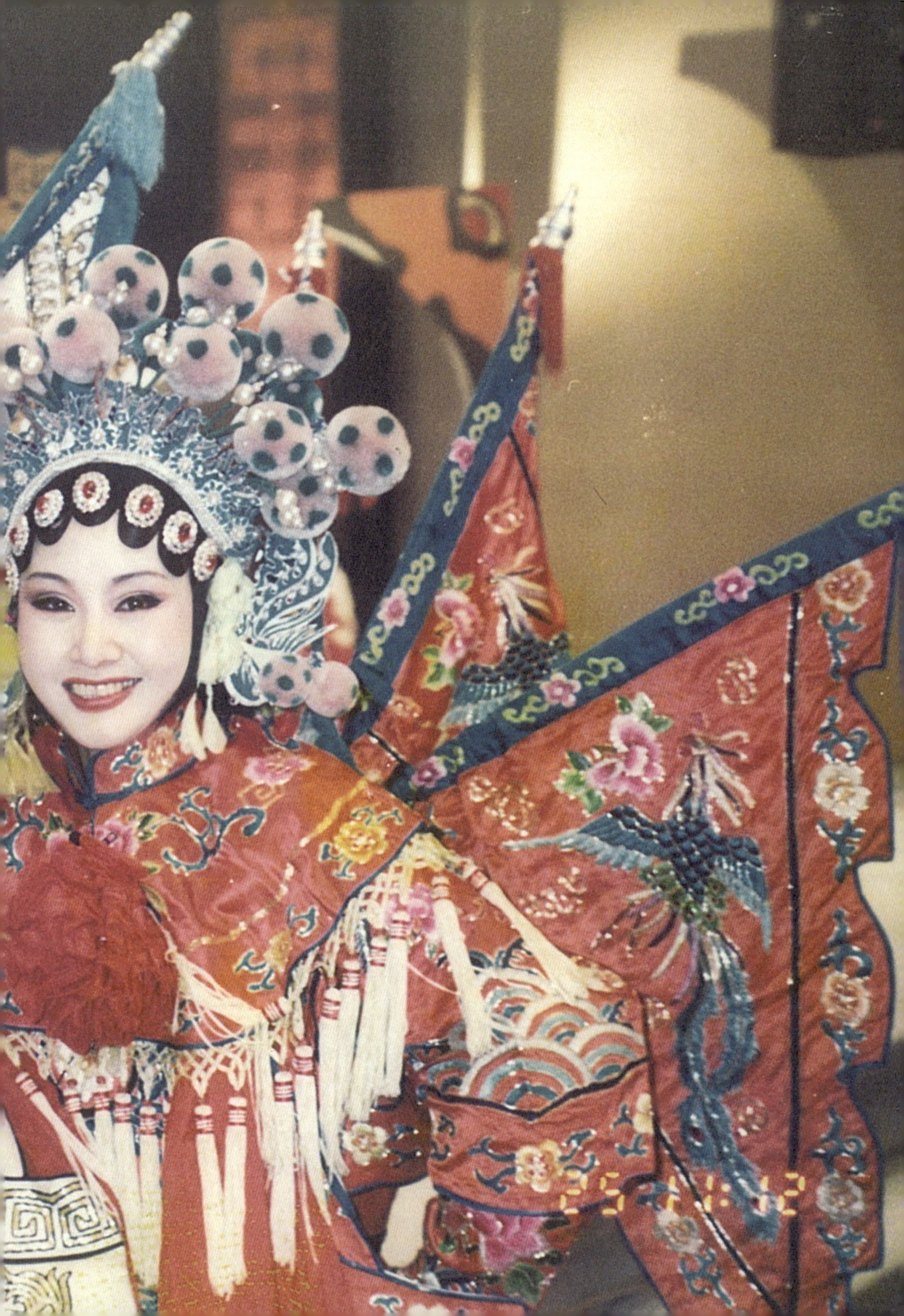

来的运动有关。然而，亚妮有点路路皆通的神奇，六年戏校，毕业时刀枪棍棒耍得翻云覆雨，跟斗翻得上天入地，武行学分全校第一。

我看过她演的几出戏，《红灯记》里的小铁梅、《智取威虎山》里的小常宝以及《平原游击队》里的小英什么的。后来古装戏解禁，她居然在全本《武松》里演孙二娘。十字坡的武戏，是我此生见过的最惊心动魄的场景。记得市委一次什么会议，请了宁波地区京剧团在天然舞台演折子戏，我跟她妈妈都去了。亚妮在《盗仙草》里演白娘子，我看她从一丈多高处一个后空翻翻下来，心猛地往下沉，她妈妈根本不敢看。在开打时，看到四面几条花枪向她投去，她不用手，用脚去踢，满场眼花缭乱。她妈妈低着头一直在说，这不是人做的事。可此女回家来，只松然一句：这叫打出手，绝活！

此绝活，在全国电视节目主持人大赛和后来的"中国电视二十五年二十五星"颁奖晚会上，她都拿出来摆门面，还扎着大靠、全身披挂，让赵忠祥大为讶异，问她从哪学的。此女大笑："这种功夫，学的？打小练的。"

尽管功夫了得，可她并不十分喜欢，我也不十分赞同从事这个职业，尤其是她屡次受伤。其实，起初听到她入戏曲行的消息，我心情就是复杂的。一方面庆幸她能躲开政治上的歧视，生活也会有保障，然而，毕竟年龄太小，这样早就放弃学校学习，将来如果戏又学不好，岂不两头落空！不过，对于子女，我们从来就让他们懂得，所谓出息和前途是要靠自己的努力，人生每一步都要靠自己去走，学业和工作的选择自己来决定，父母至多给他们提些引导性的意见，绝无依赖之可能。好在从戏校到京剧团，亚妮一直优秀，且从没放弃绘画。她的业余时间几乎都用在画画上。大热天，那时没有空调，她把自己关在房间里，静物、素描、水粉，还攻国画，除了画画，还是画画，未来的职业择选大有空间。

【亚妮说】

　　我看到这里，想起了王瑛老师给我讲过的事情原委。这位叫王瑛的人，是上世纪六七十年代宁波电台的一级播音员，我爸爸曾是宁波电台台长，她是爸爸的部下。那一年，全国掀起"样板戏"热，宁波地委要成立地区京剧团，决定从孩子开始培养。于是，要在全市招一批普通话好、长相漂亮、有各种技能的孩子。此时，从浙江省京剧团调来一批年轻、行当齐全的老师，又搜罗教音乐和普通话的人，王瑛老师就是其中一个。这批老师分批到各个学校招生，第一批就到了广济街小学，这是宁波市当时最好的小学。王瑛在二楼的一个班级，第一眼看到了一个女孩子，她叫出声："亚妮。"因为这个孩子从小就在电台的院子里长大，王瑛太熟悉了。她很敬重亚妮的父亲，也知道其父亲的遭遇，她突然动了恻隐之心，想带走这个电台的孩子。但孩子的父亲在牛棚里，是反革命，很多人反对。王瑛据理力争："不是还有'可以教育好的子女'一说嘛，在我们这个训练班里，培养出一个可以教育好的子女的典型，那也是一个革命的举措。再说，据我了解，她爸爸的问题快弄清楚了，属于人民内部矛盾。"其实，后面一句是王瑛自己瞎编的。于是，广济街小学就招了唯一一个京剧生——一个"可以教育好的子女"。这对当时的我来讲，就是一道曙光。在学校，为了摆脱困境，我不得不时常与人打架，或者领着一群女生去和别人抗争。尽管如此，学校成立"毛泽东思想宣传队"，我是学校文艺、学习的尖子生，没用，你得靠边，任何荣光的事，你都会被像垃圾一样扔出去。一次，学校不知道搞什么活动，一早我到了校门口，被拦下，因为我没有"红小兵"的袖章，我是低人一等的"狗崽子"。这天我不敢回家，怕外婆伤心，又不能进学校，只好在门口的树林里转，一直转到中午，回家，告诉外婆，我下课了。这样的日子我不要。所以，王瑛老师就相当救我于水深火热的神。所以，不是我喜欢京剧，而是因为那个京剧班是唯一可以让我避风的地方。

亚妮的国画老师是宁波名画家凌近任。我陪她第一次登门拜师，凌先生让她画几笔，此女不吝，唰唰几笔，老先生的容貌便跃然纸上。我心忖，真是初生牛犊，也不怕班门弄斧。孰料，老先生居然也唰唰几笔，两只虾鲜灵

灵地蹦在了他的"双丰图"上。好，老少一乐，手上东西一交换，拜师结束。以后，老先生的亲授竟乐此不疲。京剧团几年，亚妮俨然有些美术功底了，于是我就产生了让她改行的念头。

1979年春节，在一个聚会上，湘湖师范的老同学吕平跟我说，京剧团临时组建了"毛泽东思想宣传队"，由他带领，在鄞县鄞江公社扎营，搞"批

上世纪七八十年代，亚妮的素描已经相当见功底。

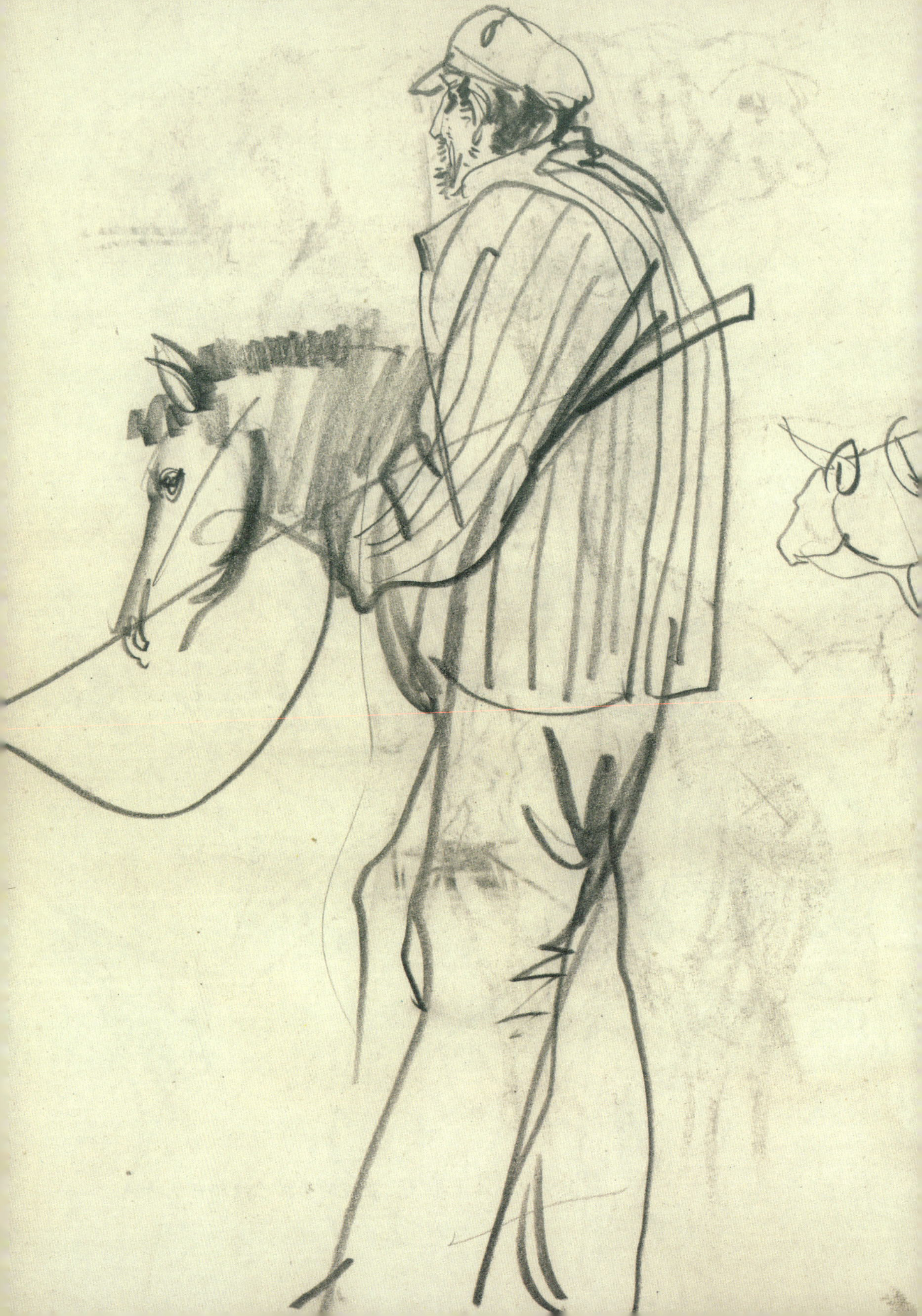

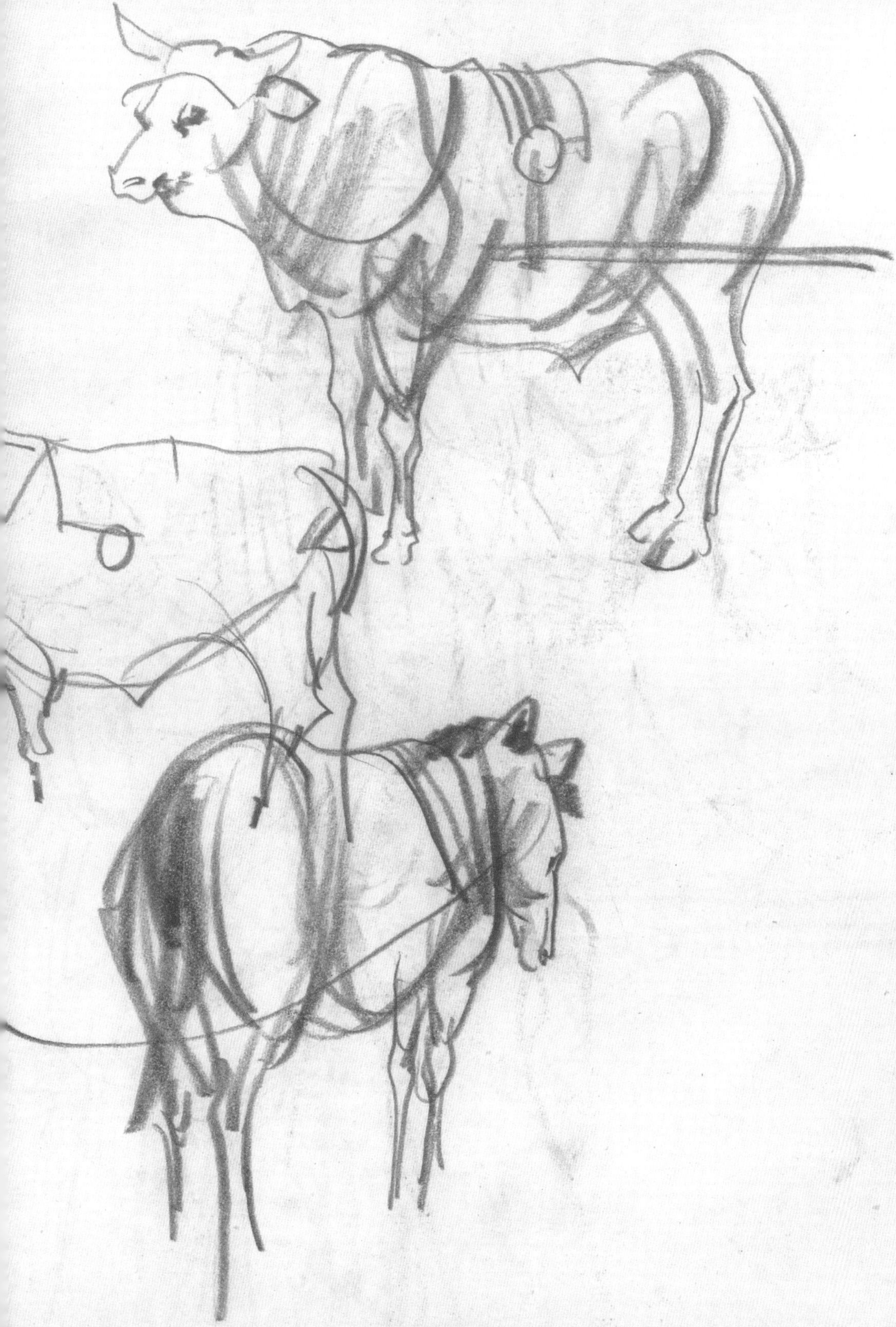

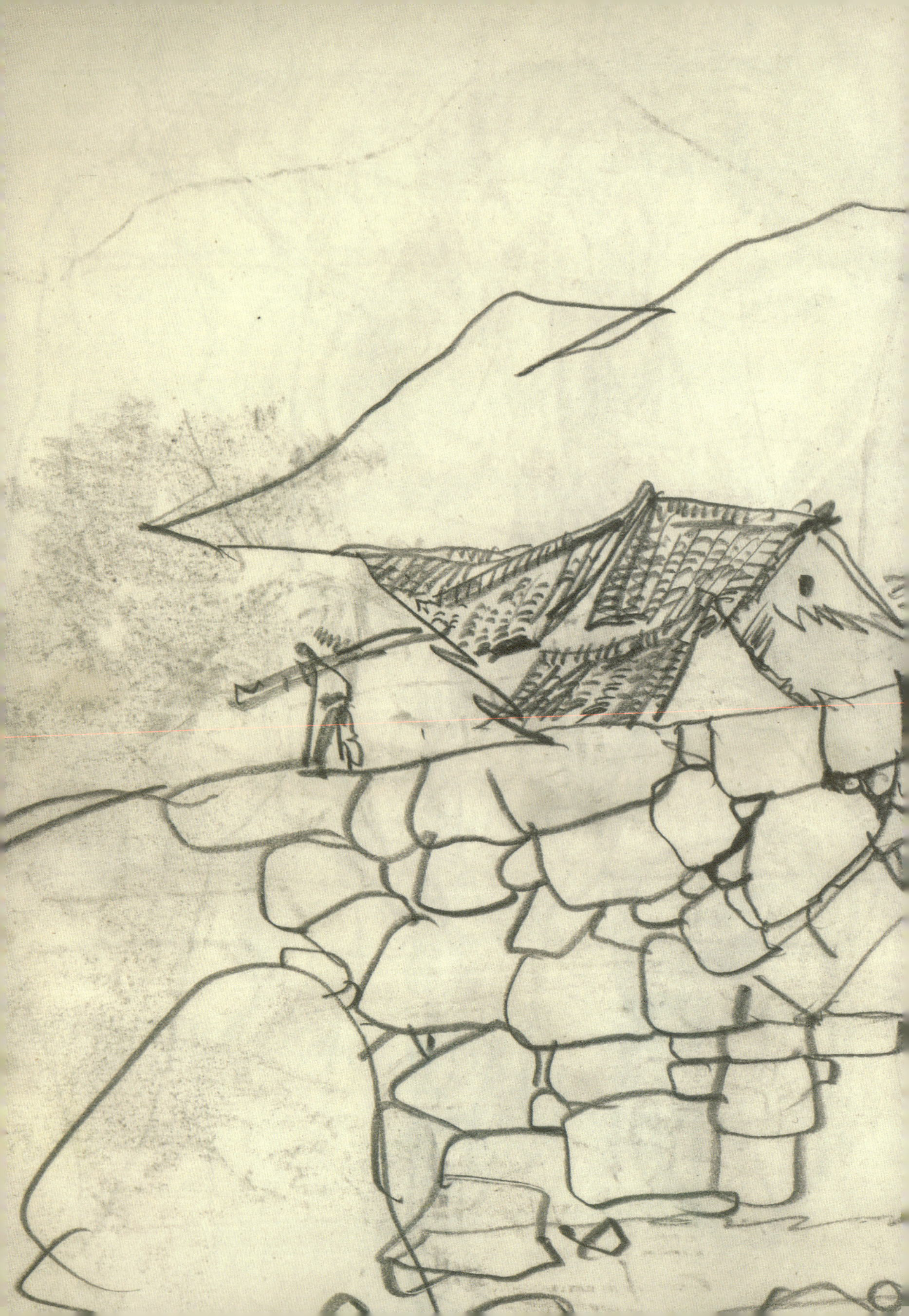

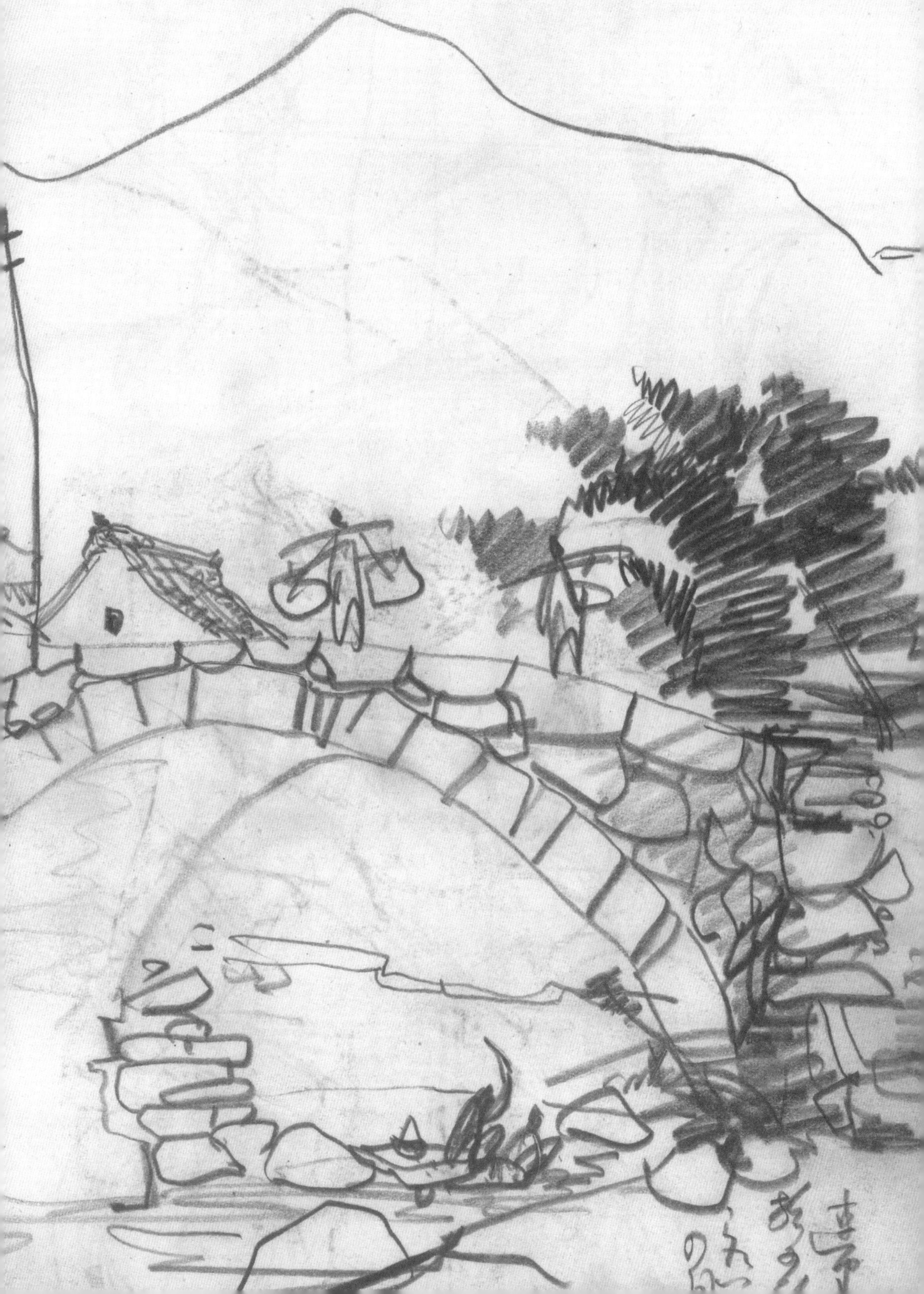

林批孔"，亚妮也在其中。亚妮给他印象最深的不是种地会吃苦，而是一有空就坐在田埂上画画，而且画得很专业，尤其是人物。吕平在中共宁波地委宣传部任职，平时跟亚妮熟，但不知道她居然有那么好的美术基础，在他看来，让这个才女翻跟斗简直天理不容。于是，他也劝我让女儿改行，于是让亚妮改行就定下来了。

她妈妈在市总工会当宣教部长，下属的市工人文化官有个从北京下放来的导演，叫李新华，要出差杭州，就托了他护送亚妮去杭州，进入当时的浙江美院补习班学习，期望她考入专业院校。

临走前几天，我交给亚妮一只大纸箱，里面装的是前些年市委宿舍拆迁时，我从她房间整理出的一大叠画稿。其中在1973年的画稿中，有水彩临摹的山村《男孩》、海岛《女民兵》、《解放军来到咱家乡》和名为《为人民服务》的一群女服务员等。1974年大多以舞台写生为主，有芭蕾舞的《喜儿》，还有《红色娘子军》等样板戏。1975年，她开始主攻工笔，所画《双猫图》、《山茶》、《双鹤》等，用笔工整、精细，且有水粉的晕化，尤其是那幅《鲁迅肖像》，一副深思熟虑、看透世界的神情，一侧还摘录鲁迅《在现代中国的孔夫子》一文里的话——"能像中国的愚民那样，懂得孔夫子的，恐怕世界上是再也没有的了"。1976年，她又回到素描，作品有表现练功场的龙腾虎跃，也有舞台上的百态千姿，在镇海白峰的部队招待所里写生的一组少女头像颇具功力，人物神情自然，情态迥异，都是她在京剧团的同学。1978年以后的大多数周末，她都背个画夹随杨古城从海上摆渡到舟山群岛写生。轮渡上各色人物的素描，是那个阶段最有价值的作品。其中一位青年女渔民的头像，短发过耳，深沉传神，摆脱了前几年的稚气和做作，已逐渐形成流畅走笔、恣肆留白的大写意风格。可亚妮不大在意这些习作，总觉得过于稚嫩，有时钟点工都会在什么犄角旮旯翻出她的速写本，她都随意一扔。于是，那只大纸箱又回到我书房。

到了杭州，李新华去为长春电影制片厂摄制组的朋友送行，亚妮随行。这次随行，几乎设定了亚妮的职业走向。那段传奇性的经历，记录在《大众电视》1998年8月号的特稿《成长》一文里：

香格里拉饭店的一间房里，几个彪形大汉正在整理行装，准备撤离。李新华随意指着稍年长的一个男人向我介绍：摄影师钟文明。一个更年长的男人横过来盯着我看，李新华又介绍：导演刘文余。钟摄影和刘导演似乎有片刻的眼神交流，然后踱着步在我四周转悠起来。也就几秒钟的时间，"啪"的一声，刘导演拍了掌，钟摄影响应："就是她了！"据说，我是长影厂这一行人在为电影《丹凤朝阳》"选美"踏破铁鞋终

亚妮在她的第一部电影《丹凤朝阳》中出演小凤一角。

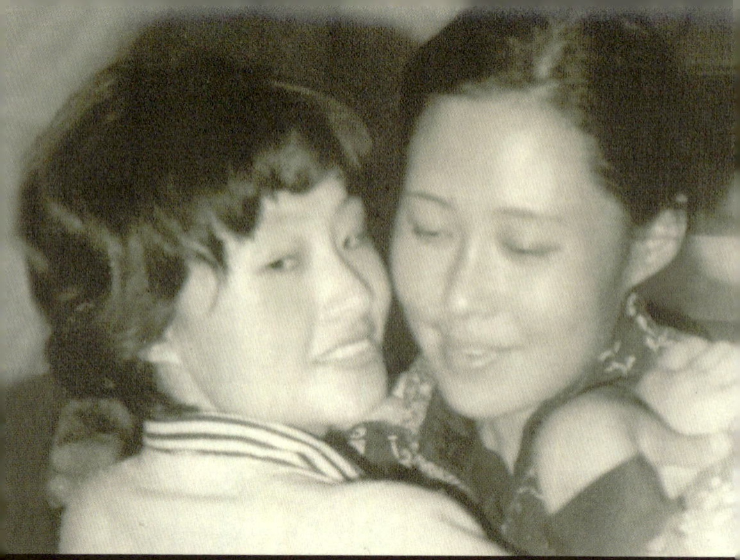
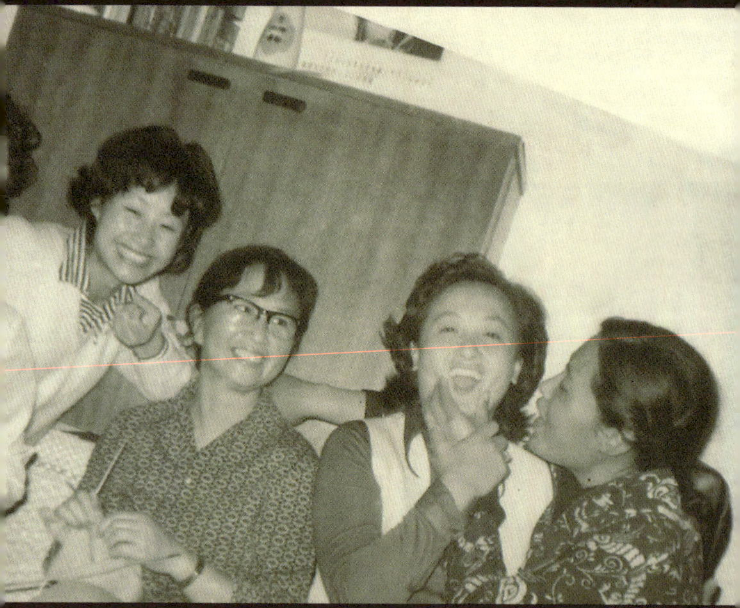
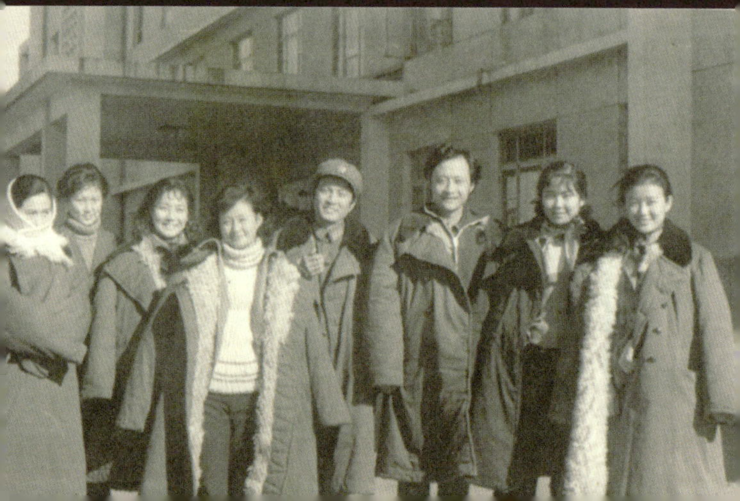

在长影的摄影棚,《丹凤朝阳》剧组的三个主角接待世界纪录片大师伊文思夫妇。

◀ 在长影和斯琴高娃等疯玩。

无望时出现的，再晚几个小时，这一切就不会发生。

世上有些事似乎就是"无心插柳"而来的。还没来得及考美院，却懵懵懂懂地摊上了《丹凤朝阳》的女主角。当天晚上，亚妮就要随电影厂的人去长春，电话里，她妈妈仿佛在听天方夜谭，不止一遍地和李新华核对事实。好在亚妮这位叔叔是我家多年的至交，不然事情恐难圆满。亚妮就这样在1979年丢下学了六年的一身刀马旦功夫，去了长影。

苏绣传奇《丹凤朝阳》是当年长影的大片。开拍前，亚妮被送到苏州一家最大的国营刺绣厂体验生活，她与刺绣女工同吃同住同劳动达一个月之久，刺绣手艺练到差不多可以混饭吃了。外景拍了四个月，在无锡、苏州一带。那是亚妮拍的第一部电影，她根本没有镜头概念，剧组的摄影大助，北京电影学院刚刚毕业，就耐心教她，亚妮中途高烧，人家格外照顾，一来二去，两人就走得很近。回到长影，住在厂招待所。摄影大助等一批电影学院刚毕业的人，还没有分到房子，也都住招待所。那个地方，聚集了当时最惹眼的电影明星，如刘晓庆、斯琴高娃、程晓英、石钟麒、潘虹、宋晓英、张金玲、陈烨等，一大批。当时的长影是中国规模最大的电影厂，一派火红，十几部电影在七个摄影棚同时哗啦啦干着。《丹凤朝阳》进厂，没有棚，得等。亚妮跟陈烨住一屋，因为她俩在剧中演母女。就在等棚的日子里，俩人就跟其他组的演员疯玩。那时候，还没有横店那样的职业群演一说，长影的摄影棚里，哪个剧组的群戏开场，都是各个剧组支援，甚至"腕"级人物都去援助。一天，一帮人为斯琴高娃的《雁南飞》剧组出群演，陈烨拽着亚妮，说让她认识一个帅哥，是《鞘中剑》的男一号。亚妮从小面嫩，二十几岁看上去就是十五六岁的模样。帅哥把她当孩子，慈祥一笑，这事就这么过去了。

摄影大助也在这时候有了想法，开展爱情攻势。无奈在招待所，算是集体宿舍性质，单独约会都难。隆冬的长春，夜里零下三十多度，人家约亚妮

在浙江电视台的风光纪录片《仙都》中出演"画家"。

在《仙都》一片中现场作画。

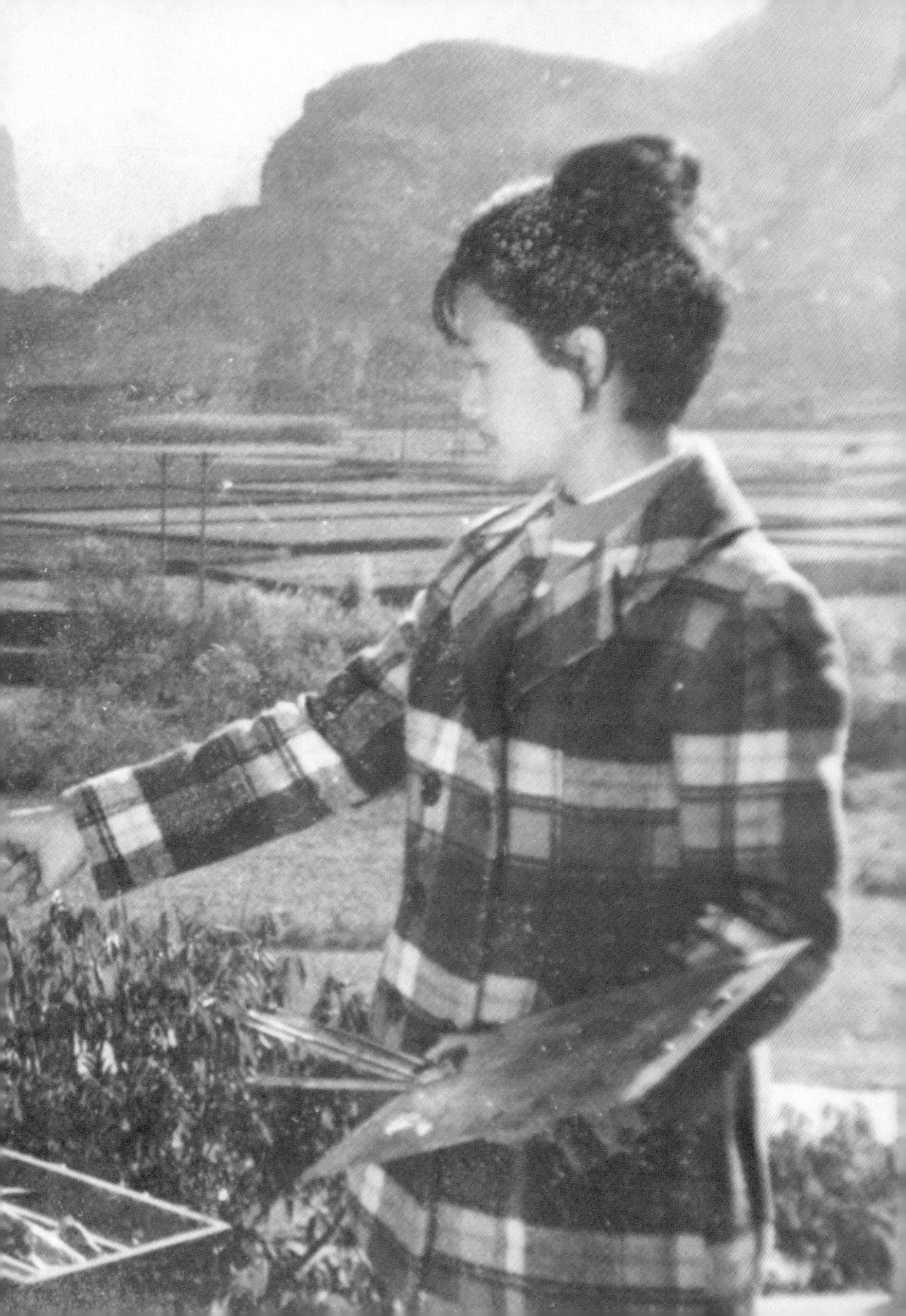

去空一军洗照片，然后顺势提出压马路，此女从来不会驳人面子，两人就压到后半夜。亚妮后来说，这是初恋。我记得她很认真的玩笑表情："那时的人都很傻的，你看在戏校时，严厉规定不许谈恋爱，男生女生就跟阶级敌人似的，水房打水排队，离着八丈远，好了，习惯了，傻到谈恋爱连拉拉手都不会，就这么在冰上走，身后的有轨电车丁零当啷地一遍遍过，因为实在太冷，裹得严严实实，连说话都听不见，更别提什么秋波冬波了。"

1980年《丹凤朝阳》拍完，她先上了北影凌子峰的《二月》，跟斯琴高娃演母女，但戏在筹拍过程中下马。没几天，一部叫《覆灭》的电影找上她，还是在长影。亚妮出演一个小战士，在战役中牺牲，戏很重。她去南京军区体验生活前回宁波，她妈妈第一次跟她认真谈话，希望她退出演艺圈。但亚妮还是在犹豫中去了南京。或许真是天意，不久《覆灭》剧组下马，亚妮如释重负回来，她对妈妈对自己都有了交代。

亚妮继续在杭州的美院学习。她的所谓初恋男友，则不管不顾地为她，执意要从长影调浙影。长影不放，他就天天堵在厂长家门口，还买通人家的小保姆帮忙，成了。蛮好的事，孰料，此女却紧急撤退（按照亚妮的说法，根本就没前进过）。理由，考大学。男友脚没站稳，就无奈离开杭州。这期间，浙江电视台一部名为《仙都》的风光片，要招募一个"画家"角色（那时没主持人一说，实则是个画家身份的主持人）。亚妮陪朋友去面试，阴差阳错，这个不仅要有现场绘画能力，又要有表演功夫的角色，最后录用的竟然是两者兼备的亚妮。仙都在缙云县，离我老家不远，同属丽水地区的高海拔山区。深秋跨到初冬，拍摄周期近一个月，回来亚妮病了。我们家附近就有个联合诊所，但她不去，躺着。她妈妈就笑："等着'叫魂'呢。"亚妮小时体弱多病，三天两头不弄出点事来，才奇怪。她跟外婆长大，大病小病，外婆一概认为是丢了魂，所以，每每生病，唯一的治疗，就是外婆给她叫魂。亚妮专门给我讲过叫魂的灵验和步骤。叫魂的道具有两件，一玻璃杯凉开水，上面盖着念过经的黄纸；还有就是一把竹扫帚。杯子放在枕边，扫帚倒过来放在门口。"叫"，通常由她外婆在天井进行，并无技巧，只是向天低声呐喊："阿妮，回来——阿妮，回来——"；"魂"一定是在声声呼唤后，回到那个守候家门的竹扫帚里，然后在诵经后，落入那杯凉水中。饮尽，蒙上被子，大汗中睡一觉，病必定见好。所以，我们让她看病，她都会自然地坚决拒绝。说来也怪，她从小有任何闪失，都是她外婆用这种法子帮她渡过难关。

《仙都》要播出了。为此，她妈妈把电视机换成了十二英寸，当然还是黑白的。播出那天晚上，我们那间小客厅坐满了亲朋好友。片子开场，亚妮站在花开漫坡的仙都山上，对着镜头笑盈盈地："在这生机盎然、百花盛开的春光里……"明明听到妹妹们在乐，她们都知道，那满山的"春光"，是几十个农民，费了一上午的工夫扎上去的，假的，姐姐拿腔拿调的样子也假。但这是亚妮在电视镜头前说的第一句话，那个"春光"乍现在她懵懂困惑的年纪，照耀长远。看那个片子的时候，我眼前总浮现出，那天站在黑黝黝人群后排的那个小脑袋。亚妮后来跟我说，她想起的，也是十七岁那年的情景，想起那个黑白的九吋电视机。至于以后日子紧跟的各种或意外或必然，或好或坏，她竟然统统称其为"莫名其妙"。

其实，亚妮并不是一个志向高远的争强者，她迁就，忍让，温弱，且随遇而安。但文革迫使她改变。有两件事我记忆犹新。一件发生在她小学二年级。她从小是班干部、三好生，但因我成了"死不悔改的走资派"被打倒，她一下子被"黑"到地狱，遭欺负就在所难免。一天放学回来，她额头带伤，问原因，不说。她妹妹亚平支吾。后来才知道，那天放学，亚妮听到对面教室亚平的哭喊、呼救，就径直冲了过去。一看，一帮男同学用桌子围住妹妹在批斗，还用粉笔砸她，一男生扫帚举过头顶，正扫向亚平。她一把推倒男生，开打。打架中，扫帚划破了额头，此女根本不惧，三下五下夺过扫把，

小学五年级的亚妮（前排右一）。

横身，急扫，"呼啦"——几个男生倒地。她不慌不忙推倒桌子，牵过妹妹的手，几步走到门口，回头一字一顿道："谁再敢欺负我妹妹，我打死他！"回家路上，她却警告妹妹，不许告诉大人。据说，从此别说低年级，就是班里的男生都不敢欺负她，女同学竟奉她为"头"。一个"反革命"子弟，一个"黑五类"，在文革有这种境地，实属少见。但亚妮依然不咸不淡，温弱中藏着极犟。这种秉性就此生成，不改。再后来，宁波地委为成立京剧训练班，去广济小学招生，一下子挑上了亚妮，在定行当时，她选择武行。戏校老师见她体格羸弱，还有点不同意，但她坚持。没人知道她选择的初衷，可我知道。

第二件事，也是那年。我们夫妻，原本住在我在宁波人民广播电台当台长时分的一套带花园的洋房公寓，被打倒后，自然就被"清扫"出来，搬去她外婆那里。外婆住的是电台早年的普通家属院，他们叫"墙门"。百来平米的明堂贯通东西两进的十多户人家，东面为电台家属，西面是其他人家。一天，因腿部烫伤引发感染以及肝病，我被允许去医院就诊。放心不下几个孩子，我偷偷回家一趟。东西院之间的明堂中，坐了五六个女孩子，在手编草帽。两个半人高的大木桶，深酱色的水里浸泡着旱草。其中一个女孩叫了声"阿爸"，竟是亚妮。编草帽是当时底层家庭一种糊口的活计，很苦。我过去一看，她稚嫩的小手，已经因为在水里不断浸泡和长时间编织而红肿，两拇指在渗血。我一把拽起她，她却甩了我的手，两眼直视着我，淡然，无话。我扭头回家，没再回头。外婆说，西面的人家有个叫慧芳的小娘来叫她的。我当然对外婆有些微词。外婆的"三寸金莲"摇到我跟前，细声慢语一句："家里菜钱都没了。"那时，我的工资基本扣完，而家里老少八口人，完全依靠我们夫妻的工资过生活，没了工资保障，可想而知。亚妮是姐妹中的老大，我在牛棚，她妈妈下放农村，保姆被勒令返乡，家务多半压在她身上。去菜场收点卖剩的菜叶子，打草帽卖钱救急，都是这个小娘。看着终身侍佛的外婆迭声"罪过"地摇着"三寸金莲"去准备叫魂的家什，再没看我一眼，我心揪起来。多少年后，有人告诉我，亚妮在大学里虽是英语课代表，学习拔尖，居然会有在全校织毛衣比赛中获得冠军的奇葩事。我不讶异，此女的奇葩事多了。

《仙都》一片是她进入电视台的第一个台阶。这个"画家"角色，为她成为电视主持人奠定了基石。随即，浙江电视台开拍一部十六毫米的电影《神秘的国画》。这部电影的摄影，也是《仙都》的摄影，叫沈荣达，在《仙都》拍摄过程中恋上了亚妮，穷追。记得亚妮还在家里说过，在外景地，沈荣达天天请她吃馄饨（好像是当时山里最好的食物），她不知人家的用意，兴高采烈地天天去（此女从小在与世隔绝的戏校长大，情感开窍很晚，晚到笑话连篇）。山里没有专门的馄饨店，桥头边支个棚子，挂个汽灯，来个人，面皮现擀。一天，夜戏过了十点才歇。沈荣达照例约她到了桥边。那个馄饨师傅已经认识他俩，早早擀好了面皮在等，三下两下热腾腾的馄饨就端到了面前。沈荣达不吃，支支吾吾，亚妮很饿，说你不吃我吃了，两碗馄饨下肚，一脸幸福。人家说话了，是爱的表白。此女跑了，从此再也不到桥边。后来路过桥边，那个师傅还问，我每天擀了面皮，就等你俩，出了什么事？回到电视台，沈荣达紧追不舍，她就跑去台长那里，说她不干了，要回宁波。台长弄明白状况，只好让沈荣达向她道歉，并保证以后界限分明，这才完事。可痴心者的这种保证又有什么用呢，沈荣达还是买这买那，一趟趟去堵，亚妮躲，根本油盐不进。《神秘的国画》一筹组，沈荣达让电视台把亚妮调过去做场记兼演员，亚妮就很发憷。剧组集中住在位于灵隐的一栋楼里，那是电视台所属的《大众电视》杂志编辑部，亚妮从小叫叔叔的李新华是负责人之一，特意把她安排在二楼朝南带卫生间的高配房间。那时独立带卫生间的房子不多。报到不久的一个晚上，沈荣达找她，她想跑，敲门声持续，急了，一看隔壁屋的阳台与她间隔不远，噌，跳了过去。亚妮学武行出身，戏校的宿舍在二楼，文化教室在楼下，午睡起晚了，上课铃一响，此女就直接从二楼栏杆外跳下去，在草地上一滚，站定，拍拍手，步入教室，她说武行同学都这样，所以，跨个阳台，小菜。那天，恰好李新华刚刚接回来电影的男一号进屋，见天外飞来一人，以为梁上君子，大吼一声冲过去，亚妮淡定如在家中，莞尔面对，李新华刹车都来不及。还好李新华看亚妮长大，也就如此，那个男一号则目瞪口呆。李新华忙不迭介绍，亚妮和目瞪口呆者同时笑起来，这个人就是在长影有过一面之缘的《鞘中箭》的男一号，此时入职中央电视台中国电视剧中心，算是同行。同行第一感觉，亚妮长大了，继而发现，此女美貌清纯，尤其真实，毫无演艺圈的"圈味儿"，手握过来就热情有加了。李新华看出门道，况且他是那个同行的干爸，于是，牵起红线就非常自然。没几天，同行约亚妮吃饭，亚妮觉得尴尬，想带一个伙伴。想来想去，居然想到了沈荣达。好，人家跟去当了电灯泡。据说，饭局一开始，她才知道同行是沈荣达北京广播学院的同学，此次来杭州，全然是源于他的游说，也不顾人家的尴尬，说："我就想考北广，哪天咱就是师兄妹了，一对师哥提前请我，正好。"她挨着沈荣达坐，还给人夹菜，弄得同行信心全无。回来路上，不知怎么就管沈荣达叫大哥了，后来两人的关系就此变了，一直到她跟别人结婚，都亲如兄妹。

新千年伊始，传来沈荣达在"航拍浙江"中，和部队一位直升机特级女飞行员双双在浙江东部山区坠机身亡的噩耗。亚妮哭了，哭得伤心。她总说，这是个好到可以放弃自己的好人，帮她可以帮到无条件的同事。奇怪的是，亚妮的朋友和同事，包括家人，都对她好到无尺寸的包容。我以为，多半是她无厘头的简单，那种干净，且，自心。李新华有意无意促成的事，我很不满。演艺，基本就不是个职业，这个圈也不适合亚妮。再说，亚妮没有正经谈过恋爱，万一被人蒙骗，万一……你老兄总得跟家长先有个沟通吧？过程我基本局外，她妈妈也生气。但我们家向来民主，尽管反对，也只是给予意见，最后定夺是她自己。亚妮孝顺，通常家里反对的事，她会考虑退出，我们就等。

紧接着，浙江电视台与日本福井放送合拍大型电视纪录片《中国浙江之今天》。日本导演执意要一位中国江南型的女主持人与日本男明星搭档，在杭州找了一圈，不理想。亚妮正好从外景地回来，去广电厅厅长那里面谈以美工编制正式调入浙江电视台的人事手续，当时好像没有主持人这种编制名额。厅长看着这个过于瘦弱的美工，犯愁。上世纪八十年代初，所有电视台的演播厅，与舞台无二，背景都是幻灯加布景，还有从几十米高挂下来的网景，都是美工爬梯子手工画的。厅长："要不你搞行政？"亚妮头摇成拨浪鼓。此女性格有点孤傲，不喜欢扯家长里短，也不谙人际关系，尤其是因为我而受的磨难，文革凿在她骨子里的伤痕，虽不说，但一定痛。所以，厅长的提议，被她一口回绝。多少年后，成了浙江卫视的台柱，几次发展她升官职，都一概拒绝，她只接受专家营生，这是后话。亚妮希望厅长信任她的能力，说起了在《仙都》中跋山涉水作画的经历，厅长眼睛一亮："行！接着干！"没等亚妮明白过来，就让人直接把她领到了日本导演那里。这一脚踏进，连她自己都没料到，不久将铁板钉钉地钉在浙江电视台主持人的位置上。

那年春夏之际，亚妮正式担任《中国浙江之今天》中方主持人，结果很圆满。一年后，她以美工身份顺利进入浙江电视台——没去画布景，在文艺部电视艺术团当舞蹈教练兼导演助理。

按理，到这里，那支命运之锚，算是抛定了码头，就此她大可在浙江台顺风顺水前行。可此女放不下海阔天空的演艺专业，可能还有央视男友的影响，先后主演了电视剧《生活的脚步》、《聂小倩》等；1984年，被电视连续剧《红楼梦》剧组锁定的同时，又受邀出演山西电视台讲述一对煤矿姐妹传奇爱情的电视连续剧《归去来兮》。或许就是冥冥中的天意，时任长春电影制片厂副厂长的苏里导演，带着山西省作协主席王东满，刚好同一时间在《归去来兮》的外景地为电影《点燃朝霞的人》选景，撞见了亚妮。此前他在厂里审片时见过她主演的《丹凤朝阳》，认为她的戏路自然朴实，形象清朗阳光，就想让她出演剧中的角色。可剧本初稿是男人戏，为此编剧王东满与苏里商定，用王东满的满和亚妮的妮，量身写个叫"满妮"的女主角。然而亚妮还是犹豫。回到北京《红楼梦》剧组学习班后，她给我打电话，说

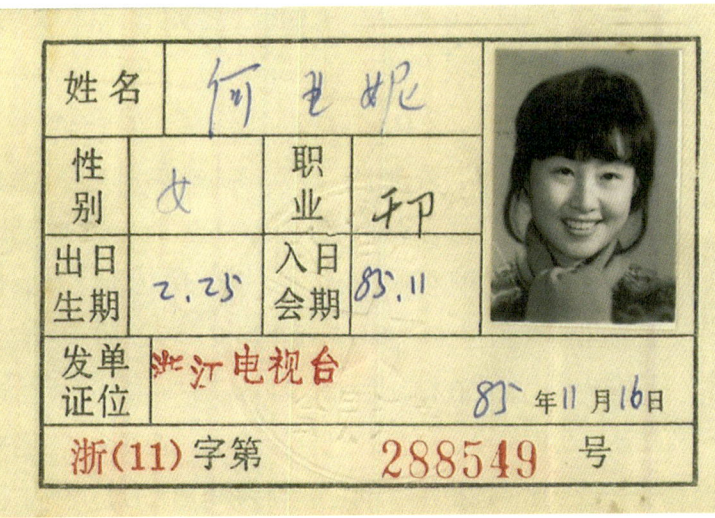

亚妮的第一张工作证。

苏里专程又去北京做她的工作，问我何去何从。其实我一直不太赞同这种改行，事已至此，跟老革命出身的苏里，也是个说道。结果，1984年4月，亚妮又回到长影，在苏里的收山之作《点燃朝霞的人》中出演满妮，第一次踏进了太行山。

其实，她一跟我说这件事，我第一感觉是不靠谱。这部土得不能再土的戏，跟亚妮的形象完全不相符，她自己都讲，接过剧本就底气不足，小时候除了念"红红的太阳，蓝蓝的天，金黄的稻子望不到边"，对农民的生活一窍不通，更别说远在西部深山里的农民。据说第一次试镜头，摄影师坚决摇头，是苏里坚持，甩给主创硬邦邦一句话："等着瞧。"

《点燃朝霞的人》，讲太行山年轻人打破传统樊篱、奋力致富的故事。全部外景选在山西省左权县麻田乡。那个地方在太行山最深处，上世纪三十年代末四十年代初，是八路军总部所在地。连日本人扫荡都难扫到的僻壤。

苏里拍戏追求原生，摄制组主要演员全部下村，分到农家体验生活一个月，并且一律换上剧中的服装，同吃、同住、同劳动。亚妮分去的那户人家除了好几垄地，还有一口烧砖的窑，成天窑火熊熊。一个月后，种田、烧窑、赶集，端着大碗蹲在"家"门口喝小米粥，就是一副要嫁进来的模样了。等拍摄的大队人马开进村，亚妮混在村里的小媳妇大姑娘间，拍着手在村口迎接，那个摄影师根本没认出她。现场再试镜时，摄影师又摇头，这次是佩服苏里："像！"但"像"只是个起步，要命的远在后头。一开始就出师不利。有一个"满妮在村口挑水久逢男友"的长镜头，虽然道具师只给她装了半桶水，但时间一长，肩膀被磨得生疼，一遍遍地来，越来越像京戏中的花旦，一步三摇，连拍九条都作废。那时电影胶片是用外汇进口的，很金贵，苏里

1984年，亚妮去长春苏里家中拜访。

绷不住了，当着众人吼："你他妈这一个月干什么了，光吃饭了吗？不行就滚！"其实后来苏里说，他的"滚"就是当天不拍了，收工的意思。可亚妮也绷不住了，坚决打退堂鼓，当天晚上找苏里，要回家。这回那个摄影师大反转，好说歹说，竟然说服了亚妮。后来的完成，苏里的评价是，相当好。我至今不晓得她怎么能做到"相当好"。

2013年初，她去麻田拍《没眼人》，接待她的是新上任的县文化局长，叫王建军。见了亚妮，问记不记得他，亚妮摇头，王局长就笑起来，这一笑，亚妮突然记起："你是村公所那个剃着平头总是在笑的王秘书？"二十九年前，《点燃朝霞的人》剧组，集体背着铺盖入住村公所的宅院，男女一分为二，分睡东西两排厢房的通铺。村公所的王秘书，是村里派出专门协调剧组拍摄的。已经是王局长的王秘书，记忆弥新，说，那时候他经常下乡工作，但无论到多远，他一定想方设法返回来，为的就是看一眼那个"漂亮的满妮"。还提到，"九条都作废"的那天，他就在现场，当时很恨苏里，直跟道具师傅求情，可人家没理他。一聊二聊，两人热络到如同家人，在以后多少年的《没眼人》的拍摄中，王局长总是想尽办法关照亚妮。没眼人开玩笑，你多认识几个王秘书，我们的日子就好过了。

1984年前后，二十出头的亚妮，南北各地窜来窜去，考美院之类的梦想被甩出地球，跟我的设想越来越远，生命之锚在没有先兆的诸多"莫名其妙"中，起落各个码头。

亚妮和编剧王东满。

《点燃朝霞的人》中的满妮。

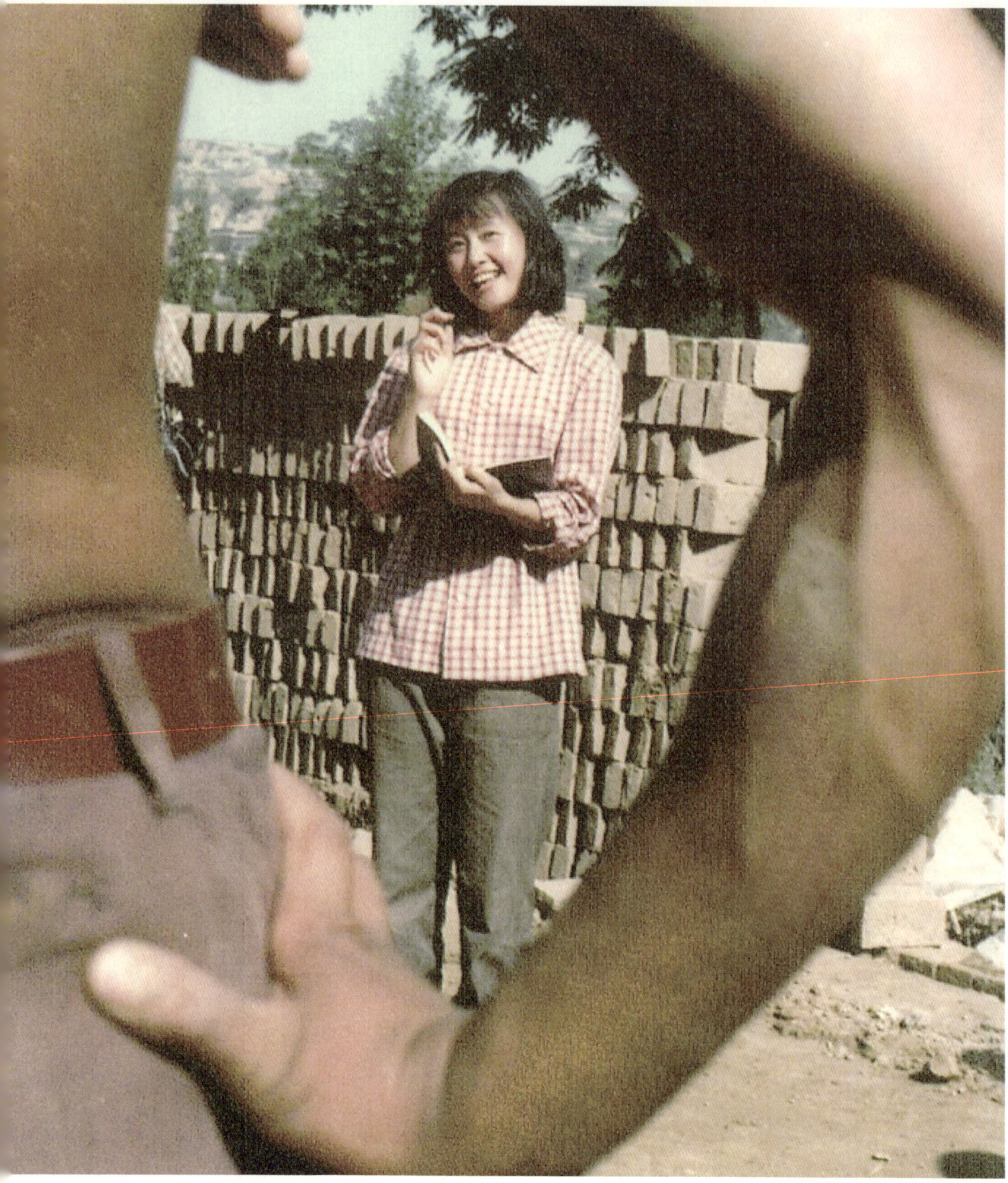

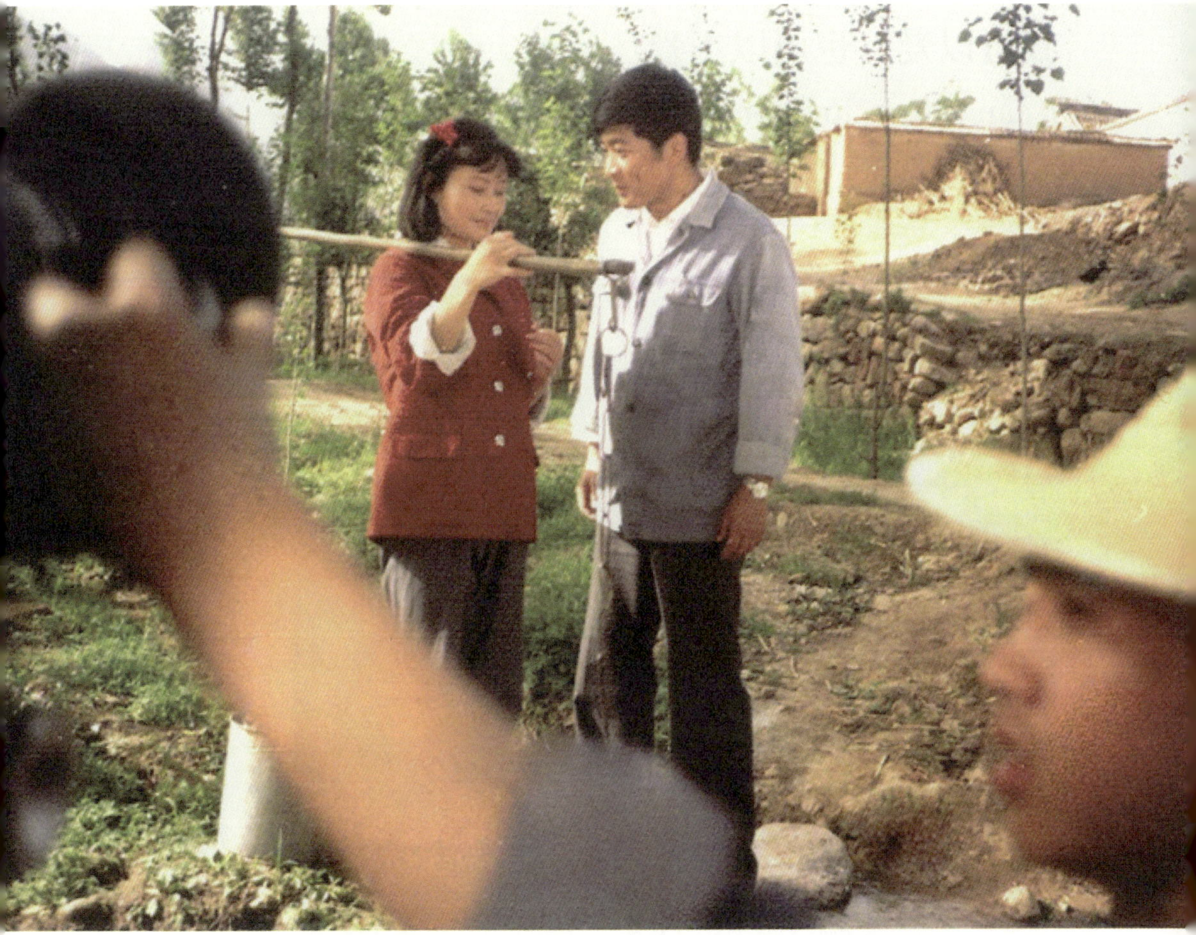

我可以爱，也可以不爱！
I can either love or not

《点燃朝霞的人》是亚妮演艺生涯的最后一部戏，太行山似乎是她职业漂泊的最后一站。但这个结束，很诡谲，很天意，那就是，它为二十二年后一部电影埋下了缘，那部电影就是《没眼人》。

拍完《点燃朝霞的人》，亚妮做了苏里和严恭的关门弟子。当苏里出山拍电视剧《枪口》和《特区的兵》，亚妮担任他的执行导演。那年初冬，亚妮因《特区的兵》在厦门鼓浪屿八连军营体验生活，同时为剧本分镜头。《特区的兵》讲述一支英雄连队在特区建设中，以忠诚、文明、亲和的融入，被誉为"特区卫士好八连"的故事。这是她首次直接下部队生活。连部有个小二楼，亚妮的住房在二楼最后一间。报到第一天，一进屋子，没站稳脚，就听见门口一声响亮的"报告"，一个十八九岁的战士端着一脸盆水站着，是连部派来的勤务兵。亚妮招了手，腼腆的勤务兵才进来。脸盆忘了放，仍站得笔挺，问首长需要什么。亚妮说，你不用叫首长。勤务兵改口阿姨。亚妮又说，我才大你几岁，阿姨？勤务兵就端着水发愣。亚妮过去接过水："直接叫亚妮，以后也别端水，告诉我水房在哪儿就行。"勤务兵手一指，她的窗户对着一片大操场，操场尽头一排平房，那是水房加食堂。勤务兵涨红着脸，不知所措，亚妮就跟他聊天。聊来聊去，放松了，他河北老家有俩姐，于是就顺口叫了姐。后来，俩人亲得一塌糊涂。

每天天没亮，起床号就清脆嘹亮地响起。操练，吃饭，各种军号不绝于耳，亚妮进入严谨的军训状态。每天三顿饭，都要穿过操场，一个窈窕淑女，尾随一个朗朗少年，一操场的兵都兴高采烈转着头注目。恰巧，时任全国妇联主席的邓颖超视察八连，听说有个小导演在执导《特区的兵》，便想见见。11月27日10点，在鼓浪屿宾馆，邓颖超与中共福建省委书记项南一道接见了亚妮，询问电视剧的筹备情形，并作了指示和鼓励，她与小导演交谈甚欢。

　　一个多月后，亚妮离开八连，随剧组出外景。勤务兵写信来，说八连的操场好像少了什么，军号好像也没她在的时候威武了，一操场的兵，时时会望向那座小二楼……亚妮一直保留着那个勤务兵很多年的来信，包括他复员、回家、相亲到结婚，俨然就是一个弟，后话。《特区的兵》一杀青，亚妮当天晚上给我电话，说决定调往福州军区，军区有关首长亦已同意。什么意思？她妈妈如坠五里雾中。要入伍了？我倒高兴，尽管这个"行"改得有点唐突，去部队我还是认可的。又一道天光开启，但电视台就有点火了。一个新调来的文艺部女主任，是她的顶头上司，上任三把火，第一把火就烧到福州，一纸公文，勒令她在借用合同期满后即刻回台，不然作开除处理。开除？入伍？必须迅速择选，她最终妥协，回到台里。

　　时光到了1985年。

　　亚妮身边出现了另一个帅哥。这是一个警察，追她近乎疯狂，亚妮走哪他跟哪，关心呵护到无微不至……最后，人家把枪拍在她面前，要她表态。要说同意，她真心不爱；若说不同意，人家拿性命威逼。简直就是一出惊悚剧。面对如此窘境，这个简单惯了的宁波小娘，一干脆，结婚了。

　　得到她结婚的消息时，她已在北京安了家，跟央视的那位男友。她妈妈始终反对这门婚姻，尤其担心两地分居的后患。但我们都了解此女的脾性，迈出任何一步，一定有她的理由。

　　这年临近年关，亚妮在家休息。苏里特地从长春赶来与我们相聚，住在与我家一墙之隔的宁波华侨饭店。那天上午我与亚妮一道去会他，他一见亚苏里在宁波拜访何守先。

亚妮考上大学，苏里携夫人刘淑彩到宁波送行。

妮就如慈父般叫着"闺女"，眼里满是慈爱。

在家里吃饭时，苏里提到，亚妮的艺术天赋难得，要让她考北京电影学院导演系。我陪他游览了宁波的一些名胜，其间多半也是谈亚妮的发展。我才知晓，这位老导演是专程来做我的工作的。

1986年春天，亚妮忽然背着一个大包回到家里，说她已经向台里请了长假，要在家里闭门复习功课，秋季去考北京广播学院。我们当然高兴，问她是台里保送吗？她说，不是，全靠硬碰硬去考。这下我们紧张了，心里发怵。凭她在戏校完成的高中，去考一流的大学？赶紧四处给她请数学、英语和地理辅导老师。

从春节过后开始，亚妮每天足不出户，埋在房里堆积如山的高考书籍里，一门一门地硬啃。困了，为了提神她就喝茶水，茶水不够劲，就喝咖啡，以至后来见了咖啡就想吐。没多久，干脆上了专业的高复班。

三个多月后，她离家去参加入学考试的那天，家里人都祝愿她魁星高中，她妈妈还按照宁波的风俗，烧了两只红色蛋给她送行。

一个月后，传来消息，她数学分仅有十七分，但英语得了高分，作文和地理几乎满分，最后以浙江考区最高分被北京广播学院导演专业录取。亚妮回来那天，她妈妈烧了满桌的菜，一条鲤鱼放在中间，上面还扎了条红丝带，

亚妮跨进北京广播学院大门。

我老家的习俗，寓意跳龙门之喜庆。

此时，电视台文艺部已经换了男主任，叫范平，非常看好亚妮，就跟她达成协议：带薪上学，毕业后回台。亚妮没想到有这般好事，成交。

亚妮考上的这个班有个特点，因为有很多少数民族的同学，便很活跃。开学那天，在礼堂逐一自我介绍，艺术活儿一波接一波神显。最后轮到亚妮，她茫然四顾，然后点点头，拨开同学，一个空翻，站定，就像体操比赛，一拍手上的灰："我只会这个。"同学大眼小眼瞪齐。

大学毕业这一年，对亚妮来说，是面临生活和事业双重选择的一道坎。

丈夫要她留北京，为她争取到央视的一个编制；部主任赶去北京要她回台，且为她所学铺设了平台。央视当时只有磁带库管理员的职位，那就是，磁带管理员或离婚之间选一，也就是，家庭和事业理想，不容你脚踏两只船，你得在很短时间内定夺。她的难处，我们都不知晓，她从不给父母添堵。回家，淡然告诉我，她离婚了。离婚那天，两人还专门去北京的莫斯科餐厅吃饭，平和友善，相互礼让，根本没有财产分割一说。她妈妈问一百句，她随意一句："我可以爱，也可以不爱，不要复杂就好。"对亚妮来说，婚姻就像向日葵，光亮里开放，日落时低头，但不凋谢，在等果子的饱满，在等又一轮阳光的轮回，暖或不暖，问心就好。

两年后，亚妮在哈尔滨抚养的女儿来到了宁波。一直到十七岁去美国，这孩子始终跟父母感情笃深。亚妮希望孩子有健全的情感环境，所以从小，每每寒暑假，女儿脖子上挂着送、接双方的地址和电话牌子，由飞机"托飞"至北京或哈尔滨。这种锻炼，也为她日后硬朗地远行美国打下了基础。女儿也遗传了亚妮纯净、独立、孝顺的秉性。去美国前的高中阶段，她每周五坐大巴到杭州，两天在"新通留学"补习托福，她妈妈基本不在。在此期间，她常常挤时间帮妈妈打扫好卫生，清洗干净冰箱，采购食品将它装满，留下字条，周日坐大巴回宁波继续上学。没有埋怨、矫情，觉得妈妈不容易，自己做就好。去美国那天，她妈妈从太行山电影拍摄现场赶到浦东机场，几句话就分手了。看着女儿笑盈盈走向机舱，那么小，硕大的背包几乎遮蔽了身体，亚妮再也忍不住了——等女儿回头，妈妈已经转身，因为落泪如雨。女儿站在舱门外的甬道上，冲妈妈背影摆摆手，就此孤身异国八年。

在美国求学，一到寒暑假，孩子一定回来，因为外婆外公身边只有她。回去，总是帮外婆买齐全日用品，瓶子上用签字笔写上大字，怕上年纪的外婆用错东西，然后背起行囊松然辞行，绝无"十八相送"之场景。大学毕业，打电话给她妈妈，问有否时间出席她的毕业典礼。"亚妮专访"每周播出，亚妮满天飞，没时间去，孩子也由衷说一句："没关系。"硕士毕业，她妈妈还是没时间去，孩子依然安慰妈妈："没关系。"这都是后话。

也是从那年起，苏里便与我们家音讯不断。2002年他再婚，带着妻子从长春来宁波，两家几近亲戚。直到过世，这个亦师亦父的老导演，一直全心呵护和扶持他最后的弟子。我认为，亚妮最终择选的这条道，以及后来用近十年的心血和所有，去记录一群盲艺人的生活，去俯拾非遗传承的散落，去关注人文精神的生态——沉下去，并不抱浮上来驰骋舞台的骐骥之想……只是走过去，心无旁骛地做一件良心事，多半源自这位老导演。当然，还有她无法选择的家庭，及其这个家庭昔日强加给她的苦难。

1992年，又一部中日合作的纪录片《鲁迅与藤野》在日本开拍，亚妮再次担纲中方主持人。此次对中方主持人要求甚高，许多场景没有文稿，完全凭主持者的历史知识和临场语言驾驭能力与日方著名男主持现场即兴叙述。亚妮有相当好的阅读积累，文笔表达功底也颇为厚实，这跟大量的阅读和自修有关。从小学二年级开始，我就每月给她列出递进式书单，阅毕必须写阅后感交我批改，一直到她离开宁波。她的表现可以预期。不出意料，《鲁迅与藤野》主持得非常出色，节目播出后在日本大受赞誉。浙江电视台很快为她开出一档名为《艺苑百花》的节目，这也是该台建台以来首档主持人串联的综艺栏目。

从此栏目起，亚妮开始了采编播合一的主持人生涯，浙江卫视成为宁波小娘的终身职业码头。

亚妮女儿点点长大了。

第一次见活佛的宁波小娘

Ningbo girl first meets Huo-Fo

1993年早春，浙江电视台开始筹备文化栏目。部主任找她谈话，希望她从综艺转型到文化。她不情愿，回家来跟我聊过些许，思想有抵触，甚至想辞职做独立导演。但这次转型倒是合我意，她大学修导演专业，文科基础扎实，走综艺的路蛮可惜。我从侧面跟她有过几次沟通，没多讲，此女善于独立思考和酝酿，讲多了，反而起反效果。

初夏，亚妮担任中央电视台、中国黄河电视台和浙江卫视联合拍摄的多集纪录片《中国普陀山》的主持。关机那天，收到台里急电，要她赶赴四川阿坝拍摄，已订好翌日的机票。普陀山是舟山的一座不到十三平方公里的小岛，南与朱家尖隔海相望，西距渔港沈家门不到八海里，与陆上来往只有轮渡。此时，离当天最后一班开往沈家门的轮渡只有半个多小时。于是不等卸浓妆，她拎起行李就赶往码头。

码头空荡荡的，地上一片狼藉，几个壮汉在售票窗口嚷嚷。亚妮赶忙上前打探，只见窗口贴着一张通告：明起大风，轮渡停开三天；今日末班轮渡提前十分钟启航，过时不候。她抬头向海面望去，轮渡已驶出百米开外，再看值班室，铁门紧闭。情急之下，她冲进调度室。一个五十来岁的男人正对着电话吼叫，突然瞅见一个披头散发、浓妆艳抹的女人，后面尾随若干壮汉，吓得没了声息……亚妮正要解释，男人倏然变色，目光在亚妮身上上下一打量，啪！一掌拍在桌上，站起来："你是亚妮？"还没等亚妮点头，男人一步过来，一口舟山话，"我认得你。"亚妮想，主持人嘛，自然认得，没想到那个男人满脸亲熟，"轮渡上的宁波小娘啊……"亚妮幡然醒悟。那人原来是轮渡大副，以前每周会看到从宁波上船的一老一少，尤其是"一少"在轮渡上写生的情景。那时，轮渡客常常会围着看新鲜，他也看过几次。后来一少不见了，再后来一少出现在电视上，大副几乎看着亚妮长大。此时如见家人久别，"啥事体，讲！"没等亚妮讲完，调度就拿起对讲机冲向码头。

片刻，那艘三层楼高的大轮渡，在暮霭中朝码头驶回。

一船的人都拥到甲板上，想一探究竟。看到一小女人在几个壮汉簇拥下，和调度热络如亲人一般地攀上来，不由生出满腔愤懑。亚妮怕误会蔓延，从舟山到宁波，一个多小时，她就一直站在船舱外寒风凌厉的甲板上。回来就患了重感冒，一下子发了高烧。

第二天，要飞川藏。我就很急。高原缺氧，她这般情况，一旦发生肺气肿，抢救都来不及。但没拦住，摄制组已做了全盘计划，最多拖延两天。

两天后，摄制组一行七人，由成都武警部队做后勤支援，从都江堰进入阿坝藏族羌族自治州，将沿岷江而上，穿越甘孜藏区。不知是哪个异想天开的人，策划了重走当年红军长征之路、完成一部主持人出镜的拾掇藏羌民族民俗的系列纪录片方案。我一查地图，那一带，就是"雪皑皑野茫茫，高原寒，炊断粮，红军都是钢铁汉，千锤百炼不怕难"的发生地。且不说那些草原沼泽分分秒秒就可吞噬人畜，就是几十度的温差变化，也不是亚妮这等从小靠叫魂度日的小娘能挨过的。当时没有手机，她一进藏，音讯全无，她妈妈急得夜不能寐，时常落泪。一个月后，亚妮回来了，一进门就倒下。住院后高烧不退，诊断为急性心肌炎，但她竟然一副轻松，没事人似的安慰她妈妈，说在藏区受过活佛的摸顶和祈愿礼，从此天下无事。

其实，她的心脏一直不好。几年前生孩子，剖腹产，主刀的是她小学同班同学，问有无过往器质性疾病，此女全盘否认。中途心脏骤停，没了脉搏，没了血压。同学医生因为亚妮的话而掉以轻心，没有准备抢救设备，慌乱中全院调动，简直惊悚。等人救过来，女同学瘫倒在地，可亚妮醒来并无检讨自己的意思，漠然一句："我去了外婆那里一趟。"被女同学一顿臭骂。都知道外婆在她十五岁那年去世。亚妮瞧着抱过来的孩子，一张红彤彤皱巴巴的"老头脸"，全然忘记刚从"外婆那里"回来，冲女同学喊道："你弄错了吧，我怎么可能生这么丑的孩子！"女同学转脸就走。她的这种遇事淡定、无所谓的秉性，在我看来，这，正是让她成为一个超级电视人的前提。

在病中，她讲了穿越阿坝的一些经历，之后我也看了那四集纪录片，大致知道了她的故事。

为摄制组开车的司机是一位姓先的武警中士，曾援藏多年，极其熟悉藏族羌族的地理、风俗。车进入米亚罗地区，他得知摄制组没有带氧气包，就很担心。尤其是，亚妮已经有了感冒症状，缺氧引起肺气肿的概率极高，一旦进入无人区，后果不堪设想。但返回又不可能，他在当地买了一种叫"红景天"的口服液，让亚妮超量服用，然后一板一眼对亚妮："若再有不测，那只好听天由命，别说我没给过警告。"红景天还真帮几个"钱塘苏小老乡"度过了缺氧关，几天之后，顺利进入草原广袤的红原县境。

红原位于青藏高原东部，阿坝藏族羌族自治州中部，南连马尔康、理县，北邻若尔盖县，东西与松潘、阿坝和黑水县接壤，海拔在三千五百米以上。这一带，在元灭宋后（公元1253年）建立土司制，设松州、潘州；1954年3月，四川省藏族自治区（即今阿坝藏族羌族自治州）设治红原刷经寺，四年后，红原始有正式建制；1960年7月，经国务院批准，正式建立红原县。红原最有名的是藏传佛教寺庙麦洼寺，又名万象大慈法轮寺。该寺是草地藏传佛教宁玛派寺院中最大的，被称为红教圣地，也是红教活佛喜拉降参的住寺。

一条通向寺院的小路，像牵着天上与凡俗的线。视线尽头，皑皑雪山映衬着法轮幡幢、金顶红墙的巍峨建筑。

因为要见活佛，当地政府派二十出头的玛基甲当向导。这个俊朗的康巴汉子与寺院大管家桑吉相熟，就直接把这帮电视人领进了他办公室。见有女人，桑吉一脸诧异："都行，就是女人不能直接见活佛。"司机先中士变戏法般拿出四川佛教协会会长一封亲笔信，向导也是舌灿莲花，恰巧，办公室打开的电视里正在重播浙江卫视的"文化时空"，如此一来，桑吉只好妥协，一脸庄重："你是第一个拜见活佛的女人。"

见活佛之前，桑吉招待午饭。长桌上摆放着一排木碗，分别盛有酥油、奶茶、糖和青稞面。他拿过一只空碗，掀起袈裟下摆，唰，极利索的一揩，恭敬地放在亚妮面前，古铜色的脸上没有一丝表情。紧接着，他从每只碗里各抓出些许东西，一一放入那只空碗，再徐徐注入奶茶。准备妥当，桑吉开始揉捏……少顷，一团黑黄相间的物质，就在桑吉的巨掌中成形，五指伸开："糌粑，吃吧。"这团叫糌粑的东西，连同顷刻变白了的五根粗壮手指，一同送到亚妮面前，她看到，桑吉指甲里内容模糊的有色物质，此刻已经没了踪影……摄像头正对准宁波小娘，一股酸酸的液体于喉间蠕动，手却不由自主地接过那团礼物，脸上灿然一笑，倒提丹田之气，喝水，吞下……

音乐声起，藏戏在法轮寺前的平地上开场。朝拜的男女面对活佛所在的方向，双膝跪地，上体立直，双手合十，一叩掌心，身体挺直前倾贴地，二叩、三叩皆如此，虔诚膜拜。桑吉的脸上这才舒展开来阳光般的笑容。

藏戏，也叫"阿加拉姆"，意为仙女，是由噶举派高僧唐东杰布创立，逐渐发展成为寺里僧人为庆典及朝拜者表演的一种礼仪活动。演藏戏的僧人戴神鬼面具，身穿古代服装，且歌且舞，节奏鲜明，粗犷刚健，类似于"跳神"。麦洼寺的安多藏戏，完全用方言演唱，向导玛基甲全然忘记了自己的角色，融入手舞足蹈的行列里。于是，亚妮第一次领略地道的藏戏，竟如听天外之音。不过，这也埋下了她以后数次进藏的种子。

西藏是亚妮的精神故乡。

等玛基甲尽兴归来，见活佛的时间到了。

寺院后方，同样是一片宽阔花盛的草地，一顶白色尖顶帐篷矗立天边，喜拉降参活佛就坐在里面。活佛1930年生于阿坝黄河上游的罗布林，三岁时曾被查理寺认定为牟尼斑活佛转世，八岁时又被认定为荣登嘉措活佛转世，并交给他法器和哈达。他十二岁到万象大慈法轮寺深造修行，天宿地支无所不能，后来竟制造出一种叫"解毒丸"的藏药布施大众。

活佛祥和雍容的神态，半人半神，八个彪形护卫侍立两侧。制片刘小平手捧白哈达，代表众人表达膜拜之意，其他人紧随其后一一施礼，活佛一律回赠表示欢迎的蓝哈达。亚妮最后一个出场，心里颇为忐忑，唯恐活佛对她的先例有所不悦，虔诚跪于活佛跟前，把白色的哈达举过头顶……只感觉有人拿走哈达，又感觉一只温和的大手，轻轻地放到自己头顶，一条艳红的哈达如云般飘下来，垂落到她脖子上——那是红教至尊之礼。宁波小娘微微抬头，见活佛的大手如从天宇架到她头顶的桥，和蓝天相融，她似乎见到了自己那总也走散的魂。末了，是宁波小娘与活佛的对话。活佛双目微垂，喃喃之语若轻羽拂过匍匐者头顶，前方是炎阳下终年积雪的岷山山脉。

第二天，摄制组凌晨出发，将穿越松潘草原。

太阳隐匿，寒风萧瑟。车子在海拔四千米的高原上行驶了近一天，等风和日暖，眼前展现出与天衔接的仙境时，司机不动声色地转过头来对亚妮："没油了。"众人以为他在开玩笑。还没等亚妮说话，越野车狠狠地喘了几下，一个踉跄后便寿终正寝。查过后座，尚存几箱八宝粥和矿泉水，焦急的等待开始了。

其间有两辆柴油车经过，司机也是爱莫能助，招招手走远。

黄昏降临，荒芜的草原蒙上落寞的色彩。寂静中，稍有风吹草动，都会引来他们的大呼小叫。然后是平静，然后又是焦虑；再度平静，再度焦虑；甚至有了责怨。

夜来，舒朗的星空神话一般，无人欣赏。终于随风飘来马蹄声。众人聚集，辨清方向，见五个清一色穿藏袍的男人骑马近前。不等他们下马，众人赶忙迎去求救，独独忘了马是不用汽油的。五骑将车子团团围住，汉子们手握佩刀，要他们交出物品……亚妮方知事态严重：碰上拦路打劫的了！自知无力反抗，便乖乖交出全部的八宝粥和矿泉水，惊弓之鸟般躲进车内。得手的好汉们倒也无斩尽杀绝之举，在几米之外扎下帐篷，燃起篝火。

夜深，车里的男人们又不免担心起这力量悬殊的两军对垒。搞艺术的，大都手无缚鸡之力，万一对方有个不测图谋，如何应对？所有目光都紧张地聚焦到亚妮脸上。此女居然嫣嫣一笑："我这身板，人家看不上。"又指指拍摄的设备，"这些，人家用不上。"尽管如此，当车外篝火熄灭，黑暗淹没所有，从没有过的忧虑和惧怕，还是压得一车男人透不过气来，哪敢睡？两人一班值守，得守住设备和女人。

熬到凌晨，帐篷一方的男人远去。就在一拨人正熬不住睡意之际，先中士开了车门下去，所有人听到了声音，发动机的声音！饥肠辘辘的一行人瞬间冲下去，这回轮到他们做了劫匪。

一辆看不清牌子的摩托车被拦下，车主是一个贩鱼的藏族青年，等弄明白要他进城买汽油，连连摆手。此处距离松潘城尚有几百里之遥，高原缺氧，来回多少时间天知道。经"劫匪"再三恳求，鱼贩才无奈地接过三百元大钞和一只汽油桶。"劫匪"三下两下把他车上的一麻袋鱼拽了下来，那鱼贩居然没问什么，哄地一脚油门，逃命似的走了。

天亮前最黑最冷。风声夹着狼嚎，大家反倒有了睡意，绝对是那鱼贩带来的希望。

天亮，太阳又新鲜地照进车窗。他们能做的，就是站在草原上，注视着鱼贩离去的方向。一直没有活物出现。到太阳掩面，也没有。按路程计算，鱼贩早该回来了。饥饿使他们越发清醒。先是有人问了一句："那袋鱼值多少钱?"接着,一班人开始计算三百元与一麻袋鱼的价格差。上世纪九十年代的三百元,绝非小数目。他们的结论是:若那一麻袋鱼抵不上三百元,鱼贩回来的可能性就微乎其微。好,冷水正从头顶慢慢浇下来,所有人都意识到,鱼贩跑了,还带走了三百元公款!沮丧与黑暗一同漫过来。绝望中,先中士开腔,提议天亮开拔。干什么?往回走。一想起百公里的徒步长征,大家的怨气就不由得爆发了,把矛头一下子对准他:"你说你一个武警战士,你连计算汽油这种毛事都撒手,来场战事,我等岂不遭殃?你就是个摆设,你就是个……"不对,有声!一阵风刮过来的,是摩托声!

鱼贩跌跌撞撞扑到这帮人眼前,一个趔趄倒地。摩托车摔了车灯,折了车把,没了挡泥板;他如同从泥坑里爬出来一般,而右手则牢牢拎着那只装满汽油的桶,左手拽着一袋鼓鼓囊囊的东西。亚妮他们几乎不敢相信眼前这一切,连句道谢都没有,就一把抢过汽油桶。鱼贩抹了把脸,递过袋子,对亚妮声若游丝地说了一句藏语。亚妮打开一看,糌粑,整整一袋糌粑!呼啦,汽油被搁置一边,几双手将糌粑抢劫一空……等几个噎得翻白眼的人反应过来,鱼贩已骑到了那辆散架的摩托车上。摄像谢军扛起摄像机冲过去,制片刘小平等人咔啦拦在了车前,亚妮的采访话筒就直接杵到他嘴边。众人有叫大哥的,有叫兄弟的,叫什么都有。鱼贩哪见过这场面,惊得魂飞魄散。"你叫什么?"亚妮问了几次,他才稍稍还魂,嘴一动:"我叫达瓦错。"亚妮问了很多话,达瓦错一概不懂,末了只回答:"我是月亮。"

达瓦错,在藏语里是"月亮"的意思。亚妮那次跟我讲,若没有"月亮",他们纵是钢铁汉,也得从地球上消失。

在活佛和"月亮"的护佑下,一班人马穿越了荒凉的诺尔盖草原,跋涉一月有余,拍摄的藏族羌族民俗系列极其精彩。

只有到那时,我才真正开始了解女儿。

记得也是那年。秋天，台湾作家三毛途经杭州，要去嵊州出席越剧节。西湖畔的花家山宾馆老总是三毛的朋友，也是亚妮的朋友，一牵线，两女人一见如故。双双去了嵊州，有过一段亲如姐妹的交往。

两人在开幕式晃了一眼，看了一场《梁祝》，就悄然走了。一周时间，住老乡家，食山野货，嘻嘻哈哈，四处游荡。游荡中，她们聊天南地北，尤其聊及婚姻。三毛举一反三，说，荷西的离去，让她成熟，并悟出一个道理：欲得必失。后来，我看亚妮做的纪录片《三毛，一个秋天的故事》，就涉及，生命的完善源于放弃和割舍。也就一个多月，纪录片刚刚播完，传来三毛自缢的信息，亚妮不信："活生生快乐的一个人啊，怎么可能？"她甚至怀疑三毛遭遇了谋杀。为了纪念，她连夜重新剪了那个纪录片申请重播。播出那天，她正好回家，跟我讲，在机房里通宵剪片，凌晨瞌睡来了，明明听到有人唤自己，是三毛的声音，醒来一看，三毛灿灿的画面就定格在监视器里，可睡着前停住的真不是这个画面。

那部纪录片，是三毛留世的最后影像，也是她在大陆唯一一次行踪的记录。后来读《三毛传》，我感觉亚妮的生活历程与这奇女子有某种相似。我认为，她诸多放弃和割舍，以重新启程，以生长成就，都与三毛有关，也与那次藏地穿越有关。

1994年1月1日，浙江电视台正式上星，更名为浙江卫视。那天晚上，亚妮主持完与广东台双向直播的上星晚会，给我打来电话，说她决定担纲"文化时空"栏目主持人，同时兼编导和制片人。在得失之间，亚妮有了一个全新的开始。

亚妮说:"你看三毛笑得多灿烂,怎么可能一个多月之后就死了?"

【亚妮说】

2016年10月28日，我去杭州文化广播电视集团为电影《没眼人》演讲，来了一堆稍稍上年纪的人，一概称"铁粉"。其中一位五十来岁的中年男人，拿着一本红塑料皮的日记本（这种日记本在当今早已消失），他小心翻开，其中一页贴着一篇"豆腐文"，微微发黄。我凑近一看，标题是，《下雪了，三毛没有再来》。我简直不敢相信自己的眼睛，这是三十多年前我发表在省报上的一篇短文。也就几个小时，新星出版社的编辑老愚给我电话，说《女儿亚妮》即将下厂，让我赶去北京与其做排版上的定夺。我问，父亲有关三毛的记忆稍有出入，能否补上这篇短文？老愚说书已经排版妥当，不能再有改变。我只能遗憾。老愚脑筋突然一转，说，就放在这个版块的后面好了。于是，三十多年躺在人家日记本里的这篇短文，就走了出来，全文如下：

秋，是一本无法读完的书，一个没有终结的思想；于是秋也必有一个难以结尾的故事。

大学时，读三毛的书，觉得三毛浪漫、洒脱，充满了现代女性的豪爽。在一个秋的黄昏，在西子湖畔结识了三毛，又觉得她单薄、文静、孤独，一个地地道道的中国女人！

那天，离开杭州花家山宾馆时，三毛说十四号要返回台北。而同天我却要赶去嵊县，主持艺术节的一个文艺晚会。不能送她，似乎有悖初识之情。几天相处，很谈得来，想留住她，却一时又找不出理由。

踩着落叶，望着天际嫣然的云霞，突然想到戏，想到嵊县是个出大戏的地方，越剧之乡呀！

于是在花家山那条弯弯的路上，从这头走到那头，我玄玄乎乎地把越剧神侃了一阵，又把那个出戏的县城里里外外地吹了一遍。那就是，不去嵊县，便白活了。

三毛到底天真，睁着大眼"受骗"：

"去呀，看越剧去！"好爽快，台北不回了。

于是，我和三毛便欢天喜地地到了嵊县。

嗳，到底热闹。嵊县的县长是宁波人，三毛说她的父亲是台湾宁波同乡会的会长，扯来扯去，我们三人便是乡里乡亲的故友了。

三毛到底在嵊县的剧院里目瞪口呆地看完了几出越剧看家折子戏，又白白地流了半天泪，伤心着出来时竟认认真真地问我："那个演公子的艺员会气功吧？"

大概她也确信中国的气功刀枪不入或百战百胜之故，把那些她看来无法解释的功夫，一律归到气功身上去。

山里村里游荡好几天。临走时，三毛一再叮咛，别忘了给她寄几个越剧的剧本，且定要带上唱谱，接着，她急急地递上台北的家址和邮编，看着我，许久才说："我要写个越剧脚本，因为台北没有越剧。"

三毛曾几次跟我谈及，她不但写散文、小说，也写过电影剧本、轻歌剧剧本，等等。我想，她多才多艺，若写几个越剧剧本，只要不拿去西班牙投稿，也必会成功的。

嵊县艺术节，那个燃着焰火的夜晚，她说："冬天一定再来。"又说，如果下雪，别忘了告诉她，因为她爱雪，更想看看素装的西湖。

雪，终于下了，但三毛没有来，三毛不会再来。

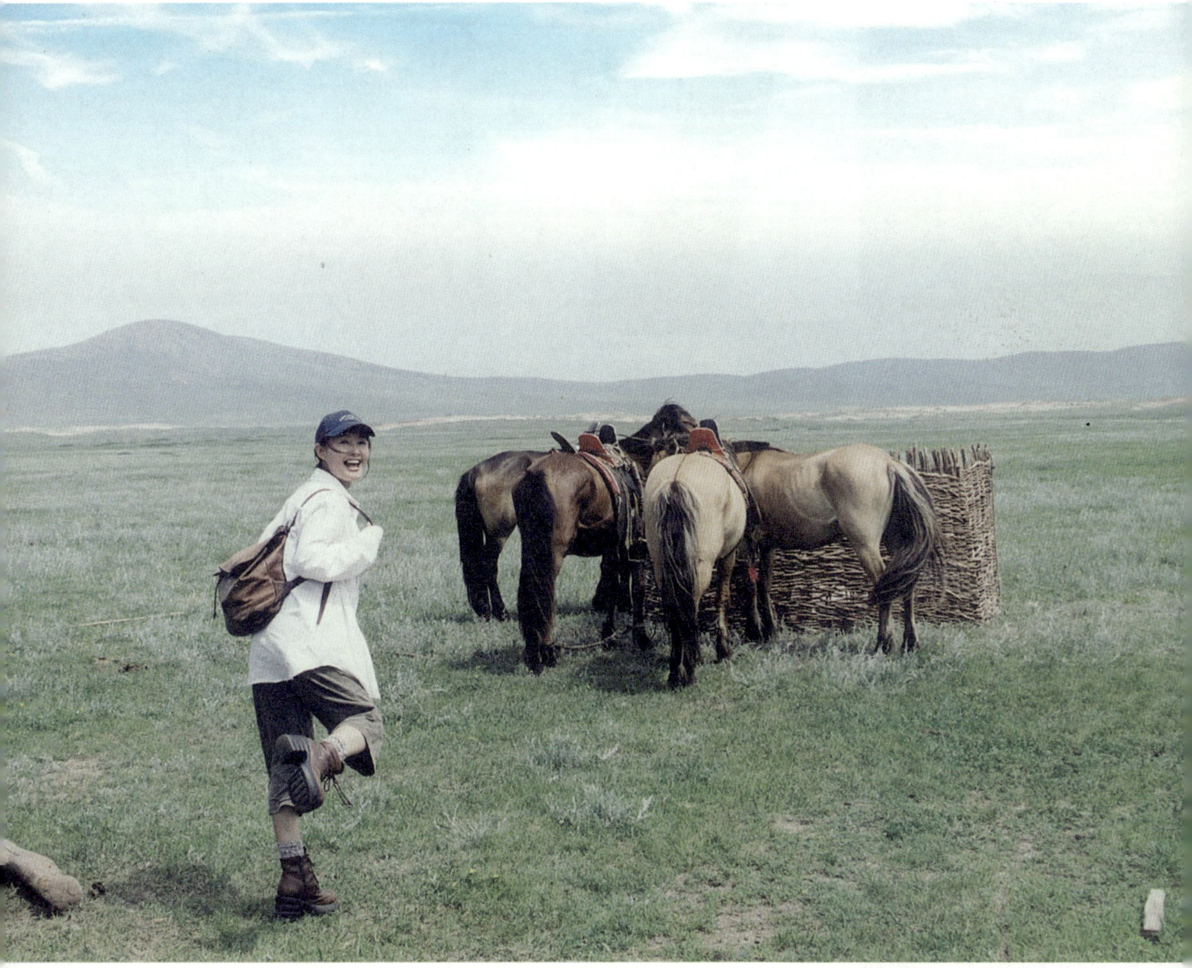

主持其实是亚妮的业余工作。

浙江卫视当年最火的两对主持人：更生与亚妮，王林与舒影。

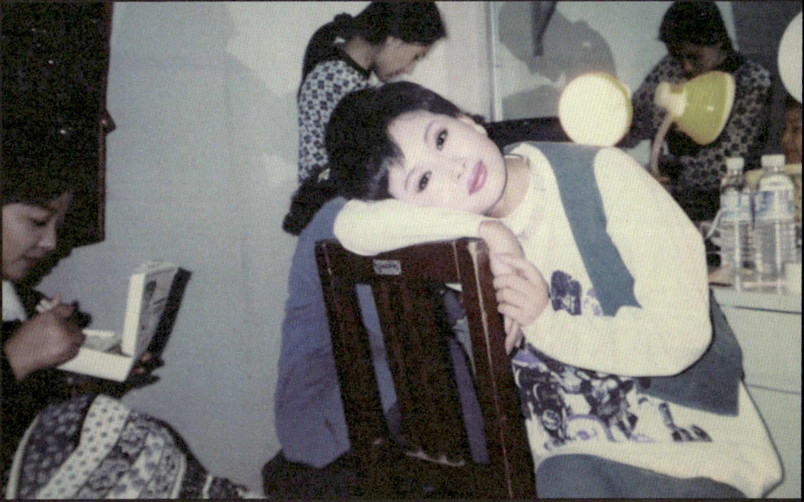

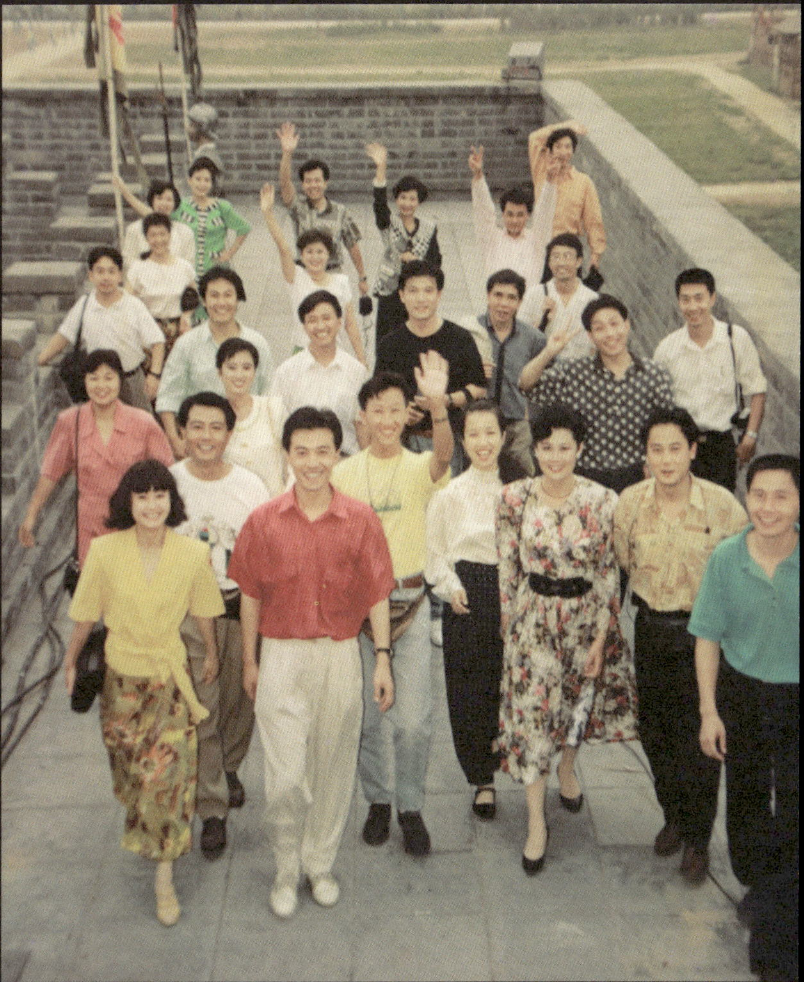

意大利刮过来的风很猛

Wild wind from Italy

"文化时空"是浙江卫视上星后着力打造的一档周播文化栏目。以关注社会文化热点、揭示人物特殊命运、抢救古今文化遗产为己任。栏目是板块形式，主打的是亚妮出镜的"热点专访"。这种需要思辨与表达并行的专访，主持者必备复合知识结构。她订了很多电视研究类书籍，几乎每篇必读；她研究电影、美学、音乐、诗歌等与电视相通的学科；她还钻研不同门类的公共关系，领导学、心理学……每一次采访前，她都要仔细分析采访对象的背景材料，作详尽的案头准备。所谓"深刻敏锐的思维和机智快捷的反应能力"，全然得益于她的厚积薄发。

1995年6月，她第三次进藏回来，直接去了云南，拍摄一所民俗文化传习馆。传习馆馆长名叫田丰，是中央乐团驻团作曲家。此人在上世纪六十年代因给毛泽东诗词谱曲而成名。他在美国参观一个有关印第安人历史的展览时，骤然意识到文化传承与民族生存休戚相关的严峻问题。回国后清理家产，带上所有，直奔云南。他深入各个原住民山寨，择选出音乐、舞蹈、建筑、手工艺等民间传统艺术和工艺的传承人，在省城郊区的安宁县，选定几百亩区域，让其安家落户。此人的设想是，完全通过口传心教，在"求真、禁变"的极端原则下，把中国少数民族的文化艺术原汁原味地保存下来，他称之为"活人博物馆"。在当时的社会氛围中，这等举动得不到理解和支持。运作一段时间之后，田馆长家产耗尽，虽筹集到国外的资金援助，但却被扣押，官方甚至直接怀疑其办馆动机。

田丰（左）与韩潮。　　　　　　　　　　　亚妮在传习馆采访。

    在传习馆面临倒闭之际，亚妮去了。她本真、犀利的记录和访谈，把一个公益秩序的引领性话题带进公众视野。节目在"文化时空"连播后，轰动一时，随之而来的，则是云南官方的责难，她甚至收到被禁足云南的告知。但此女回家来嫣然一笑："不能杀了我吧？"那意思，没什么大不了的。不知为什么，有些在我看来都发憷的事，她总是挥挥手云般飘走。

    "走进中国第一所民俗文化传习馆"持续发酵。几天后广电厅长找她，说，从广西转过来一个信息，一位名叫韩潮的企业家，欲全力资助传习馆。于是，没多久，亚妮和韩潮再度进入传习馆。紧接着，传习馆起死回生的追踪记录，出现在"文化时空"。韩潮是军人出身的少数民族企业家，曾在中越边境战争中担任一方面军指挥。此人仁厚率真，产业庞大，抑或是对亚妮救了传习馆的一种表达，一辆日本凌志开到杭州，亚妮不收，韩潮执意要送。亚妮再三强调新闻纪律，此兄干脆认亚妮为妹，说，纯属私事。私事也不行。最终，凌志返回广西。韩潮专程到宁波见我，进门就一句话："我来谢您。"亚妮与韩潮，赤诚相待几十年。这种事，好像在她满世界的奔波中，蛮多。这期节目，让她获得"金士明"杯全国电视节目主持人大赛铜奖。这年年底，她以传习馆现场即兴访谈为案例，撰写的《试论电视节目主持人对采访现场

阿牛在深圳很幸福。

的氛围营造》一文，毫无悬念地摘取全国广电专业论文一等奖。

　　三年后，她兼任央视国际频道"中国旅游"主持人。一次，在深圳民俗村拍摄，饭局上，东道主请来一个原住民男舞者助兴。舞者二十来岁，赤身裸体，黝黑的皮肤抹了油，闪着贼光，仅在胯裆用一只竹筒套着私处。在众人推杯换盏间，他手执软鞭，跳起野性轻飏的鼓舞。亚妮感觉，这个舞蹈熟悉，想起，传习馆！这是瑶族红瑶支系的鼓舞。这种鼓舞，使用一种特殊的软鼓槌，击打出的声音绵情刚烈，悠远入心。虽然那个舞者脸上涂抹着黑白红的油彩，一身打扮也绝非红瑶所属，但舞姿原始、地道到令人诧异。曲终宴散，一群人往外走，门口站着那个舞者。

　　"亚妮老师，我是阿牛。"

　　阿牛？怎么可能？阿牛是传习馆瑶族鼓舞最年轻的传承者，进馆时才十七岁，而传习馆明令禁止所有人进行商业活动，阿牛怎么会在这里？阿牛笑着："传习馆已经不在了。"不在了？什么意思？原来，韩潮的企业遇寒潮，后续资金跟不上，一介书生的田丰，一个艺术家，竟出去做生意，卖音响什么，结局当然是一败涂地。田丰于贫病中去世，传习馆随之倒闭。那些民族文化艺术的传承者，骤然没了依傍——年长的回山，年轻的出去打工，阿牛算是处境最好的一个。说到田丰，阿牛落泪，说到自己，他又脸上堆满幸福："每场演出都有报酬，吃住不愁。"亚妮问及红瑶鼓舞的传承，阿牛呵呵一笑，说自己每天只在乎客人的小费，最大的心愿是凑足钱，回山和自己订过娃娃亲的女人结婚。给过阿牛小费后，亚妮倏然感悟，媒体人也好，文化人也好，对社会性事件本身而言，只是风掠过而已，力量实在微乎其微。

那时，亚妮的女儿已经七岁。虽然很少见到妈妈，但妈妈每次回家，母女俩会像朋友一样谈心，妈妈会讲拍摄中的故事，她们之间并无一丝隔阂和陌生。而她走过的有故事有风景的地方，一定会择时带一家人过去。有一年，我们在印尼的巴厘岛过年。她女儿在民俗街一个彩色木雕作坊前驻足。一尊不男不女、盘腿而坐的木雕吸引了她，边上蹲着一个五十多岁气宇轩昂的欧洲男人，一老一少语言不通，却神奇地交流着。亚妮过去时，那男人站起来。亚妮从小学美术，穿戴也是鬼里鬼气的民族范儿，男人面露欣喜，两人用英语交谈了些许时间。女儿买了两尊木雕，一尊就送给了欧洲男人。回杭州没多久，亚妮接到一个电话，是那个欧洲男人的中国助理打来的。原来，那男人是意大利非常著名的服装设计师。好了，欧洲男人爱上亚妮，一趟趟往杭州跑。

意大利刮过来的风很猛。我问及此事，亚妮说，怎么可能，他都可以做我爸，完全是礼尚往来。男人不死心，以为痴心所至金石一定为开，为了有时间面对面说动亚妮，他把来年将参加欧洲最大服装秀的原创设计订单，放在杭州做。结果，因为制作水准相差甚远，几百万美元订单泡汤——没能赶上服装秀，损失铁定惨重。亚妮则由衷地奇怪："怎么这么不专业？"此女的无厘头及简单所闹出的奇葩，可谓一路绽放。那个阶段，她的精力投注在"文化时空"上，风雨兼程，似乎没多大心思顾及情感。

1996年2月初，浙江电视台台长梁雄收到一封来自"共和国不会忘记"组委会的信。此信是受组委会主任朱穆之委托而写的专函，对亚妮在北京记传习馆的原则是：求真、禁变。

录和报道一次老将军画展活动上的特殊介入做出评价。其中有这样的话语："亚妮作为电视节目主持人所具有的机智、敏锐、思维的全面和抢拍独家新闻的意识，不但给组委会留下了深刻的印象，而且还为这个纪录片的精密与完美提供了思想保证。"本只是一场老将军们的集体画展，但纪录片从共和国血脉寻源探本，把老将军的传奇经历与艺术表现贯通，鲜活、震撼地拓展出战争与和平的主题。纪录片《共和国不会忘记》竟创下收视新高。

四月初，她再度北上，走进一所中学。北京广渠门中学为城市贫困生开办了"宏志班"，意在倡导人穷志不穷、立志向上、使之成为国家有用之才的精神。亚妮全面记录了"宏志班"的过往及现状，于五月七日开始，连续一个月，分四期在"文化时空"以特辑形式作了系列调查报道。名为"宏志班所面临的"节目，从正面进入，揭示的恰是宏志班开办后所带来和面临的各种始料未及的负效应。到现在我还清晰记得，她走进号称最贫困的学生家庭，揭开诸多触目惊心的"营造"真相；与教师面对面，进行全方位的深度访谈。这期节目，内容上，在中国电视领域最早提出了公益秩序和规范的社会话题；形式上，这种类似焦点访谈的栏目形态，尚属首创。这是标志性的一站，因而引发强烈关注，尤其在新闻界同行之间。浙江的主流报纸，北京的《中国文化报》等都作了大篇幅专访。随后，中央电视台在黄金时间也播了宏志班的内容，但时效和深度都逊于浙江卫视。

在山西拍电视剧《生活的脚步》时，一个演亚妮男朋友的人，一直跟她保持极好的友情。此时给她推荐了一个选题，希望她去采访在太原郊区艰难、执着地办着希望艺术学校的小香玉。

九月上旬，她去了山西。节目播出的那个晚上，她正好在家里。播完，小香玉打来电话，两人谈了很久，很热络。很多年，亚妮一直跟踪记录小香玉和她的希望艺校的艰难前行，还充当和事佬调解她破裂的婚姻……半夜三更，电话来来往往；有事没事，飞来飞去，搞得亲如家人。

亚妮问:"你俩又当爹又当妈,值吗?"

小香玉是豫剧大师常香玉的孙女,此人与田丰如出一辙,也是在各种误解和中伤的困境中遇到了亚妮。小香玉的故事,是在饭桌上和亚妮妈妈炒菜的油烟一同弥漫开的。

在太原郊区一条泥泞小路的尽头,"山西小香玉希望艺术学校"的副校长王为念在门口迎她。王为念是小香玉的未婚夫,原是中国黄河电视台的节目主持人,为爱放弃一切,成了艺校里外一把手。

艺校设在库房里,这是由一位好心的粮食加工厂厂长提供的。学生二十四名,分别来自河南、安徽、湖南、陕西和山西河曲县,最大的十四岁,最小仅六岁。男生一律剃光头,女生一律扎小辫。二十个来自河曲县的孩子,来学校前从没穿过毛衣,甚至不知道什么是球鞋。河曲县以民歌故乡著称,也以穷乡僻壤闻名,这二十名孩子的用功程度,拿小香玉的话:"就不知道世界上还有吃苦二字。"

学校五年制，全部费用完全来自小香玉多年演出的三十万元积蓄，加上四方奔走募集的资金。正式教师就是豫剧名家、小香玉的父母亲。根据山里娃自然天成的嗓音条件、灵活健硕的身体状态、无所畏惧的练功特点，学校自创了以豫剧为主，兼学歌舞、表演、武术、民歌等的教学策略。在小香玉看来，不把学生培养成中国艺术的超凡后备，那就是白混了。问她放弃如日中天的名利值与不值的问题，彼女也是挥挥手："就是要在最有号召力和影响力的阶段做这种事，不然，难成。"

亚妮吃着妈妈一桌的菜，说，其实让她感动的，还不是小香玉艺术造塔的这种事，是亲眼目睹小香玉在菜市场买菜的情景：围着一堆被雨快沤烂了的大白菜转悠半天，为几毛钱与农夫讨价还价。一段时间拍摄，这对恋人，为冬煤秋衣、春菜夏果，甚至尿床的洗换，如亲爹娘般事无巨细地为孩子操持，打动亚妮，与小香玉俨然要拜把子。离开艺校前，小香玉要请吃饭，问亚妮想吃什么，亚妮想都没想："土豆。"好，王为念下厨，整整一脸盆酸辣土豆丝端上来。吃！那个叫香啊，吃完抹抹嘴："天下最香的一顿饭！"话语由衷。她爱土豆，只要是土豆，炸煮蒸炒，都行。接着，去河南专访人家的奶奶常香玉，老人家想招待她，问吃什么，此女依然吐出两个毫无创意的字："土豆。"

二十四个山里娃，第一次上央视的春晚，大家一直提议，把"土豆阿姨"找来，这是属于他们共同欢庆的时刻。于是在央视春晚的后台，人们就见到了小香玉、二十四个山里娃和亚妮相拥的欢乐场景。

当因为此记录的现场即兴主持而获中国电视主持人金话筒金奖殊荣；当四年后浙江卫视首次用个人名字开设"亚妮专访"；当囊括所有主持人大奖，包括兼任中国主持人协会副会长、中国主持人专业委员会副会长；当获得国务院特殊津贴什么的之后；此女依然故我，来去匆匆，荣辱不住心。

后来觉得这几毛钱凑起来真是个数

监狱的那个舞者

Dancer in the prison

《东方法苑》是浙江省一本省级司法杂志，有两期封面人物竟是着一级警司警服的亚妮。很少有人知道，从1991年开始，亚妮就身兼"一级警司"。她把这个与电视风马牛不相及的警衔挂在身上，是为了方便在少年监狱和女子监狱做辅导员。

亚妮再忙，每年都要抽时间去监狱讲课、约谈、交流和帮教。一年，监狱评先进，她在列。去领奖，她却自费买一堆卷笔刀、铅笔、练习本之类学习用品，给改造好的少年犯发奖。事后，见几百名少年犯挤在一间大厅，看一台很小的电视，就去游说西湖电子集团，用卡车运去电视机，每个监房一台。这种事常做。她认为，少年犯处于吸纳知识的年龄段，需要重新走上社会、自立自强的知识基础，改造方式要因其特殊性而异。

那段时间，她在少年监狱的日子是蛮多的。对少年犯的关注和帮教，几乎占据了她所有的业余时间，心血倾注最多的，是少年监狱的新生艺术团。这个艺术团，直接从少年犯中择选有相当条件的艺术苗子，进行专业训练，在一定条件下进行规范演出。这是现代监狱用文化育人、艺术感人，在人性关爱和艺术拯救中，使其迷途知返的一种特殊改造手段。为了弄清楚少年犯罪的社会问题，她甚至阅读大量的心理学论著，有过专门的研究。在与少年犯接触和帮教过程中，她了解到林林总总的案件，也从中获得了写作素材。我看过她好几个涉及少年犯罪的电影剧本，其中《十六岁的太阳》很出彩。剧中的少年犯，就是新生艺术团的一个尖子生，舞蹈基本功非常好，出狱后考上了舞院，但后来被监狱一个同寝室的人告发，成了一个被艺术感化、且进入了艺术象牙塔，却因社会衔接出了问题，而导致其"二进宫"的一个极端案例。在我国的刑法中，少年犯的监狱记录，在其出狱后，是被彻底抹除的，以更大程度给予他们社会再生的空间。但往往，社会和监狱之间的工作疏漏，再次犯罪的现象也屡次发生，这让亚妮非常痛心。这个孩子，她帮教了很多年。冬天的时候，看到他的手生了冻疮，专门买了羊毛手套带进去，甚至想，等他出狱后把他带在身边，以免其再度堕落。这是个北方的孩子，刑满出狱回北方的那天，亚妮专程去送。临别，递给他一部手机，上面写了一段话："忘掉过去，执着向前，做一个对社会有用、有益的好人！"那个孩子回到北方，后来有了一个稳定的职业，生了两个孩子，好像还赚了很多钱。他始终感恩这个母亲一般的辅导员；换了多少手机，始终把那段话拷贝上去。很多年，一到秋天，我们家都会收到来自北方的大袋的核桃，没有信，年年寄。

对监狱的公益介入，浸润她扬善抑恶的性情，逐渐生成她社会道义的自觉。每逢重大帮教活动，她会率领浙江的文化艺术大腕们踊跃参与。诸如女监"百名巾帼能人对百名失足女性爱心"大帮教、劳教所"社会与人"爱心联动、"女警风采"大调演，等等，她策划，主持，事必躬亲。凡是女犯来信，她必作答复。

1996年冬季的一天，亚妮去莫干山劳教所帮教。邀请她的人把车子开到她家门口，见她拖着虚弱的身子背着背包走出来。一问，方知她生病未愈，已输液七天。来者过意不去，她笑容嫣然，绝无客套，上车，走人。因为有个女犯几度轻生，狱警碰到管教阻力，亚妮帮教在即。这是个曾执业银行一线的女人，有花一般美好的爱情。就在爱到甜蜜难分之际，男友需做生意掉个头，怂恿女人挪用公款。女人义无反顾，每天下班悄悄作案。结果，男友卷饼一张，六百万到手，卷走，消失。女人获几十年重刑。二十几岁的人，根本无法接受这种现实，入监后几度轻生。第一次见到亚妮，连眼睛都不抬，再问，一句话："让我死。"亚妮一次次去，带生活用品给她，带书进去，书信往来频繁。后来，亚妮从她母亲那里了解到，那女犯曾做过业余服装模特儿，就和监狱沟通，循序渐进地从她的爱好入手，最终打开了缺口。有次回家，她给我看那个女犯写来的一封长信："……现在有了改造的信心，活下去，做个新人。将来出狱后，第一个要见的就是您，请允许我叫您一声'姐'！"

无声的丁明和疯狂的"杨古董"

Soundless Ding Ning
and the craze "Antique Yang"

1998年7月的一天早晨，位于杭州莫干山路111号内的浙江卫视九楼的"文化时空"办公室，来了一个人，一个瘦高冷峻的男人，看上去三十岁左右。亚妮不在，他就等，一直等到中午，亚妮还没出现，一个导演给他盒饭："改天？"那人摇摇头，还等。临近傍晚，亚妮来了，导演一说，她很感动。那个人叫管祥麟，安徽人，刚刚从安徽淮北电厂辞去工会干部之职。从"文化时空"到"亚妮专访"，此人不仅坚定追随，还颇有研究，铁粉。此次准备用三到五年的时间，独自驾车深入中国五十六个民族的原住民地区，考察原生的民间艺术，出发前专程赶到杭州，跟亚妮做个交易。交易？一堆导演、摄像围着，大多面露怀疑。送盒饭的导演嘟囔："骗子。"交易的内容为：以管祥麟民间艺术的考察信息做回报，得到亚妮的全套影像记录设备。"行！"亚妮想都没想，同意了。管祥麟走后，组里的人有微词。你好歹也调查一番，一套设备不是小钱，几句话就送了，连个协议都没有？不用，看他眼神，假不了。眼神？算命啊？几个人就辩开了，最后打赌，组里九个人，站在亚妮这边的，一个，杨铭。

管祥麟一去如黄鹤，渺无音讯。一个月后，赌局兑现。打赌是一顿饭，于是一组的人欢天喜地看亚妮郁结的神情，找饭店，狠搓一顿。就在饭局上，人家来了电话，是走了几十里山路找到一个电话打出来的。一桌的人唏嘘一片后，第二天亚妮就出发去追管祥麟了。追到云南的一个地方，管祥麟居然睡在高速公路收费站的路肩。

原来，身无分文的管祥麟，一路化缘，尤其汽车加油、高速过路费，都是磨破嘴皮。这处路卡是一个愣头青，因为十元的过路费不肯通融，于是管祥麟就硬等人家感动。亚妮到的时候，人已经在路肩睡了一天一夜。弄清情况，亚妮很火，不是钱的问题，良心啊，人家已经跟你说了是自费民俗考察，能拿出来的证明亦罗列眼前，就你他妈卡着十元钱不放，你倒是给什么狗屁领导报告一声也是个事不是？她不吵，也不给钱，直接电话云南公安厅。结果当然放行，还赔礼道歉，还送地图送盒饭。接着，什么云南陆良的小脚村，贵州深山的苗绣传人、银匠世家，湖南瑶族的山寨土婚、把面人捏得震天撼地的北街日子等，很多奇葩人奇葩事在"亚妮专访"一一播出。

亚妮在瑶族山寨得到一套嫁衣。

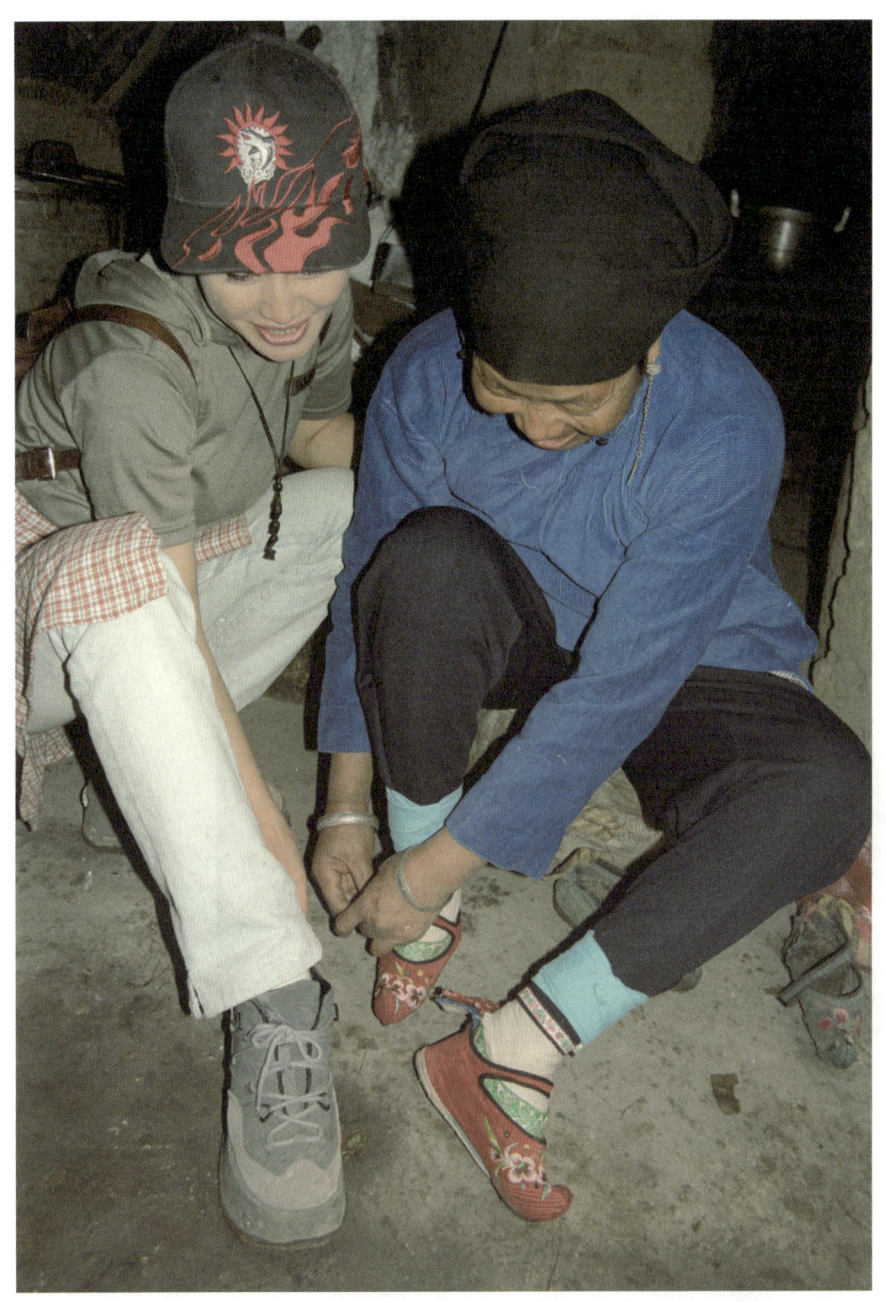

云南陆良小脚村的美女对亚妮说:"你这样的脚怎么嫁得出去?"

085

管祥麟给亚妮的拍摄选题，天南海北、五花八门。

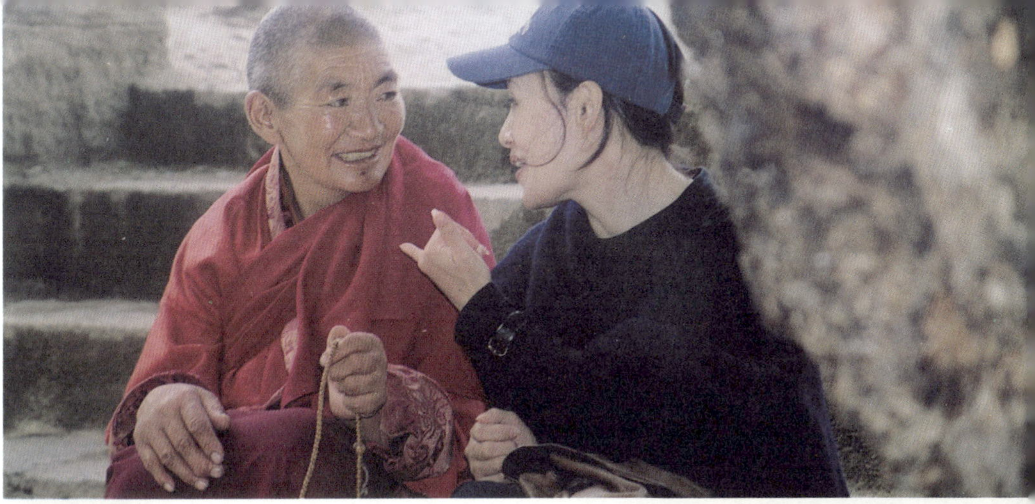

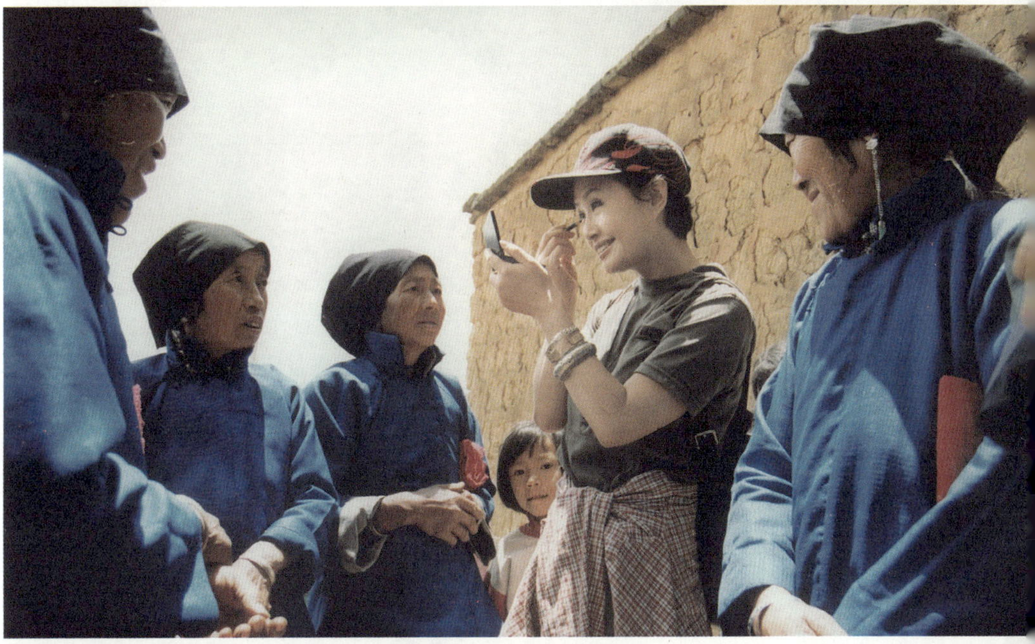

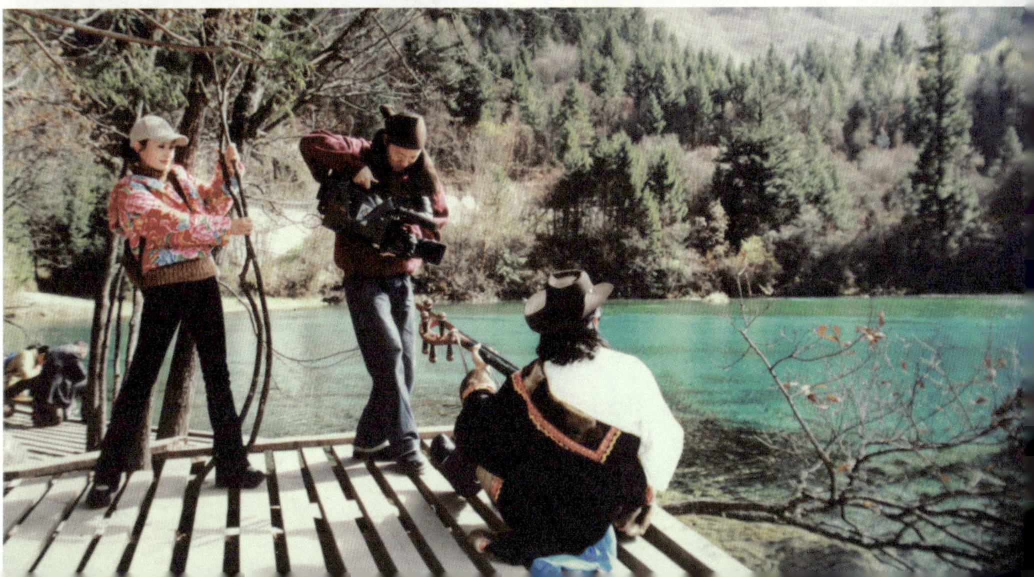

山西岚县的北街村，每年都会有一天用来进行捏面人比赛，捏的都是整出整出的戏。亚妮专访报道后，这里每年这一天都要挤塌了。

山东的大娘说:"你这媳妇不在家带娃,跑东跑西,你家男人能依喽?"

走进侗族大歌世家。

这中间，进入湖南常德，管祥麟说，他有一个与原住民文化无关的信息，问要不要。亚妮粗粗一听，没要。但1999年近年末，"文化时空"却播出了一个很轰动的特辑，名为"无声的采访"。

这个纪录片，神奇在创作形式的改变。片首是一组亚妮用手语舞出的提示语，一下把无声世界与有声世界融在一起，并把美感与新闻形象地勾连起来。这在当时的电视栏目中绝无仅有。

片子讲述一个叫丁明的聋哑少年，在匪夷所思的环境中，成为"中国梵高"的传奇故事。故事的起因自丁明的父亲丁大洋，丁大洋有两个女儿一个儿子，全是聋哑人。到了上学的年龄，没有一所学校肯接纳他们。他想，女儿就算了，儿子必须读书。于是，恳求，下跪，说到嘴皮起泡，没用。丁大洋对着家门口那条大江吼："上天，你为什么不要这个孩子？"天沉默。于是，这个不惑之年、军人出身、干着国家营生的男人，辞职。白天是儿女的家庭教师，夜来登上"慢慢游"（三轮车）挣钱。有一天，他从儿子涂鸦中看到了其绘画天赋，便用两天时间为儿子做了一个油画箱，买来油画笔和颜料，做上好几天的干粮，把冬夏替换的衣服往铺盖里一卷，背起，从老家湖南常德桃花源出发，父子开始了艰涩的求艺流浪。两年以后，到北京，东撞西撞，撞到了徐悲鸿的夫人廖静文那里。

老太太招来一帮有头有脸的人，用专业眼光对这个聋哑画者进行考试。他的手法，与梵高之间，似像非像，虽不完美，但那种点彩画法，那种色调明快到耀眼，那种色调明快到耀眼，那种充满寓意的跳跃和扭动——纵横点泼间恣肆，锋走路疾中流畅，诡谲自由下晕染，完全独立在另类臆想的世界，令在场的人找不到形容的语言。结果，这个"上天不要的孩子"被中央美院破格录取，研究生！开学了，一个馒头，一碗清水，捡同学扔了的颜料，日复一日，画，不停地画，画画占据丁明生命的每一寸时间。直到这个聋哑画者毕业，直到一个美丽优秀的女孩走进他寂静的心，直到与爱一起燃烧的作品成为传奇，丁大洋提笔写了一封近万字的信，寄往杭州：亚妮亲启。

类似的信每天都有，很多，这封信亚妮放不下，但为难。事件的主角并非丁大洋，是聋哑儿子丁明，怎么采访？如果不是丁明直接讲述，采访就触及不到血肉，片子会枯乏，质感会蒙蔽，只能放弃。回家偶尔聊起，我随便一句："用哑语。"我仍然记得亚妮幡然醒悟的神情。也就几天，她去了杭州市聋哑学校训练，不久便用完全的哑语，完成了一期专访纪录片。由于她受过严格的形体和绘画训练，这档节目无论是手语的运用，还是在绘画专业上的交流和评判，皆精确而美妙。尤其是画面的设计，带着极强的个人色彩。在我看来，绘画对亚妮的美学养成几乎是决定性的——培养了她从物像到意象、意境的升华能力，使她在电视创作中大受其益。我从她专访的所有节目中，都能看到其卓越的艺术禀赋。我甚至认为，这也是她能成功地从娱乐主持人转型文化主持人，且成为顶尖导演和制片人的主要基因。她的美术老师

亚妮和丁明的交流完全用哑语。

丁明的画。

杨古城说，她不该做电视的，如果一直画，会是个出类拔萃的画家。为此，这个役役于阴阳之间的老者，至今耿耿于怀。

"文化时空"已经走过八年，几次被广电总局评为最佳栏目。但它就像那个聋哑的行者，路过，瞥过，每一个驿站卸下故事，稍作休整，甚至来不及或压根不想休整，前进。她更像是亚妮人生歧路上的一个里程碑式的驿站，倾注和选择并行。丁明似乎是"文化时空"的完美终结者。这个特辑之后，浙江台打算停播这个栏目，一个史无前例的新栏目正在酝酿中，亚妮即将迈上一阶新的倾注和选择的阶梯。

其时，浙江台有分量的女主持少，亚妮虽说转型多年，她仍担任各类晚会，尤其直播的主持，变得身兼数职，越来越忙。央视国际频道也在那一年开出优厚条件，希望她加盟。我和她妈妈，一如既往尊重她自己的选择，她却犹豫，最终留在了杭州。留下的主要原因，跟她任何时候的理由一样简单：父母在，不远游。

新千年来临。

抑或"文化时空"收视率和社会影响俱佳，尤其"热点专访"做得风生水起；抑或她放弃了央视；抑或就是水到渠成，"文化时空"直接改版为"亚妮专访"。但台里一并上了很多新栏目，文艺部创作人手骤然紧缺，"亚妮专访"只有两个人，亚妮和摄像员杨铭。而"亚妮专访"是完全记录性质的现场专访栏目，又是周播，也就是，每周，两个人的摄制组要完成相当于一部准纪录片的工作量，策划、赶路、制作、审查、播出，周复一周，基本是天方夜谭，我不看好。

新千年的第一缕阳光，据说升起在浙江东南海屿的温岭石塘镇。那场浙江卫视直播的迎接新禧的晚会，由亚妮和搭档更生担纲主持，文稿由亚妮赶出来。

12月30日晚上，我们接到亚妮从石塘打来的电话。她说，石塘人山人海，一万多人口的这个海滨小镇，一下子涌进了十万多人，整个温岭七十多家宾馆旅舍饭店人满为患，居民家家户户也都住满了人，几百元能找到一个地铺就算幸运了。新设置的九个观日点，两天前就挤得水泄不通。"千年曙光碑"揭幕式上的一千张入场券，由一百元一张涨到六百至一千元一张不等。亚妮和电视台的同事们都睡在汽车里。

第二天晚上，浙江卫视直播开始。这台在石塘海边进行的迎接新千年暨第一缕曙光的大型文艺晚会，与以往的晚会不同，它是通过对各种职业、不同年龄者的即兴采访，组成一个主题话题与娱乐结合的专题型晚会。亚妮穿行在几万人之间，从海边到街巷到家庭到旅社，完全无缝对接，话题得体轻松，又紧扣主题，完全体现了一个全能型主持人的特征。

石塘活动结束了，我们以为就在宁波邻近，她会弯过来到家里一趟，她的女儿已经问过几次了："妈妈什么时候来？"可是亚妮忙到只能直接赶回杭州，第二天飞云南，在中缅边境的瑞丽，要赶制新栏目"亚妮专访"首期节目。

首期节目的内容是，一个西南边寨，用歌舞仪式倾泻的有关生命起源和繁衍的传说，片名叫"寻找金寨寨"。回来后，人很瘦，很黑。我问她什么情况，因为这个以她名字命名的专栏，在浙江卫视史无前例，我很担心她的收视率。她好像也没什么负担："一堆人呐。"什么叫一堆人？原来，"中国旅游"的制片人邢京和为她这期节目的制作，调动了"一堆人"，在瑞丽的中缅边境苦干了好多天，拍摄用的诸多辅助设备，包括几十头大象，都从缅甸调运过来，开埠之作俨然一个大片的架势。她在央视国际频道的"中国旅游"栏目做过一年有余的主持人，虽然婉拒了调动，但还不时为他们主持，邢京和跟她的交情，铁打，很多年，帮她到亲自带团队撑场面几乎是常事。至此，上天入地，马不停蹄，没日没夜，忙到几个月都不见她人影，其行踪，我也只在每周二晚间九点档播出的"亚妮专访"中得知,可起码不再担心两个人孤军奋战。

"亚妮专访"开播后不久,她做了两个人物的纪录片,一个是她的美术老师杨古城,一个是她的艺术老师苏里。

这里就说说杨古城。这个人,其实影响了亚妮的整个职业走向。

准备拍杨古城的纪录片时,杨先生已经七十岁了。除了小时候学画,后来亚妮就很少见到他。一个奔走在全世界的纪录片现场,另一个穿梭于非遗文化散落的村村壑壑。杨古城的家,离我家不远,亚妮找了他几次,没人。杨古城的老伴儿指着满屋满院子的石窗石雕、木件杂拌、瓶瓶罐罐,笑着:"'天外人',走了,又走了。"宁波人管不着家的人叫天外人。几十年了,这个天外人就带三件东西:一双跟脚的球鞋,一架老式照相机,一只装有指南针、卷尺、地图、纸笔的黑色帆布背包,通常天不亮挤上开往宁波山区的公交车,几天、几十天,在山里走,在山里找。老伴儿是个地道的宁波老太太,爽爽朗朗,夫唱妇随的样子很真实:"山里人都叫他'杨古董'。"

等到拍摄了,杨古城也是自顾自。亚妮跟小时候一样,跟在老师身后,只是这次是以记者的身份记录老师考察那些被人遗忘的古桥、古石刻、古民居,以及瓦瓷碎片什么。见这把年纪的老师,渴了,掬一捧山泉;饿了,啃一口面饼;一次次寻觅,一程程苦旅,在老桥古宅、墓道荒草间,或踽踽独行,或率一支摄影队,或领一群民俗、历史、建筑专家,甚至组成庞大的文化采风队伍,不歇不顾地用脚踏出文化遗落的疆界,全然不知荆棘破了衣服,风霜老了面容,生命所剩无几,她就觉得自己做的事根本不叫辛苦。杨古董一辈子守着护着的东西,都一一交给国家的,诸如钱湖石刻、镇海十七房、前童黄坛古宅、茅山走马塘、月湖古湖心寺,等等,不胜枚举,都是史学、文物、民俗价值无法估量的非遗实体,亚妮就觉得,自己微不足道。这年8月6日,

095

浙江卫视"亚妮专访"栏目分两周播出的"行走四明的'杨古董'"，只讲述了杨古城的文保三事。

第一件事，涉及东钱湖南宋石刻群。自1993年开始，杨古董为了考察东钱湖石雕，走遍了东钱湖周边的每一处角落，发现整理了近两百件墓道石雕、石刻。两年后，大年三十的前一天，他接到下水村一业余文保员的电话，说是发现了一块"史"字样的石碑。数九寒冬，鹅毛大雪，杨师母拦着："年三十了，你就差这几天？"杨古董根本不理，提前吃了几口年饭，然后深一脚浅一脚地走了。扒开厚厚的积雪，仔细辨认石碑上的文字，当他确认这是南宋丞相史弥远为其夫人所撰的墓志铭时，一股狂热的欣喜，让这个老头忘却了寒冷和饥饿，守着，好几天，就在雪地里工作。这一扒，拨开了一段尘封的历史和南宋石雕之传说，填补了中国墓道石刻南宋时期的空白。这一守，守住了非遗散落的又一个惊奇。

第二件，发生在宁波西南山区的前童古镇。那是一座始建于南宋绍定六年（1233年）、面积六十八平方公里的古镇，童姓祖先按照八卦原理，将溪水引进。按"回"字九宫八卦式布局的村庄，潺潺溪水挨户环流，人人可在溪水中洗菜净衣。家家又筑连流水小桥，户户相通卵石坦途。街径卵石铺就，屋基也大多为卵石垒成。青藤白墙黑瓦，石头镂花窗户，雕梁画栋门楼……所有，连同日出而作日落而息、宁静琐碎的农家日子，都活得鲜鲜亮亮。走进去，随便问，杨古董的故事就在他们口中。

说不清杨古董是哪年进村的，反正从1996年开始，他闻听古镇因旧镇改造和修筑道路，可能会被列入拆除规划，就没日没夜地在古镇转悠开了。无数次上书，甚至冲进政府会议现场，不留住古镇好像他就难活了。但规划最终变成现实，古镇拆迁的日子临近。老头得知消息的那天，急了，没等天亮才开的班车，连夜拦了一辆车进山。第二天，带了一帮不知从哪里招来的山农，横卧在进山的路上，铁板铿锵地对前来拆街的人："拆街，除非先拆了我这把老骨头。"当然，后续的事情林林总总，都不重要了，重要的是，时至今日，我们仍可以走在如画似诗的这一枚景致中。而当古镇被列入非物质文化遗产名录时，政府的人找他，找不见，杨师母依然会说："几十年了，这个天外人就带三件东西……"

第三件事，古戏台。几百座、上千座古戏台，几乎都在杨古董的脚印远去后，留下，留下建筑和故事，留下鼓乐声声、俚俗绕梁的山野美妙，留下乡间日子的热闹，留在生它们的土地上，留在精美绝伦的书册中。古戏台，也是这对师徒曾经最钟情之所。山高水长路险，一老一少，经常背着画夹，拎着折叠的帆布小凳，翻越崇郁苍茫的群山，穿过飞檐翘角的古建筑、小桥流水的古镇、民居，一坐定在神灵凡俗间唱着的古戏台，一切都无所谓，只有美妙和欢喜。

自古以来，皇室有家庙，百姓有宗祠。宗祠，顾名思义，是祖先遗存的根基，是家族族人世系绵延的标志。宗祠又称祠堂。祠堂的堂号，必定是制成金字的匾额，挂于正厅。讲究的祠堂，台门两旁设立石鼓，台门前还设置旗杆夹。村内凡有大事要事，族长都在宗祠里进行处理。明代前，民间不得立祠，到了明嘉靖才开禁，允许"民间皆可联宗立祠"。故，宁波一带的宗祠，大多始建于明代，盛于清代。宗祠最缭眼的，是戏台。在诸多的故戏台中，亚妮跟我讲，去得最勤的，当属宁海的崇兴庙和岙胡胡氏宗祠，还有宁波的费君古庙。其精美绝伦的建筑造型、歇山翘角的戏台和厢楼、连贯的藻井、木雕和石雕工艺，多少年，都进出她的梦。

在所有古戏台的记忆中，宁海一百二十多处古戏台最为华彩。濒海依山的宁海，聚集近千个村落。那些村落的古戏台，亚妮一一数得过来，每一处廊柱，每一座藻井，每一块石雕，都如数家珍。通常是，亚妮在一边写生，杨古城在另一边做他的事，所以，她目睹过老师跟人的激烈争吵，她见过老师无奈间的苦苦哀求，她也领略过老师痛彻心扉、泪流满面的悲怆，当然也有老师欣喜若狂、手舞足蹈时的兴奋。

　　杨古城对古戏台的钟爱，几乎胜过生命，亚妮完全继承其衣钵。有一年回丽水的庆元老家，一个叔侄，住在山坳里，家门口一座宋代的廊桥，被洪水冲垮，他把桥梁拖回来要当柴烧，亚妮知道后，拍给他一沓钱，分秒联系省文物局等相关机构，我们回来，他还在村里为廊桥的重建忙碌。这种事，在从"文化时空"到"亚妮专访"的拍摄过程中，屡见不鲜，真是有其师必有其徒，何古董！

工作中的杨古城。

099

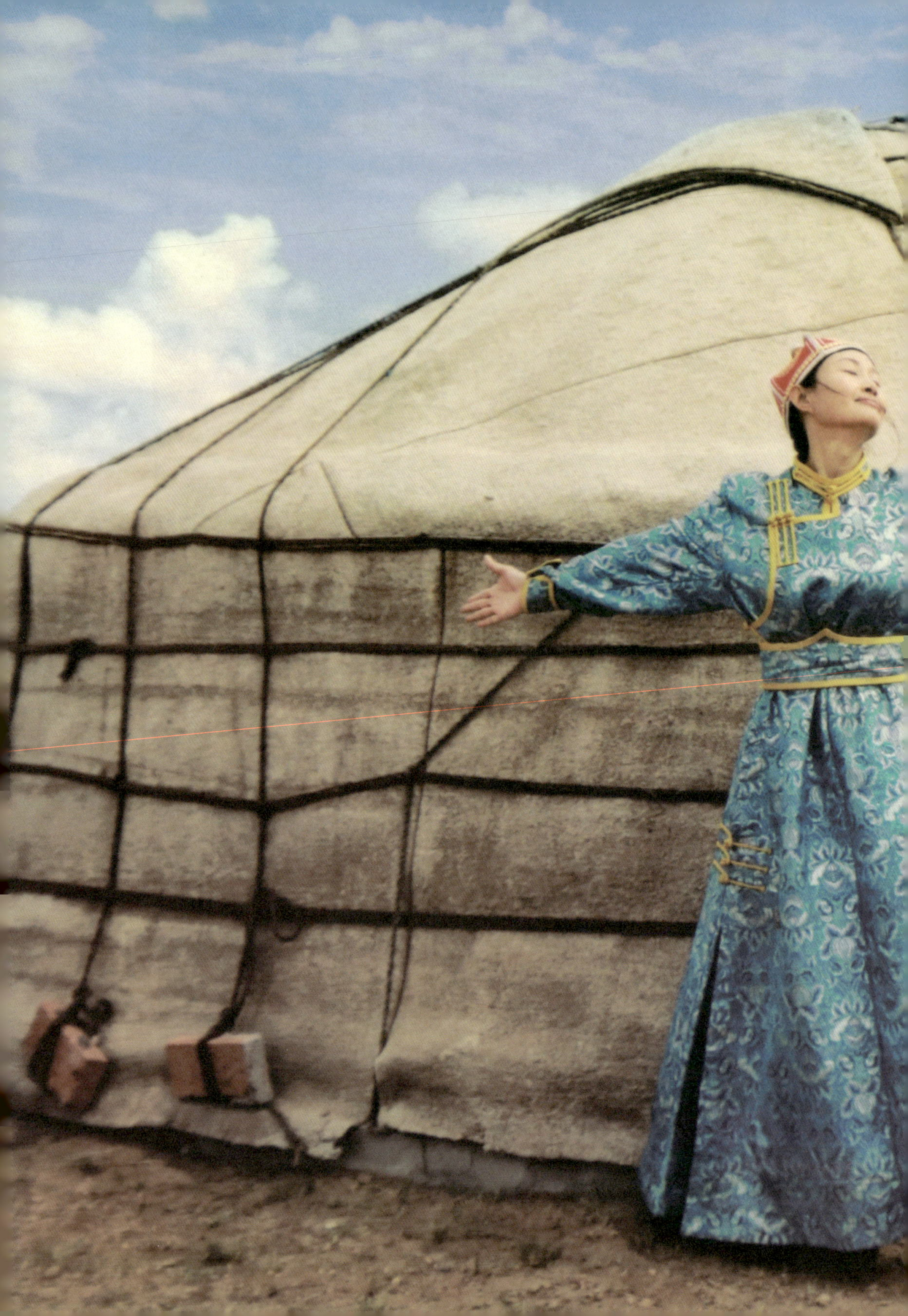

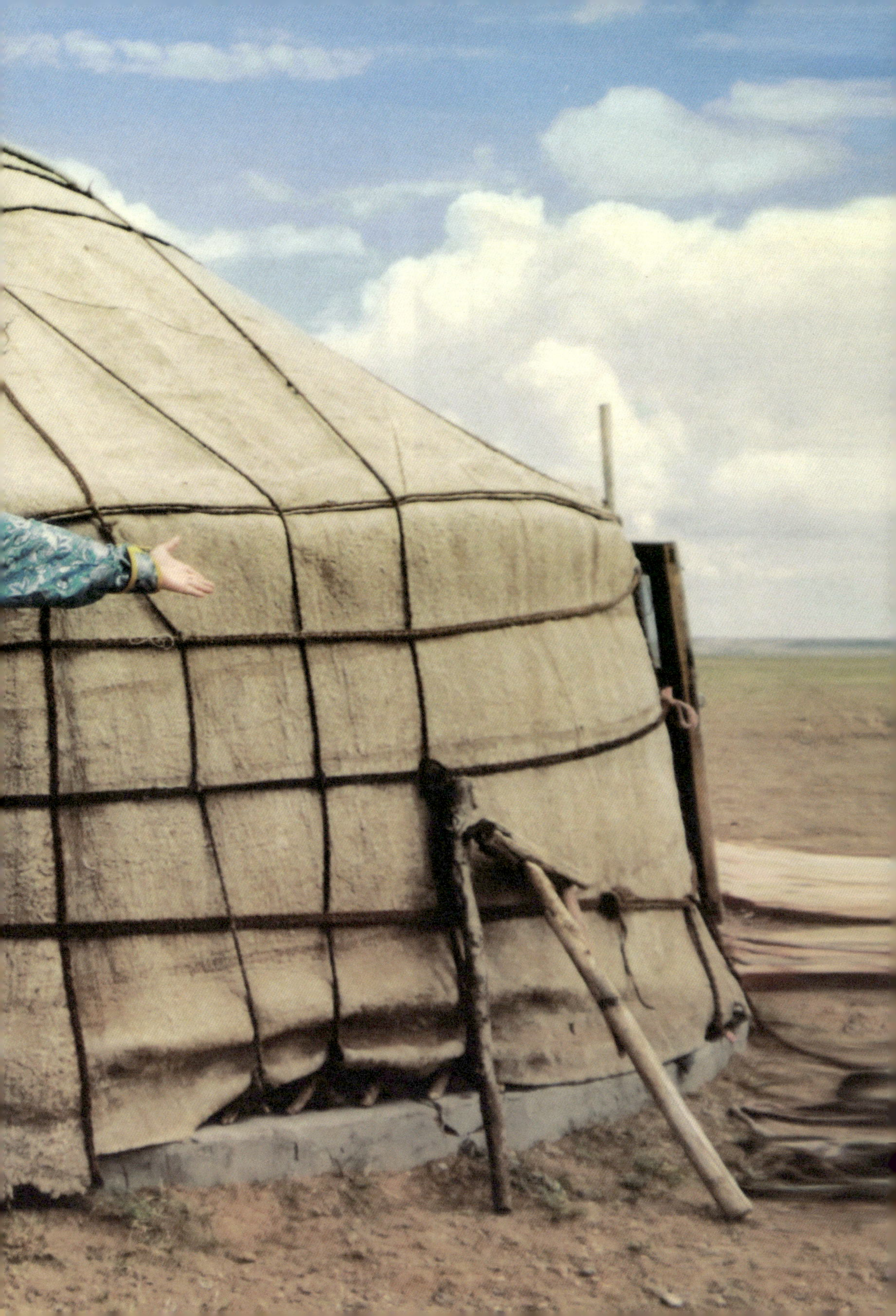

胡松华带亚妮去见他的老师、蒙古歌王哈扎布。

这个云南的小山村，因亚妮的报道用上了电。

这一生，就在等你！
Waiting for you for life

这年四月,她去了陕北,寻找《兰花花》那首歌中的原型。一直寻到南泥湾,才揭开谜团。随后去湖北,记录一个创办孤儿之家的绝症患者的奇迹。接着在宁波海边的一个古村,揭秘"最后的鬼戏"。回到小香玉那里作系列跟踪时,已进入五月。一天晚上通电话,她跟我谈起一个叫林炳炎的人。

此人是宁波人,那年已八十多岁,定居呼和浩特,很多资料证明,他是制造中国第一架钢琴的人。问题是,找到亚妮叙述那段鲜为人知历史的,是林炳炎在太原工作的儿子;林炳炎本人老年痴呆,基本没有语言表达能力。尽管此人的身世和故事颇为悬疑传奇,但身体状况就像当年的丁明,无疑是个访谈死角,而且更甚。亚妮很犹豫,去还是不去。我突然想起,曾拜访过一个一同从老家走出来的老友,也是小脑萎缩失去记忆,但我用家乡话跟他聊起儿时的事,他居然有些许时间能跟上对话,他老伴儿奇怪得要命。"既然林炳炎是宁波人,你就用宁波话跟他聊聊,说不定会有奇迹。"我也是随口一说,她就从山西的小香玉学校转到内蒙,直接去了林家。

事实上,林炳炎的状态,远超出亚妮的预料,老人已完全失去记忆,连儿子、女儿都不认识。采访就不是"死角",是致命的。她用老家话开始跟他聊天,宁波的老底子翻了个遍,鸡对鸭讲,老人始终茫然地注视着前方,空空的眼里流淌着无人知晓的故事⋯⋯一天过去,无效。第二天持续,无效。看来宁波话的功效不佳。

怎样才能刺激老人寻回记忆?亚妮的奇葩事又开始。第三天一早，他儿子说，他知道一些情况，还是由他来主述。亚妮一根筋，继续聊，但聊的是她叫魂的事，编草帽的事，跟人打架的事，家后门那条弄堂里的事，而且直接叫老人"阿爸"。到下午，还是无效。老人的女儿说，要不他们兄妹俩一起讲。亚妮同意了。

灯光开启，开机。林炳炎的儿子刚说到，1940年，林炳炎领一帮宁波工匠，在重庆市沙坪坝区的青木关镇，当时国民政府刚刚成立的国立音乐院内造了第一架钢琴，突然，一个苍老的声音嗡嗡地盖过来："1941年……"亚妮回过头去，林炳炎空空的眼里居然有了内容，手颤抖着，摆着，"陈立夫给了二十万法币，我们用柴油桶烧，熔解松香……"所有人瞠目而视。陈立夫是二十世纪政治家，历任蒋介石机要秘书、教育部长、立法院副院长等要职。作为有留美背景的教育部长，他在战乱期间对中国教育事业的发展贡献卓著，但没人知道，中国的钢琴就诞生在他和一个宁波工匠手里。接着林炳炎用宁波话，明明白白地说了他制造中国第一架钢琴的过程。在场的人被这个奇迹弄懵了，但这个奇迹只持续了十分钟。这个十分钟，是林炳炎一生中最后的十分钟，它揭开了一段尘封的历史。

十九世纪初，上海谋得利工厂正处于开办初期，急需一批技术较高的木工与油漆工。一个偶然的机会，在外轮上干木工的宁波巧匠林炳炎被英商发现，他开始了在英国人开办的钢琴厂做学徒的生涯。后来，师傅病重，一架钢琴急需外运，林炳炎临时上阵，居然干得比师傅还要精巧。

林炳炎一口宁波乡音，让亚妮有在家的错觉，于是交谈就如家人一般。醒来的林炳炎，走在记忆的一个山坡上，看见自己怎样用谋得利偷学到的技术自立门户，怎样到了重庆，怎样与陈立夫交往，居然还清晰地记起了那架钢琴的第一场演出："《黄河大合唱》……"

当林炳炎走到钢琴前，坐定，颤巍巍的手放到琴键上，目光炯炯，几个音符敲过，完整的《黄河大合唱》从他的指尖下流出来，女儿潸然泪下，儿子掩面。

亚妮坐在林炳炎身边，舒展着笑。渐渐，老人的手缓下来，双眸又空空如也。他缓缓站起，儿女迎过去，他不认，只握住亚妮的手，没有语言，没有表情。

亚妮要走了，老人竟不放手，眼里漾着依恋。

亚妮："阿爸，我还回来的。"

林炳炎等了一会儿，有点含糊："啥辰光？"

亚妮："很快。"

林炳炎又等了一会儿，很清楚："阿爸等侬。"

这是那次采访的最后一句话，也是林炳炎此生最后一句话。

片子在 2000 年 5 月 31 日播出。一个月后，林炳炎去世。

他的儿子对亚妮说："我父亲，这一生，就在等你。"

林炳炎用他仅有的十分钟记忆，弹出《黄河大合唱》。

神秘西夏

Mysterious Xi-Xia

进入六月没几天,亚妮要去宁夏,穿越腾格里沙漠,拍摄有关西夏兴衰的选题。

她妈妈立马紧张起来,松潘草原遭遇的余悸分秒浮上来。但家里人知道,不用劝,劝也没用。走的那天,她妈妈去买了宁波人叫淡菜的一种海贝壳,用黄酒腌好,放进玻璃瓶子里,给女儿带走。这是亚妮最喜欢吃的海货。

6月28日,"神秘西夏"播出。经历的艰辛她只字未提。我从她助手那里得知,回杭州后,她去输了一次血。杭州中医院的内科主任,女的,是一位呼吸道专家,亚妮多年的朋友,对亚妮的治疗也蛮奇葩的——直接输血,迅速恢复。亚妮很多年,在那位主任的相帮下,安然无恙,有恃无恐。

我专门要了"神秘西夏"光碟,看过几遍,那是部很有价值的纪录片。

拍摄"神秘西夏"的起因是在四月初。亚妮第一次进宁夏专访张贤亮。彼时,一老一少,谈着谈着,就有许多投机的话题,尤其是中国史学上的一些遗漏和空白。在亚妮离开的那天,张贤亮希望她介入西夏历史的影像揭秘。

西夏,是中国西部文明闪过的一丝光辉,一直照耀至今,但亚妮对之了解不多。有一部叫《贺兰雪》的电视连续剧,其中西夏开疆一统、兴学牧耕、通商开市的盛世景象,让她讶异;戴白鹿皮弁、穿团龙纹袍、系蹀躞七事的西夏王李元昊,一副游牧民族的彪悍和威严，连同他鹰般的军队，都让她着迷。作为纪录片导演，她不太喜欢与史实契合甚远的艺术渲染和夸张，对西夏历史的调查和印证，尤其用影像对其进行多学科的复原，倒是一直想做的。

回到杭州，亚妮仔细查阅了大量西夏国的史料及研究，她发现，作为承载这个谜团的民族，作为开创这段文明的国家，还跋涉在一个百年之国神秘失踪的史学外围，西夏历史在中国，它的真正研究却在海外。在国家图书馆，亚妮查到，上个世纪八十年代中叶，史金波和白滨两位中国史学家，他们访问苏联列宁格勒东方研究所时，站在被掠夺的一部完整而又活生生的西夏历史画卷面前，竟掩面而泣——被驮走的一百九十年历史，犹如一支时空之箭穿过史学家的心灵。

史金波在考察西夏黑水城文书的过程中，把所摄得的西夏国唐卡绘画图版，发表在了1988年文物出版社出版的《西夏文物》图册上。这是最早在中国露面的"黑水城文物"，自此，中国的西夏学研究有了一个真实的研究方向。到1992年，经过多方努力，中俄官方达成了"列宁格勒东方研究所与中国社会科学院民族研究所合作"的协议，决定整理、出版东方研究所收藏的全部西夏文献。虽然研究在推进，但还是因为缺乏直接的史料和实物，并无实质性进步。时间走到二十一世纪初，黑水城发现已近百年，还原西夏王国历史原貌的工作，中国学者究竟进行到了哪一步？能否经由直接对西夏史研究专家的专访，以及竭力挖掘披露各管道的史料、文物，来达成真实记录一个王朝兴衰的效果？是否可以通过对黑水城文物盗掘事件始末的追访，来讲述消失了的西夏国的故事？于是，亚妮返回宁夏，做了这期节目。

十九世纪末，在位于今内蒙古阿拉善盟额济纳旗地达赖呼布镇东南二十五公里的一片荒漠之中，俄罗斯人柯兹洛夫发现了已消失六个多世纪的西夏名城——黑水城，运走了两万四千卷文书和五百三十七件价值连城的唐卡珍品，还发现了西夏仁宗皇后遗骸，由此打开了通向西夏王国的神秘大门。

2000年6月9日,浙江卫视"神秘西夏"纪录片摄制驼队向腾格里沙漠进发。他们将沿着柯兹洛夫的走向,完成对这段历史全方位的影像探寻和记录。

走了整整八天,却一无所获。沿贺兰山西侧穿过腾格里沙漠再到黑水城,这是一条难以预测的生死之路,他们的给养和后援以及继续行进的安全,都无法保证。亚妮开始犹豫。摄像兼导演杨铭是舟山人,海边长大,第一次踏进沙漠,艰辛的拍摄和难以适应的沙漠环境,几乎让他耗尽体力,被阳光灼伤的脸也开始脱皮。我在后来的播出片里看到一个场景:旭云朝日下,一队人在驼铃声声、亦真亦幻的烟波浪晕中翻下一座沙丘,一边是身曲形移的现实,一边是蒸浮在沙漠上的海市蜃楼。我曾问,这是否是后期的特技合成?事实上,这是进入沙漠第九天遇到的场景。面对如此梦幻般的奇景,居然无人兴奋。亚妮则动摇了,甚至后悔自己的鲁莽,当下决定返回。

折回起点,在银川城郊张贤亮建造的镇北堡西部影视城休整。

亚妮希望张贤亮能给出一个现实的采访计划。张贤亮用了半天时间,列出了西夏史研究者名单。

摄制组在吃了几顿羊肉后,再次出发。

第一站,是位于银川市以西约三十公里处的西夏王陵,他们要寻找一个叫杜玉冰的人。

在后来的纪录片里看到:黄河如带,绕过峡谷奔向天际,幽怨的羌笛声骤然响起;执拗的羌笛声中,又有哗哗的水流伴着吱呀的转轴摩擦;随后出现一轮硕大的圆形水车,旋转着告诉看官,这是水声的出处;水车的圆盘上斜装着一个个木板长方盒,在水的推动下,进水的水盒升到顶端,下落时水又自动泻入水渠,周而复始。在这样的时空中,依次浮现出吹笛的古人、祭天的塔子、敲击羊皮鼓的牧人、欢快的舞者、刻在石头上的西夏文。然后,贺兰山下一片荒原大漠,托起一个连一个状如窝头的高大夯土堆,西夏王陵就突兀在青山黄河之间。其间，被山洪冲刷出的沟坎纵横交错，但没有一条沟壑从陵园中穿过。镜头缓下来，蜿蜒向前，每个赭黄色土堆周围，均环绕着方形的城墙等辅助性建筑，显现出城郭的痕迹；被风日雕蚀的断壁残垣，虽失去了昔日的皇家之气，但在悲凉不驯的寂静中，反而显示出一种永不屈服时间和沙暴磨砺的顽韧。那种气息，让你在穿越那些残垣时，能感到幽幽魂萦的岁月脉动；而踏过废墟，眼前会展现马蹄腾跃化作西夏铁骑的浴血征战场景……看的时候我就在想，纪录片的构架和画面，一定是画者的思维和想象，一只脚在梦里，一只脚在现实。看来杨古城说的完全错了，此女就应该做电视，做电视的人都应有这般旁涉和浸染。

据说，一千多年前，在中国西部东邻黄河、西界玉门、南接萧关、北控大漠、纵横两万里的土地上，活跃着一支精骑射、善征战的少数民族——党项族。这个羌族支系，吸收中原先进文化、废奴改制、重农兴牧、开疆固土、创造文字、制定法典、发展贸易，逐步统一了纷争不息的诸部族，建立起相对稳定的地方政权——西夏。它先后与宋、辽、金鼎立称雄达二百年，后被成吉思汗所灭，所有史料也随之毁灭殆尽，俨然成为丝绸古道上一个弥漫着千载迷雾的神秘王朝。

由于历史记载上的空白，神秘失踪的西夏王国，成为史学上最扑朔迷离的一个悬案。谁都知道，文物是还原历史真实的根本。在西夏文物挖掘中，有一支"知青"出身的考古队伍，他们倾力工作几十年，是揭开西夏之谜不可或缺的特殊群体。这个群体的代表人物，就是杜玉冰。

杜玉冰，1949年生人，九岁随父母从北京援助西部到宁夏，十九岁自北京大学考古系毕业后，她就致力于西夏史的考古研究，成果丰硕，时任宁夏文物考古研究所所长。

在"三号泰陵"古墓开凿现场，身穿红色T恤的杜玉冰正指挥民工沿墓道挖掘，土堆上散落着刚出土的瓦当、泥塑之类东西。亚妮走过去时，杜

杜玉冰是带亚妮走进西夏历史的第一人。

玉冰刚接过民工递上来的一件泥塑佛首。那件上千年才见天日的泥塑佛首，怔怔地看着南来的不速之客。杜玉冰浓眉大眼，短发齐耳，厚实的嘴唇与常年被风沙打磨的肤色极相配，看上去比实际年龄要年轻一些。"这么热的天，我以为你们不来了。"杜玉冰笑着，语速很慢，一口标准北京腔。

"说好的，岂能不来。"亚妮看她手中的泥塑佛首，"挖到什么吗？"

杜玉冰把佛首递给亚妮后，去接递上来的另几件陶塑，并细心清理着："这些天，有些东西出来，但都不是大东西。"

亚妮放眼一望："如此大规模的挖掘，第一次？"

杜玉冰说，西夏王陵正在进行全封闭系统性挖掘，这是西部文化遗存保护中最大的项目，国家为此斥资千万。

杜玉冰边给客人介绍情况边继续工作。下面递上来一个极其精美的陶俑，她接过去清理。挖掘的几个民工陆续上来歇息，她招呼人把文物装箱。民工们大口地吸着烟说笑，杜玉冰和亚妮就坐在他们身边。

按照杜玉冰的介绍，墓葬的发现实属意外。1972年6月，兰州军区空六师在此建设一小型军用机场,在推平墓冢的过程中,挖出了十几个破碎的陶罐,还有一些形状较为规则的方砖。砖上布满了方块文字和花纹,谁也看不懂。接着,又挖出四尊立式石雕人像。就这样,文物部门对其进行抢救性发掘,十天之后发现一个墓室,出土了大量的工笔壁画、工艺品和陶制品等。据研究测定,这是一个西夏时期的陵墓,而出土的方块字正是今天被人们视作天书的西夏文。

"后来发掘的范围有多大?"亚妮问。

"东西五公里,南北十公里,在五十多平方公里的范围内,一共有九座帝陵,二百五十三座陪葬墓。"杜玉冰如数家珍,"我说的是现存墓葬的数字。西夏历史由于文献缺乏,要确定这一地区是西夏皇家陵园,只有继续挖掘。"

"现在确认到什么程度?"

"陵墓性质没问题,但因为缺乏史料和文献记载,一直无法确定哪一座陵里边究竟是哪个人,只有靠推测。"

"推测?李元昊的陵寝有否推测?"

"民间传说,李元昊死了以后,朝廷为他一天做一个坟,整整一年做了三百六十五个坟。谁也不知道哪一座是真的,而且所有的墓都被盗过。我们陆续清理了一座帝王陵、四座陪葬墓、四个碑亭及一个献殿遗址,从中发现了一些很珍贵的西夏文物。其中有西夏文字和反映西夏人游牧生活与市井生活的绘画,有各式各样的雕塑作品,有'开元通宝''淳化通宝''至道通宝''天禧通宝''大观通宝'等各个时期的流通钱币,还有一些工艺精巧的铜器、陶棋子等。特别是出土了大量造型独特的石雕和泥塑,这是以前挖掘中少见的。应该说,这些文物的发现,为研究西夏文明提供了很有价值的直接实物。"

亚妮:"能否弥补柯兹洛夫劫掠黑水城带来的遗憾?"

杜玉冰站起来，拿下草帽扇着，不置可否："虽然无论是数量还是质量，都远不及被他们劫走的东西，但我们这几年的研究进度，赶过了他们几十年。"

亚妮："你说的赶过，是否跟破译西夏文字有关？"

"当然，这是决定性的。"

杜玉冰把亚妮拽上一处高地，"西夏文字的破译难度，在中国古文字的研究中是极罕见的。"她手指前方，"你看，九座帝王陵组成一个北斗星图案，陪葬墓也都是按星象布局排列，这都需要从西夏文字的破译中解玄机……"

西夏文字久久无法破译，有些古文字专家倾其毕生精力都无果而终，找到文字破译者很关键，这个人，张贤亮锁定的是李范文。

李范文，1932年出生，1956年从中央民族大学研究生毕业后，没在老家上海待一天，就到了边疆。他一直从事史学及古文字研究，时为宁夏社会科学院研究员和名誉院长。

亚妮走进银川市一个杂乱小区。一间仅十几平米的书房，几乎没有插

李范文被亚妮视为奇人。

脚之地，地上堆的、桌上放的、架上排的，全是书。书架上几乎都是李范文的著作：《处理西夏文杂字研究》、《宋代西北方音》、《西夏语比较研究》等。

李范文沿书橱和书桌间一条狭窄的通道挤过去，从靠墙的书柜里取出一卷宣纸，再挤回书桌，在亚妮面前伸展开来，上面是近似汉文但又相对繁复的西夏文。

"四十多年了。"他慨叹道。

亚妮一转身碰到书桌，上面摞着的书翻落一地，砸了李范文的脚："对不起！"亚妮弯腰捡书，"您什么时候开始破译西夏文字的？"

李范文从地上捡起《西夏研究》："大二。在图书馆看到王静如先生写的《西夏研究》，当时很吃惊。"李范文打开书，"也就是从六十年代开始，我研究西夏文化，研究西夏历史，但都遇到文字解读的障碍，就下决心直接从研究文字入手。"

亚妮打开捡起的《西夏语比较研究》："那时恐怕没什么参考资料？"

"没有。后来才知道西夏文采用的是合成法，这还缘于史金波。他在一篇文章中提到《过去庄严劫千佛名经发愿文》，此文讲的是西夏佛教流传、佛经翻译和校对的经过，也就一千来字，他翻了七八年也没翻出来。"李范文在书中找着，"你比如，文中有'腾兰作法'这样的叙述，'腾兰'是什么？不知道。有一次，他在河南白马寺门口见到两尊石像，一尊叫伽叶摩腾，另一尊为竺法兰，他茅塞顿开，才明白西夏文用的是合成法。"

亚妮找了个地儿坐下来，书堆得很高，只剩她一个脑袋："这就需要破译它的人具备高深的历史造诣和相当专业的考证能力。"

"对。"李范文坐在她对面，也一个脑袋，"西夏文一共六千字左右，我把它的音译全都给做出来了。这完全靠手工，一个字一个字写出来，经过校正，然后制版，制版以后，再一个字一个字刻下来，再贴上，贴上以后再校对，没有问题后，才剪下来贴到稿纸上。光是这部书，我就花费了二十六年时间。"

亚妮："出土文物中，没有类似像字典的东西？"

李范文从书堆里站起："事实上，柯兹洛夫从黑水城掠走的文物中，就有一本《番汉合时掌中珠》。后来，他们发现这就是夏汉合璧的字典。"

他拿出一本《同音研究》，对亚妮说："通过它，可以帮助看懂所有出土的西夏七百多卷书，但他们封锁了这个信息。"

"但最终您还是破译了它，是否这就意味着我国西夏史的研究速度由此推动？"

"对。"李范文拿过一册《中国通史》，指着封面："旧版《中国通史》里，原来只有宋、辽、金，没有西夏，这本是去年出的，已经有了。"

亚妮："西夏过去好像一直背了一个很不好的名声，认为它搞分裂。"

李范文坐下来，"这有些历史原因，现在剑桥出版的《中国通史》，你看，有辽、西夏、金、元史，已经承认了西夏的历史地位。我以为，西夏史的研究价值，在于它的国家体系。李元昊继位后，首先制定了提高民族意识的策略，去除唐宋赐姓，改姓'嵬名'，自号'兀卒'。随后，变发式，定服饰，造文字，简礼仪，立官制，这一系列改革，为建大夏帝国打下了坚实的政治基础，很快形成了一套完整的政权体系，有了自己的法律、文字……"

亚妮："据说西夏文化艺术的发达超过了唐宋，非常惊人，佛经空前绝后？"

李范文："这一切在于他们对教育的极端重视。在西北地区，少数民族建立学校还是从西夏开始的。而且，他们给创造文字的耶律仁荣封了王位，把孔子作为皇帝对待。崇尚文化，我认为是西夏王国繁荣的一个原因。研究它的文化，不仅是继承中华民族文化遗产的一部分，也是还原其历史的一个着落点。"

镜头一转，两人游走在书海里。

亚妮拿过一册《西夏艺术史》，翻开："从西夏的艺术作品看，他们具有很强的容纳性，受汉族文化的影响很大。"

李范文也拿过一本："这种博采众长的容纳不是所有的民族能做到的，尤其对一个相对封闭的游牧民族来说，这是一个超越性的开放。"

亚妮翻着《西夏艺术史》："事实上，这种开放是贯穿在西夏国各个领域的，这就不难解释它在短时间内崛起后迅速走向强大。"

李范文翻着另一本书："1038年，景宗元昊正式称帝，西夏立国。它不断地改革，重视人才，尊重知识，因此国力强盛，政治、经济、文教、商贸稳定发展，它的纺织、冶炼、酿造及手工艺尤为发达。西夏的文学艺术尽量吸收周边各民族，尤其是汉民族的优秀文化，形成自己独特的风格。它的绘画、书法、雕刻、音乐几乎是中国艺术史上的一个顶峰。最突出的是西夏壁画，它既继承了中原绘画传统，又吸收了高昌回鹘的画法，同时受吐蕃佛教密宗绘画影响，融会贯通，形成了本民族浑厚、细腻、浓烈、婉丽的风格，让后人惊叹弗如。"

两人好像是买书卖书的。

继而我们又从片中看到出土的各种实物，有唐卡、雕塑、乐器、绘画、金属铸造工艺品、陶瓷器皿、建筑石雕、动物泥塑、青铜人物造型，也有佛像、彩色壁画、文碑石等，精美，浩繁，都是我前所未见的；而其中描述的纺织、冶炼、酿造诸业的欣欣向荣，作坊、市井昌隆繁殷的生活场景等，又远非艺术所能完成，我终于明白，亚妮为何如此执着地要用纪录片介入这段历史。

场景转到博物馆。

走过博物馆陈列的木活字印刷佛经《大方广佛华严经》，李范文驻足在横卧的"鎏金铜牛"前："西夏制造业的发达，简直令人震惊。"他以手提示鎏金铜牛头上的两个弧度,"这么优美,金属色泽这么细腻柔和,这需要集冶炼、模具雕塑、浇铸、焊接、抛光和鎏金等工艺于一体,这种繁杂和精致程度,是前后朝代所无法企及的。单这件藏品,博物馆就保了两亿元险。"

李范文认为,西夏遗存匮乏,地上残存建筑也只有一两处,其中一处叫拜寺口双塔。他们应该去找一个叫牛达生的人。

拜寺口在贺兰山脚下的无人区,基本上没有公路。无际的戈壁上,汽车扬起蔽日尘烟,车轮艰难地碾在沙石上,发出尖涩的声音。前方起伏的群山

这个改写了中国印刷史的牛达生，第一次上电视。

在天宇勾勒出朦胧的线，在它脚下的一方葱绿，像浮在海上的岛屿。汽车颠簸到两座泥土色的塔前停下，已经是一天之后。

宁夏文物考古研究所研究员牛达生在塔前迎向亚妮。这位年逾七十的老知青，是中国著名的古钱币研究专家，他通过对西夏学的研究改写了中国印刷史。

"这两座塔是中国西夏考古中最早发现的遗址。"牛达生握着亚妮的手。亚妮后来说，自己好像握着农民的手，粗糙干涩，没有一点知识分子的味道。

"我听人说西夏学是绝学？"亚妮四处看，估计是想找一处蔽日之所，可除了远处一株枯死的胡杨，就是阳光如瀑的荒野。

"对。"牛达生眼神咄咄，"绝，就是反映了它的研究非常困难。《二十四史》，宋、辽、金、元，都有专史，唯独没有西夏史。"他说着向古塔走去，手一指，"现在沟里还有一个塔，也是西夏的，但没有记载，有人认为是明代的。"牛达生坐到塔前一块石头上，"其实有很多东西原来都是西夏的，因各种原因，都归到明代、宋代了。"

亚妮坐到他身边："张贤亮说，最近有一次发现？"

"就是这一次发现的经文，有汉文，也有西夏文。"老人从随身背的大包里拿出许多材料，"有的是手写的，有的是印的。讲古代印刷实际上是讲两个东西，一个是雕版印刷，唐代就有了；活字印刷，宋代才有。活字印刷里有泥活字和木活字，过去认为木活字是元代才有的。西夏相当于宋代，我们在塔中出土了一大批文献，发现了木活字的印刷品。经过整理，有九册，将近十万字，叫《吉祥遍至口和本续》。"

亚妮："如何从出土文献中辨别是木活字而非泥活字呢？"

"两种活字最大的区别在于，有无'隔行之工序'。我在《吉祥遍至口和本续》的字行间，发现了长短不一、墨色深浅有差的线条，这明显是隔行的'竹片'印痕，契合了'排字作行，削成竹片夹之'的木活字印刷工序，这就可以肯定《吉祥遍至口和本续》是木活字版印本。"

亚妮："这个成立的话，是否对中国印刷史提出了质疑？按推算，《吉祥遍至口和本续》将木活字的发明和使用时间提早了一个朝代，说明西夏人已有了毕昇所没有的技术，它应该是世界上现存最早的活字版印本实物？"

"之一吧。"牛达生翻着《吉祥遍至口和本续》的复印史料："这个塔出土的东西对西夏史的研究非常重要，但很遗憾，在我们考古之前，这个塔也被盗掘过，东西不多。"牛达生站起来，"西夏的遗址，没有不被盗过的。"一抬头，"除非没发现的。"

天穹，是绕着古塔的飞鹰。

远方，是接天的戈壁。

张贤亮的采访名单中，最后一个人，叫钟凯，是一位古军事专家。

西夏有整整两百年的历史，如此强大的一个国家，却在短短半年间被成吉思汗所灭，且消失得无影无踪，这个过程是西夏史中最为悬疑且众说纷纭的。

　　钟凯，个子不高、敦实中透着儒雅。此人 1938 年出生，是五十年代末从江西支边到宁夏的大学生，时任宁夏博物馆馆长。他是西夏战史研究领域屈指可数的专家，以实例介入闻名。

钟凯对亚妮说："哪天咱俩拍电影啊！"

　　关于西夏被灭的历史，相信很多人是通过电影《成吉思汗》获知历史鳞爪的。1205 年，强盛的西夏王朝是成吉思汗征服中国唯一的威胁，于是下了灭夏的决心。1226 年 2 月，西征回来，他决然从蒙古进军瓜州（今甘肃地区），正式攻打西夏。关于这场战争的细节和始末，我一直有疑问，钟凯给了我确切的实证。

　　亚妮对钟凯的采访，在宁夏博物馆的林荫小道。他们漫无目的地走着，环境和语境都很宽松。

亚妮："成吉思汗在 1025 年就已下决心要灭夏，但为何过了十一年才付诸行动？"

钟凯："那时，西夏跟金已经打了十多年的仗，国力大减，成吉思汗有卧薪尝胆的意思，在等待最有利的时机趁虚而入。灭西夏还是相当困难的。成吉思汗是采取切断西夏南退道路的办法灭夏的。但久攻不下，因为西夏人不仅顽强，而且打仗机动灵活。"

亚妮："据说他们当时融通汉文化的程度，是很多少数民族难以企及的？在军事上有案例体现吗？"

钟凯笑起来，"他们既有自身的强悍，又有异族的机灵。就说对《孙子兵法》的运用，恐怕连汉人都难以想象。"可能是话有投机，钟凯一下很兴奋，"打仗时，不像汉族军队排成方阵，他们善用骑兵，叫铁鹞子。厉害啊，铁鹞子善于伏击，它有动静的时候，运动得很快，使你防不胜防。"钟凯在廊凳上坐下，"你比如说，好水川之战。那是一条川，西夏军队侦察后，知道宋军要从那儿发动进攻，就做成一个不抵抗的局势，诱敌深入。在宋兵必经之地，他们放了很多鸽子，用泥团把它包起来。宋兵过时，不知道地上是什么东西，都纷纷去捡，一捡听到里面呼呼地响，就好奇地把它打开，鸽子于是就飞起来了。埋伏在周围的西夏军看到鸽子，就知道宋军到了什么地方。他们就利用这个进行突然袭击。"钟凯时坐时站，语速很快，手舞足蹈。

"最终，他们怎样攻下西夏？"

"当时，成吉思汗和金人打仗时受的伤一直没有痊愈，最后一次征讨西夏，又被一种叫瓷蒺藜的东西掀下马，加上久攻西夏不胜，心情郁闷而身患重病。瓷蒺藜铁球为圆形，表面全是钉刺，西夏人把它埋在成吉思汗铁骑的必经之路。马蹄一旦踏中了蒺藜，就难逃人仰马翻的结局。蒙古军队当时已经包围了兴庆府（今银川），围困了半年之久，却怎么也攻不下来。最后，只好用溪水来淹。"

亚妮:"如果西夏不抵死抗争,能否避免被毁城灭迹的结果?"

钟凯摇头:"不可能。其实,走投无路的西夏,1227年6月就遣使向成吉思汗请求宽限一个月,准备献城投降。不到一个月,成吉思汗就死了,死前,他立下遗嘱:一是死后秘不发丧;二是待夏主投降时,实行屠城。"

两人出了回廊。天边的落日挂在了树梢上。成吉思汗军队挟云梯冒飞石直抵西夏城头,两军抵死而战的场面,就在那层红晕中沉浮。钟凯的脸也是红的:"成吉思汗死后,水就淹了西夏城。夏天里,水引发了传染病,又缺粮食,守军坚持不下去了,西夏城终于被攻下。蒙古大军屠城后捣毁了全部地面实物。"

"西夏的皇宫在哪里?"

"就是银川市。蒙古灭了西夏以后,这个地方就改为宁夏路。之所以叫宁夏,有安宁西夏的意思。"

这次对话,让亚妮对古战争史产生了兴趣。

西夏王国共传十帝。关于它的民族起源、社会性质、政治、经济、文化等,学界争论不休。但所有一切,统统埋入黄土之下,连当年那个"性雄毅,多大略"、英武善战的一代帝王李元昊的陵墓都难以寻觅。人们只能在朝起暮落的学者证论中,想象或猜度那段历史。而所有谜团都与黑水城有关。

最后一站,是内蒙古阿拉善盟额济纳旗境内的黑水城。杜玉冰与他们同行。

那里本是东西方最早的丝绸之路通道——东起阴山、中经居延、西至天山,黑水城就在这条道路的节点上。公元十三世纪初,这座繁盛昌隆的古城在经历了一场血腥的毁灭性战争后,没有活着出来一个人。

中国人对它的了解,自1926年始,当时,斯文·赫定率领的中国和瑞典联合考察组公布了对黑水城遗址的拍摄照片;而西方人对黑水城的最早记载,见于《马可·波罗游记》。

车到额济纳旗后,只能换骑骆驼前行。"花儿"的歌声响在空旷寂寥中,太阳在漫天的沙尘里昏黄惨淡地时隐时现。驼背上的摄制组已没了先前的精神，男向导牵着骆驼一步一坑地跋涉，好像这辈子就出不了这个地方了。

终于进了黑水城。亚妮从驼背上下来，灌了几口水，就开始采访："黑水城当时住的是什么民族？"

"土尔扈特人。"驼背上的杜玉冰解下包在头上的围巾，对亚妮说："事实上，十九世纪末，在额济纳河附近一带，就有黑水城藏着财宝的传说，有人会告诉你，夜里能看到一个守城的黑将军。"

"最早知道黑水城遗址的就是柯兹洛夫吗？"

"不，是俄国人波塔宁。他是1884年在中国旅行时发现的，写在他的旅行日记中。"

一个干瘦、矍铄的老向导插话："土尔扈特人说，在额尔克哈喇布鲁克（就是蒙语中的"哈喇浩特"，即黑水城），挖黄沙就能找到银器什么的。1900年，俄国人奥布鲁切夫根据波塔宁的发现，到这里来寻宝，但当地蒙古人把他引向相反的方向，差点儿死掉。"

杜玉冰下了骆驼，"当时柯兹洛夫就在蒙古，也听说了这件事，曾派手下去寻找，但都无功而返。蒙古人对黑水城的情况一直秘而不宣。"

"柯兹洛夫最终是怎么探明宝藏的？"

"这是个非常专业的文物专家和考古学家，而且是个冒险家。他当然不肯放弃。1908年，他带了一批号称探险的人，在蒙古、青海、四川、西藏一带调查，事实上还是盯着黑水城。探险队携带十二支步枪、六支左轮手枪，分别配有一万五千发和六千发子弹。他们用重礼贿赂了蒙古的王爷和贝勒爷，得到了黑水城的开掘权，也得到了可靠的向导。"

"柯兹洛夫掠走的那些文物是个什么概念？"

"整个西夏文史实物中最有价值的东西。"杜玉冰随手翻出一张柯兹洛夫佩戴胸章、坐在西夏文物前的照片，"当时在世界上影响非常大，柯兹洛夫因此获得俄罗斯皇家和英国皇家奖。"

镜头掠过沙海中的黄土陵塔、嶙峋的坏墙、墩台、房基、石磨、门臼、碎瓷、陶片，定格在佛塔前蹲着的杜玉冰身上。她抓起一把黄沙对着太阳，金沙便从指间慢慢流泻，没等落地就被风吹散了魂："黑水城当年是吐蕃、回鹘、党项诸游牧部落的聚集地，强盛一时。成吉思汗征战西夏，是由北而南先破黑水城，然后再一路由东进攻西夏的。"

"从1908年4月1日到13日，柯兹洛夫团伙挖了十二天时间。完全未按考古学要求进行，对发掘品也未做严格记录。他在日记里记着——挖呀、刨呀、打断呀、打碎呀，都干了。发掘出的西夏文籍、佛像、雕塑、器皿、妇女饰物和佛事用品等，满满装了十箱，每箱十公斤。这批西夏文物震惊了俄国史学界，官方指示柯兹洛夫放弃对其他地方的考察，返回黑水城，要不惜人力、物力和时间，对黑水城遗址做进一步发掘。"杜玉冰指着前方坛形尖顶的沙黄古塔，"第二年的发掘几乎是掠夺性的。他们在原址上挖到了祭祀品、器物、佛像，还挖到了汉、藏、阿拉伯文字残卷及纸币，随后又打开了四百米外的一个大佛塔。这个塔里叠放着数以百计的文物——用绸布封套的书籍、簿册、经卷和佛像，那是西夏文物最主要的部分。最有价值的是，在塔前正位发现了一具坐姿女人骨架。他们判断，该塔是为她而建的。运回俄国后，汉学家孟列夫推断出，这座骨架是西夏仁宗李仁孝的皇后罗氏。这个消息震开了西夏史学的冰山，后来柯兹洛夫称这座塔为'辉煌舍利塔'。"

亚妮："我听李范文说，在柯兹洛夫发掘的大批艺术品中，光是唐卡绘画就有五百三十七幅之多，是出土于这个塔吗？"

杜玉冰："在柯兹洛夫的地理描述中，能对上号的就是这个塔，除非是风沙抹去了遗迹。当时，因为东西实在太多了，柯兹洛夫没有按照排列顺序清理，以至于后来的学者无法归类这些东西。要知道四十匹骆驼运了两万多卷文物，那是什么概念？柯兹洛夫后来在俄国的一次演讲中说，自己运出了一个保存完好的图书馆！"

"这之后黑水城就再没挖掘？"

"1914年，英国人斯坦因也率队进入黑水城，挖掘盗走了几百件文献、纸币，全部运回伦敦。1923年，美国一个叫华尔纳的人，受哈佛大学博物馆委托，也进行了十天的挖掘，盗走不少东西。到了1926年时，柯兹洛夫还返回来寻找1909年未运走的文物，据说大部分已经失散，只找到了一小部分。"

"没有中国人挖掘？"

"那要算1927年中国和瑞典联合考察那次。发掘到的文书残页有几百件，现收藏在中国社会科学院考古研究所。"

"1949年以后呢？"

"1962年还是1963年的时候，内蒙古文物工作队曾两次派人进行考古调查，在佛塔发现了少量文书，在附近一座古庙里发掘出二十五座泥塑佛像，都收在自治区博物馆了。1972年到1979年，甘肃省文物考古部门、北大、中科院等都几次到黑水城进行勘察，出土东西不多，但查清了西夏旧址的范围。"

"我听中央电视台的人说，1991年'望长城'摄制组在黑水城遗址拍摄时还发现了彩塑佛像和西夏文佛经。"

"后来陆陆续续都有发现，但是价值都超不过柯兹洛夫的几次发掘。"

"俄国的黑水城文物主要收藏在哪里？总共有多少？"

"现存于国家艾尔米塔什博物馆。共有三万五千件文物。两千件是绘于丝、麻、纸张、棉布及木板上的绘画作品，一半以上品相完好。另外还有七十多件泥塑、木雕、金铜佛、纸币等，三千多件陶、瓷、铁、木质的日用器皿和生活家具。这个数据还不包括柯兹洛夫藏于俄罗斯科学院东方研究所的八千多件文书和版画。"

"这些文物公之于世大概在什么时候？"

"二十世纪八十年代初吧。在德国慕尼黑举行的第三届国际藏学会议上，史学家列昂诺夫提交了一篇名为《艾尔米塔什博物馆的西藏艺术品》的论文，主要介绍西夏的藏传绘画。"

万籁寂静，蓝天白云下，只有两个女人的声音。

探寻行动接近尾声，摄制组和杜玉冰再回银川，已经是第十五天了。

临别那天，天特别热。临近中午，亚妮顶着烈日，去西夏王陵遗址找杜玉冰。挖掘的民工们躲在沟壑中休息，问谁都懒洋洋地摇头。最终在东南角一座土黄的房子里找到了杜，那是她的现场办公室。

杜玉冰正要出门，没有客套，径直往现场走："这趟下来，张贤亮说，你们都快成西夏史专家了。"亚妮也不会客套："我也听张先生说，要恢复西夏王陵的原貌，你很恼火，得罪了不少人？"

杜玉冰笑起来随即又不笑了："即使进行考古发掘，我们所获得的数据，都不能准确地恢复其原貌，更何况是人为的。因为你更多的会是臆造，是想象，没有根据，甚至没有工艺。"她从挎包里取出陶佛首，"要我说，在残败中俯拾文化的碎片，和在它臆造的很光溜的外表上再去营造某种文化，两者绝然不同。"她把佛首递给亚妮，"刚出土的。"没等亚妮表示惊喜，又是一句："仿的。"说完大笑出声。

嘹亢的羌笛声飘过来，沿着斑驳古老的城垣，绕过帝墓，在高山大河间婉转回荡。

2000年6月28日，"神秘西夏"播出。当晚，张贤亮给亚妮打来电话，两人谈了很久，谈的不是西夏。

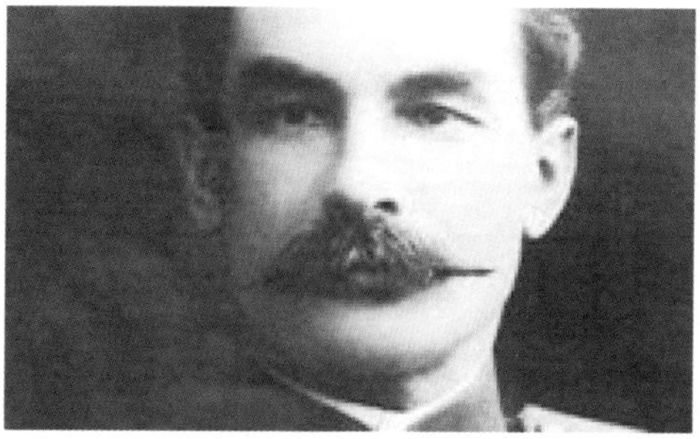

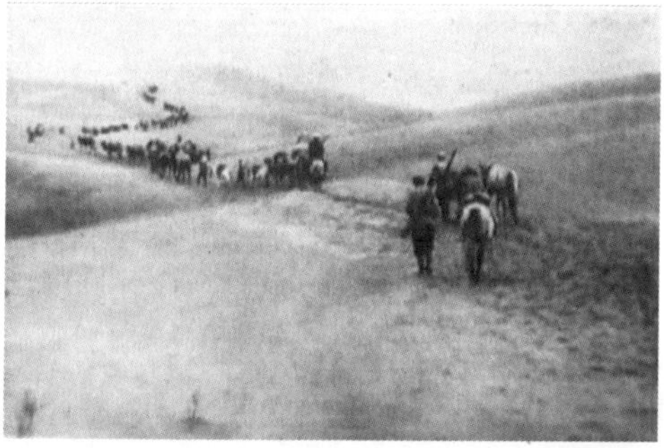

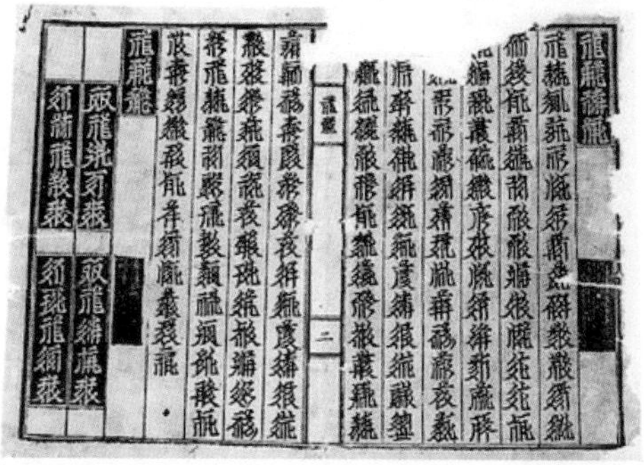

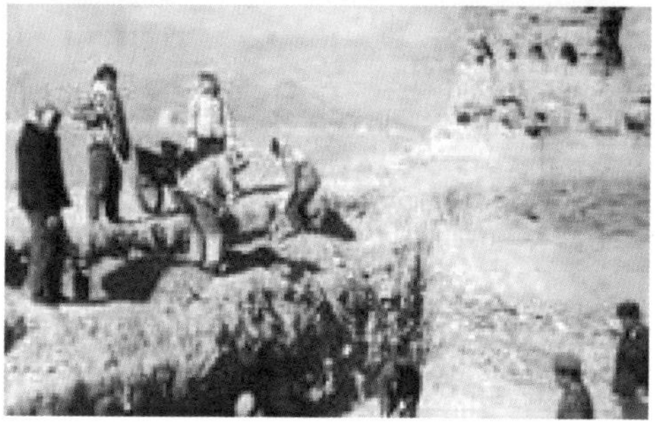

两个人的学校

Mysterious Xi-Xia

"亚妮专访"所有题材的选择和确认，基本都是亚妮一人完成。

"中国旅游"制片人邢京和，一直是亚妮的挚友，他们栏目每年开一次题材会，成千上万的选题，也就用掉百分之几，剩下的就任由亚妮择选。选题往往一句话、一行字，亚妮也只需要一句话、一行字，因为她的节目都是在未知的现场行进中开凿性记录、即兴主持和采访。什么石头上的村庄、歌王哈扎布、六百年前南京人，等等，闻所未闻。

2001年3月，亚妮拿着一行字"广西蒙山县，两个人的学校"，便带着摄像出发了。

到了蒙山县，才知道学校在十万大山里头一个叫高岭屯的寨子。

乡里派了一人陪同。一直走到车无法开，然后雇了老乡，肩扛担挑往前赶。翻过两座山，步行七小时，跋涉到山坳。一抬头，一座近两千米海拔的山顶上有个寨子，说，这就是。

从山脚攀到寨子里，又是两个小时。天快黑了，寨子朦胧在没有光亮的炊烟和暮霭中。寨子没电，也没有通讯工具。村长没接到通知，急煞煞赶来，一脸惶恐。听乡里人说，是拍电视，紧张得"嗯嗯"两声，就没话了。于这个村子，亚妮他们就是天外客。

乡里人回头走了。村长直接把亚妮他们领到了老师的家，一间依山的泥墙黑瓦平房。村长紧着要离开，因为寨子从没来过生人，更别说拍电视，所以没有任何接待措施，他得去安排这两天外客的住宿。

131

就着最后一点点天光，在院子里，亚妮几分钟就弄清楚情况。老师六十二岁，叫邓仁章，寨里人，十八岁下山到桂林读完师范回山，只在三十岁时出过一次山，再没离开。山寨一共十一户人家，孩子在家门口上学上到小学三年级，就到乡里寄读。学校的学费一年是两块钱，老师的生活基本靠他自己种植的一片生姜地。那年，寨里正好只有一个学生，七岁的女娃黄小毛。邓仁章手一指，黄小毛就在跟前站着，很明巧的模样，完全不怯生。

很快，村长来叫客人去他家吃晚饭。一进门，迎头两盏汽灯，照着两桌饭菜，一村二十来号人，连狗都到齐。海碗里满满的米酒，不喝绝对属于无视村规；米饭用大木桶装着，不吃完一海碗，那也是出不去门的。

全村人吃完，天外客先走。两人就跟着村长，到了他的办公室。一推门，两张门板架在四条长凳上，两个老乡扛来两卷被褥，唰唰一铺，校长手一拍："比不上城里，将就将就。"亚妮和杨铭面面相觑。俩人搭档多年，亲如兄弟，秉性也接近，根本不在乎什么接待，但再不在乎，也不至于孤男寡女共居一室吧。

村长没反应，指着墙角："自来水。"墙角有个洞，用一根毛竹劈成的饮水管，不知从哪里伸进来，泉水湍流不息。厕所当然没有，村长临走，在门口放了一根比人还高的、碗口粗的木棍。什么意思？两人对着木棍，思忖半天，也没明白其中的道理。

半夜，要方便。外面正下雨，亚妮提心吊胆寻到一处背坡的屋檐。屋檐很窄，要么遮头，要么遮屁股，正在两难间，突然传来"哼哼——哼哼——"的声响，一回首，一头野猪踱着方步而来。蓦地，亚妮想起门边那根大木棍，拔腿就跑。回到住处，一把抓过，没等杨铭反应，又冲出门去。

木棍回到原处，杨铭一脸疑惑，也不便问什么。等杨铭要出门时，亚妮直指木棍："握紧了，有用。"

自那以后，两人只要出门，木棍寸步不离。

第二天，天没亮，村长又来请吃饭。还是迎头两盏汽灯，照着两桌饭菜，人和狗自然都到齐了，一海碗米酒，照样映着人的脸。不同的是，二十来号人，全换上了簇新的瑶族服饰。村长说："吃完一起走，拍电视去。"

学校在两间泥坯平房里，一间上课，一间当办公室。

黄小毛的父亲爬上屋顶，正在修葺漏洞，这样可以抵一学期两块钱的学费。

学校小到不能再小，但课程是全的。

第一节，数学课。没有教具，老师数着自己衣服上的扣子，教加减法，数到扣子不够了，就把粉笔排列起来，很实用。

第二节，体育课。一根绳子，一头绑在树上，一头拎在老师手里，甩起。在老师的口令中，黄小毛像一只麻雀跳进跳出。

接下去的音乐课也没有教材，学生随老师走到生姜地里，在老师耕地的间隙，有一句没一句地唱着古老的情歌："屋边菜地四四方，问妹今年种哪行？妹种芋头哥有种，妹种红薯哥有秧……"

邓仁章说，山下的新老师快来了，他一直在等，到时候黄小毛就有新歌唱了。

没料到寨里没有电，摄像机带的电池总共四块，也就用两三天，拍什么就得事先设计好。片子的导演是杨铭，很有创意，翌日要拍清晨师生升旗。升旗就升旗吧，还非得让黄小毛唱国歌。邓老师不会唱国歌，亚妮只好连夜教。整个寨子就在黄小毛五音不全的"起来，起来"的歌声中煎熬。到半夜，他们才发现，竟然没国旗！

整个村寨就没有国旗，村长很犯难："什么师生，不就拍一个老师一个娃，升什么旗？不升了。"亚妮他们只好妥协。

一早要采访老师，老师不见了。村前屋后找遍，也没有。到了晚上，还是不见踪影。

133

凌晨，有人敲门，和衣而卧的两个人，噌地起来，亚妮手握那根木棍，杨铭大着胆开了门。门口居然站着老师，蓬头垢面，手上却捧着一面折得端正的国旗。这一天一夜，六十多岁的邓仁章翻山越岭一刻不停地走，从乡里的中心小学借来一面国旗。

我后来看这个片子播出，一开始，非常安静，山顶上一座晨雾缭绕中的村寨；少顷，随一个女童唱的国歌由远及近，旗杆下，黄小毛举着少先队队礼仰望；另一边，老师拉着一根麻绳，将国旗缓缓升起，美得如同一幅画。

亚妮会说，十几年她在原住民地区奔走，寻踪非遗的散落，记录各式做着叫文化的人物，让她坚持下来的，多半就是像邓仁章做的那种事，谈不上惊天动地，却感人肺腑，让你总也记得。

邓仁章和黄小毛，是这个瑶族山寨仅有的两个知识分子。

山寨没有电，采访就靠火。亚妮说："一段采访下来，人基本烤熟。"

邓仁章已经七个月没拿到工资了。

遭遇剪花娘子
The paper-cutting goddess

2005年，耗资近六亿元、二期扩建后的中国美术馆开馆。迎面一幅巨大的彩色剪纸，特别耀眼，作者叫库淑兰。这个斗字不识，却扛着联合国教科文组织封的"中国民间工艺美术大师"头衔的农妇，彼时已经死了。死前，她上过"亚妮专访"。这是她第一次上电视。

库淑兰的事，还是源于管祥麟。2001年初，他到渭北黄土高原，人家告诉他这里有一个"剪花花纸剪成了联合国的人"，他就去看那人。人没见着，却看到一炕的剪纸，那种鲜灵灵来自土地和魂魄的艺术，从未见过，傻了。于是不管人家愿不愿意，就在人家里住了下来。半个月后，那个剪花花纸的库淑兰也不把他当生人了，管祥麟就用亚妮送的摄像机拍了一些老太太生活和剪纸的镜头，走了几十里山路，从县城寄给亚妮。亚妮在他的DV里看到那个黑乎乎的背影和一些花花绿绿的剪纸，也没当回事。直到年底，一个台湾朋友来看她，带来《汉声》杂志社出版的一本书，书名居然是《剪花娘子库淑兰》，就翻开去。红绿夸张的剪纸，用的是拼贴组合的独特手艺，稚拙天成的造型，有一种很彻底的黄土气息，还配着库淑兰即兴唱的乡俗歌谣的词和曲谱。有两张照片让亚妮过目难忘。一张是一身西北农妇装束的库淑兰，坐在一辆豪华轿车副驾驶座上，对着窗外舒坦地笑着，下面写着：中国民间工艺大师库淑兰在香港表演剪纸引起轰动。另一张是在一个背景模糊的炕上，边歌边舞还边剪着的库淑兰的癫狂状，下面写着：透过这些浪漫的、乐观的、虚构的画面，便可看到作者纯真善良的心灵和惊人的艺术心智。书做得过于精致，让冒着鬼气的库老太太和那些花花纸里的红袄媳妇们显得有些走错地儿的拘束。于是，亚妮就想做纪录片，做专访。打电话给管祥麟，没想到电话那头说，库淑兰快死了。

亚妮跟杨铭直奔库老太太的家——陕北旬邑县赤道乡富村。

库淑兰的剪纸闻名于世，其实极偶然。村长要去见乡长，想带点东西，村长老婆稀罕库淑兰的"花花纸"，就让他顺手就带了去。花花纸又被乡文化站送到县文化馆，再被县文化馆送到省群众艺术馆，然后不知怎么就到了美国。一尺见方的一张花花剪纸，在美国竟卖到五百美元。一传十，十传百，名气渐渐大了。大到富村的人都想不到，大到村长告诉库淑兰美国卖花花纸的事时，她只不淡不咸地说了句："哄鬼呢。"

富村，窝在陕西省的西北部，离旬邑县城还有半天路程。以前，这个村盛产苹果有些小名气，如今苹果滞销，据说要和库淑兰的剪纸搭着卖。

一洼山地低缓趴着，一条河波澜不惊地从村前静静流过，七月陕北高原一望无际的青色高粱荫翳着二三百户人家。进村时已近晌午，几条黄狗在亚妮和杨铭前面奔跑狂吠着，十几个小孩在他们后面紧跟着一路欢叫："拍电视喽，拍电视喽……"一条宽不足十米，长不过五六百米的的村街两旁，拱起黑瓦黄泥墙的村舍，中间一爿供销社，门口围了些人，见拍电视的过来，多少有些新奇。

狗和小孩子都在村公所门口停了下来，亚妮和杨铭在门口前就笑开了。门两侧墙上对写着大红的标语：文盲不除，想富不富；坚决扎尽二女户。

小孩子嚷嚷着"剪花娘子"就往里闯，脚下踩腾起的黄土，让门口坐着的一个奶孩子的媳妇大声嚷起来："咋了，死人哩！"她头上的标语写着：该扎不扎，房倒屋塌；该流不流，扒房牵牛。

杨铭和亚妮已经笑翻。

笑完，亚妮问："村公所？库老太太住村公所？"

奶孩子的媳妇放下怀里吃奶的男娃："以前住在村东头一孔窑洞里，几年前窑洞塌了，老两口就住了村公所两间房。"

亚妮还是不明白："为什么要住村公所？没其他地儿了？"

媳妇撵着满地跑的娃："来看她剪花花纸的人太多了，装不下。"

院子很深，穿过土坯墙的巷道，一拐，狗和孩子都驻足在一座黄土夯起的平房前。掀开半截棉帘，一股呛人的烟味扑鼻而来。昏黑的屋中只有一束光，光源来自一口不足半米的四方木窗，没有玻璃，也没有糊纸。稍后才看清屋子的轮廓，也就八九平米，泥墙、泥地，炕占了三分之二。炕的对面是一口熏成了黑色的灶，边上堆着木柴，对面是一个水缸，盖着木盖子，上面堆着杂物。

一团黑乎乎的东西撅在灶口前，细看，是一个穿着黑棉裤的屁股在烟雾中起伏。仔细端详，原来是一个梳着发鬏、身子裹在黑棉衣里的老太太，正在吹火。

"干啥呢，大娘？"

老太太转过脸来嘟囔着："蒸馍呢，吹不着火，柴火湿哩。"说完，转过脸去呼呼地继续吹，两颊鼓瘪如同蛤蟆。

亚妮奇怪，老太太没有一丝因为生人进屋而表现出来的讶异："您是库淑兰？"

"是哩。"老太太连头都没回。

腾起的烟雾，让从窗外泻进来的阳光变成了光柱，漫射到屋内的物什上，亚妮慢慢看清了炕角撂着的两个红漆木箱，一张一米见方的红色炕桌上面，散放着一些半成的剪纸，压着糨糊罐、剪刀什么的。亚妮凑过去看剪纸。

"是哪搭来的？"冷不防一句话吓了她一跳，回头才看清库淑兰的模样：一米五上下，满头黑发，瘦瘦成丝瓜篓子一般的脸颊，一双牛眼满是泪，不知是呛的还是咋的，嘴角微微咧着，似笑非笑，透着一股巫气。

库淑兰把手中的烧火棍随地一扔，摇着一对小脚走到案板旁，从面洞子里掏了点干面，和上水就揉开了："哪搭？"

亚妮看着半成品的剪纸："杭州。"

"干啥来哩？"老太太舀了瓢水，咕嘟咕嘟喝了几口。

"看你剪花花纸。"亚妮坐到炕沿，看着她。

"看花花纸，看花花纸……"挤在门口的小孩大声嚷着。

库淑兰揉着面，没再吱声，然后盯着摄像机，良久："照相哩？"

亚妮："照哩。"

一只沾着湿面的白乎乎的手，蓦地伸到亚妮眼前："给钱！"

亚妮看了一眼杨铭，笑起来："多少钱？"

库淑兰去抓炕上的剪纸："你不给钱，我不给看。"

"多少钱嘛？"亚妮一副不经意。

"你给多少钱？"老太太两眼定定地看着亚妮，嘴咧着，仅剩的两颗牙獠白地守着两边。

"你说多少钱，我就给多少钱。"亚妮又笑起来。

"你说嘛。"老太太的牛眼里率真得没有杂质。

"你说。"亚妮盘腿上了炕。

"你说。"老太太一屁股坐到亚妮身边。

"你说。"亚妮往后挪了挪。

"你说。"唾沫星子喷到亚妮脸上。

"你说。"亚妮又往后挪了挪。

"你说。"库淑兰一瞪眼也盘腿上了炕。

亚妮伸出一根手指："一百？"

库淑兰伸出一只手："五百。"

亚妮加上一根:"两百。"

库淑兰缩回去两根指头:"三百。"

"两百。"亚妮拨开三个手指。

"三百。"三个手指头又回来,语气铿锵得没有争辩余地。

"就三百。"亚妮当即把钱递过去。

库淑兰解开棉袄,掀起夹袄,把钱塞进贴身的白粗布内衣口袋里,然后盖上夹袄,扣紧棉袄,还用手按了按,一转身,屁股就撅在亚妮跟前:"花花纸……花花纸……"说着从红木箱里取出一卷二尺宽的东西,外面用花布包着,她扭着身子转头看亚妮,眼里有几分狡黠。

亚妮去接,库淑兰抱着不放,笑得竟有几分妩媚:"茶叶、奶粉,你给买下了再说话。"

亚妮无奈:"给了你钱不是?"

"我的花花纸都在这儿包着哩。"老太太答非所问。

亚妮哭笑不得:"我知道包着哩。"

库淑兰:"茶叶、奶粉……"

"茶叶、奶粉,还有什么?"说话的是杨铭。

"白糖、鸡蛋。"库淑兰见树就上。

去供销社买了东西回来,库淑兰到灶前抓过几个馒头塞到客人手里:"吃。"那神情就像对自己的孩子。然后利索地上了炕,抱过那卷东西,又诡异地看着亚妮。

亚妮哭丧起脸:"还要什么?"

库淑兰不说话,笑,有些诡秘,突然来了一句:"俺把你认作俺干女儿吧。"没等亚妮回答,老太太把东西一撂,噌地又下了炕,"走!"根本就顾不上看花花纸那档子事。

一老汉蹲在炕前的地上已经很久了,此时磕了磕旱烟杆,站起就往外走。

老太太掸了掸身上的灰尘，回头对亚妮说："走哩，闺女。"

亚妮摇摇头，一下升了闺女，这么蛾子就快飞过来了。

老汉在院里推了一辆自行车过来，亚妮挽起库淑兰，活像母女俩："你老伴儿？"

库淑兰利利索索坐到车后架上："老伴。"说着一拍坐垫，"供销社。"

供销社在院子斜对面，走过去也就五六分钟工夫。供销社什么都卖，三四尺高的柜台里放着各种食品，迎面靠墙的架子上竖着花花绿绿的布匹，地上还堆着塑料制品、农具、绳索之类的东西。

几乎把吃的东西扫了一遍后，在女人们的嘻嘻哈哈中，亚妮知道了"干娘"的身世。库淑兰打小叫桃儿，四岁订了娃娃亲，野得爬沟溜渠、上树折房，没她不干的事儿，得了个"猴桃儿"的绰号，上十岁才有了库淑兰这个大名。十七岁嫁到富村，和同岁的寡言粗蛮的男人生了十三个孩子。灾祸病痨，留下了两儿一女，都在外村成了家，平时很少回来。老两口吵闹厮打，磕磕绊绊活到如今，都八十二岁了，身子挺硬朗。库淑兰念经似的把自己来了个了结："黑了明了，阴了晴了，吃了饱了，活了死了。"

供销社来回一趟，一村人就知道她有了个杭州来的干闺女。

坐到车架上，库淑兰紧搂着怀里用毛糙黄纸包着的一堆东西，满足地咂吧着嘴。回到家，牛眼眯缝起来，一一扫过炕上琳琅的货物："白糖、茶叶、奶粉……"眯缝的眼睁开来，水汪汪的，嘴一咧笑出声："干女儿好。"随即把亚妮领进旁边的一孔窑洞。

库淑兰打开锁，推门进去，眼前浑红一片，一股霉味直冲亚妮鼻子。一会儿她才看清，那红，是满屋满墙满顶的红纸剪成的娃娃。纸娃娃，头是圆的，很大，四肢短小且像蛤蟆般做匍匐状，鬼森森地阴气瘆人骨髓。

亚妮正在冥河岸边徜徉，不意被老太太一把摁在地上："磕上头。"

"干娘"一边捣蒜般磕头，一边喃喃自语，亚妮觉得那只鹰爪般的手随

144

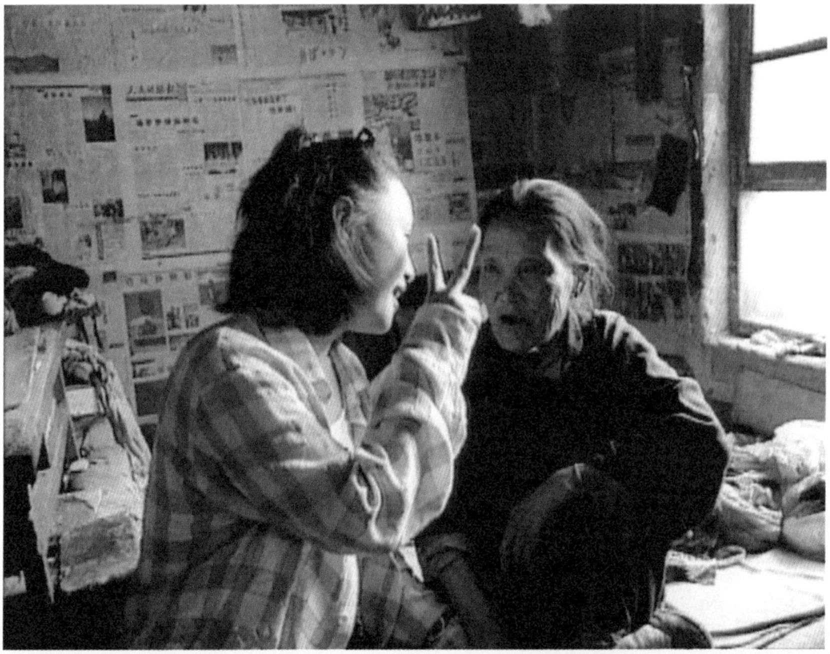

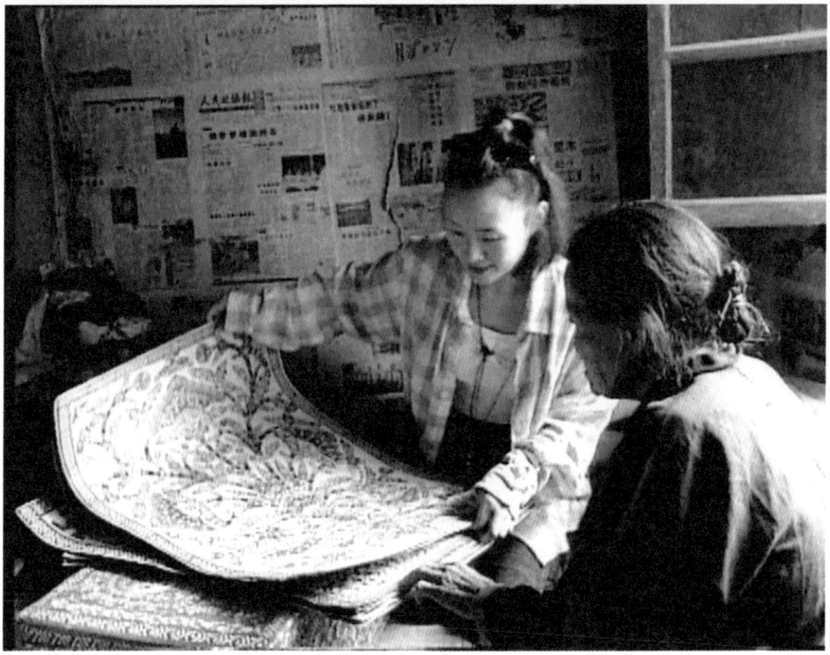

时会勾过来，便赶紧跟着磕头叩拜。仪式结束，亚妮抬头，看见正前方有一张案几，上面供着馒头和方便面。案几上方丈把宽的墙面上，满满贴着一幅五彩剪纸——供烛莲台上端坐着一个头戴花冠、圆脸紧腰的小媳妇；两侧妖娆怒放的花树间，一群生灵在嬉戏，有蝴蝶、青蛙、蝙蝠、雀嘴的鱼儿和卷尾的狗；六个花枝招展的小媳妇执扇拂花，睁着和她一般的牛眼。亚妮问："她们是谁？"库淑兰头磕在地上："这是她妈，剪花娘子的妈，这是姑娘，就是剪花娘子。"这话把亚妮绕晕，再看左上角一团带刺的圆轮："这是？"库淑兰把嘴凑到亚妮耳边："太阳。"亚妮还没哦一声，库淑兰嘿嘿一笑，眼瞅着不知是剪花娘子，还是剪花娘子她妈，"你看这闺女害羞咧，用绣针刺了刺刺，谁也不敢看她不是？"亚妮还晕："太阳中间黄黄的……是什么？"库淑兰牛眼一瞪："走夜路的男人。"亚妮恍惚在阴阳混沌间，彻底被这种附着于生命的艺术或宗教般的神奇样式所震撼。库淑兰站起来，唠唠叨叨地说了一堆亚妮听不大懂的故事。

　　回到炕上，总算开始剪纸。一堆花花纸，一瓶发霉的糨糊，一把大剪刀，没别的了。

　　"剪花娘子把言传，爬沟溜渠在外边。没有庙院实难堪，热哩来了树稍钻，冷哩来了烤暖暖。进得淑兰家里边，清清闲闲真好看，好似庙院把景观。叫来童子把花剪，把你的名誉往外传。人家剪的是琴棋书画八宝如意，俺剪花娘子铰的是红纸绿圈圈。"库淑兰癫狂地边歌边舞边剪纸，见亚妮怔愣，一把拽起，逼着与自己一同唱跳。

　　亚妮跳着，无法从眼前迷离的世界里撤出："剪花娘子？谁是剪花娘子？"

　　库淑兰唱着回答："俺是剪花娘子。"

　　"花花纸上的人是你？"亚妮又问。

　　"剪花娘子。"库淑兰终于停下来，接着答。

　　"你不是剪花娘子？"亚妮有点儿糊涂。

"俺是剪花娘子教会的人。"库淑兰指着墙上的剪花娘子，一转身又指着满屋顶的红纸小人，"这都是她的徒弟。"

"她啥时候教你的？"亚妮有点儿明白过来。

库淑兰没搭理，把她领出了门。走半里地，停在一段崖边："从这里掉下去的。"

"你？"

"俺。"

亚妮脚下是峭壁，十几米深的沟壑，乱石丛生，她后退两步："从这……掉下去的？"

库淑兰只点一下头，很猛："掉下去，没事儿。"

围过来些许老乡，两个老汉抽着旱烟就说开了。那里原本深得很，现在都填土了，三十多年前，五十多岁的库老太太掉下去竟浑身毫发无伤，回到家里不吃不喝，一睡睡了三十多天。正当家人为她准备后事时，她醒了，轻飘飘地说梦了个剪花娘子，啥样啥样，教她剪花花纸，如何如何。然后一口咬定，自己是剪花娘子转世。自此，一把锈蚀的大剪刀就没离开过她的手。一年十二个月，无论是年节用的窗花、炕围花、顶棚花、神幔，还是供品用的枣山馍馍、清明的"寒燕"、端午的纸鸡纸马、中秋祭月的大盘面花，甚至是娃娃们的老虎鞋帽、蛙枕、五毒背心，还有丈夫的烟荷包、肚兜、花鞋垫等，只要库淑兰的剪刀一到，立马花红柳绿、水涨日出、福寿连绵。于是婚丧嫁娶、小儿百天、老人做寿、村庙祭神，只要是有说道的事，库淑兰是必到的头等人物。于是，库淑兰对富村的人来说就越来越重要，谁都认定她是被神附了体的剪花娘子。于是，库淑兰不仅剪纸，还做着神灵托付救赎生灵的事，而所有的神旨都是通过老太太即兴说唱递传的。

一个脸相寡薄的大嫂说，前几年，邻居家孩子病得昏睡不醒，库淑兰赶去剪了一个红纸人，烧化了放在水碗里，向屋外一泼，没等她唱完，孩子就醒了。

"那个时候，我还看见剪花娘子穿着花衣裳给俺传言哩。"库淑兰半神半仙地露出天真的笑。

"她咋给你传言？"亚妮问。

"梦里。"库淑兰答。

虽然三十多年来没人考证过是否真的有剪花娘子，但富村的人相信，剪花娘子就住在村里，他们根本不允许外面的人怀疑这个故事的真实性，连村长都虔诚得恨不得管库淑兰叫娘。亚妮起初还想弄明白这事的真假，但一开口询问，你就变成了"阶级敌人"。一村老少，活着的任务，几乎就是向过往的人讲述库淑兰的前世今生。因为由衷而有声有色，因为有声有色而天意难违。

黄昏，库淑兰家的房顶冒着炊烟，门口围着村里的大姑娘、小媳妇、老少爷们，叽叽喳喳嘈杂一片。杨铭扛着行李进来，因为库淑兰执意要"闺女"住在家里，晚上说好了剪梦里的花花纸，亚妮就打算住下，杨铭一脸哭丧。

库淑兰又跪着吹着灶火，好像他们家的柴火永远是湿的。她儿子挑水进来，倒完水倒像个客人似的拘束得不知所措。亚妮坐在炕沿拍了拍，她成了这家的主："坐。"儿子没坐，站着摸出了旱烟。亚妮问他叫什么，他点点头说："库长生，俺娘怕我活不长。"

"今年有……"亚妮盘腿上了炕，像上辈子就生在那里。

窗户外面趴满了孩子，门口也挤着，挤眉弄眼，指指点点。

库长生凑到灶口点着了烟："五十四岁哩。"

"你是老大老二？"

"老二。"

库长生就蹲在灶前，神态和姿势跟他爹一模一样。

"平时不常来看你妈？"

库长生一直低着头，模模糊糊地嗯了声，看不清他的表情。

"你妈生活过得苦了嘛。"

"比原来强哩。"

库淑兰掀起锅盖，放下一笼馍，嘟囔了句："强甚。"

库长生吧嗒了口烟，笑。

亚妮："你怎么不跟你妈学剪花呢？"

库长生抬起头憨憨地还笑："俺是男的，咋剪？"

库淑兰递给亚妮一碗水一只馍："村里就没男的剪花，男的不行，手拙得很。"

儿子跟着："男的剪花让人笑话哩。"

"你姐剪不剪？"亚妮喝了口水，凉的，估计是从水缸里舀出来的。

"俺姐离得远。"库长生往地上磕了磕烟杆，慢慢站起来。

"你姐不学？"亚妮啃着馍，很松软。

"不学。"他同样端过一碗水，抓过一只馍。

"我看，村子里好像没什么人跟她学剪花，连你姐都没学。"亚妮满口是馍。

"一般人学不会，找她做个样子，但剪出来就不一样。"库长生的嘴里也滚着馍。

"是不是你娘不教他们剪？"亚妮基本吃完一只馍。

"剪花娘子不会都传的。"说话的是门口一纳鞋底的小媳妇。

"要剪花娘子指定才行吧。"门口一老女人接话。

一个胖得没有脖子的老太太紧着点头："没剪花娘子指挥，闹不成，就像你们念书的人，你不念书就成了黑人，什么也不懂的人。"

纳鞋底的用手上的针指着库淑兰："她后头有剪花娘子陪着哩，心里就踏实，她就越剪越好，越剪越好。"

这时，库淑兰老伴闷声闷气进屋，蹲在灶边，库淑兰端过去一碗水，递过去一只馍，老汉磕磕烟斗，闷声吃起饭来。

亚妮端着水又抓过一只馍，走到门口："我干娘被联合国教科文组织评为中国民间工艺美术大师，这事儿村里知道吗？"

一干瘦老太太挤上来："咋不知道，先是咱们县上的联合国，后来起了北京的，后来到了外国的联合国。"

"外面很多人来，来一次就给一次钱。"抢话的是一奶孩子的媳妇，还鬼鬼地眨眼。

库淑兰扭着小脚，忙着锅台上的活儿，脸上笑得满满的："都给钱。"

奶孩子的跟着："就靠这生活哩，再来，还得给钱。"

亚妮返身问库长生："你知不知道你妈现在很出名？"

库长生刚把一口馍吞下去："……那是嘛。"然后没话了。

男女老少七嘴八舌地聊着。夜来，库淑兰吃完就把人轰走了，连同老伴和儿子。

"正月里，二月中，我到菜园去拥葱，菜园有棵空空树，空空树，树空空，空空树里一窝蜂。蜂蜇我，我摁蜂，蜂把我头蜇得虚腾腾。"库淑兰边唱边在一棵舞动的黑枝干上糊贴上黄的蝴蝶、红的花、翠的鸟。

"为什么叫空空树？"亚妮问。

库淑兰狡黠地眨着眼，没作声。

亚妮一张张看着库淑兰的剪纸，小到一尺见方，大到一两米，花草鱼虫、飞鸟走兽，天上人间无所不有。这些剪纸可不像这棵"空空树"，老太太三下两下就糊完了，大多要经过繁杂的粘贴过程，大都要好几个月才能完成。

库淑兰开始糊另外一张纸，大朵的团花从她手上转着转着就出来了：

"三月里花要开，花还是在枝头。四月花开，花还只是将要开。五月花开，桃花石榴开得满枝红。六月花开，开得一山叫人愁。"

150

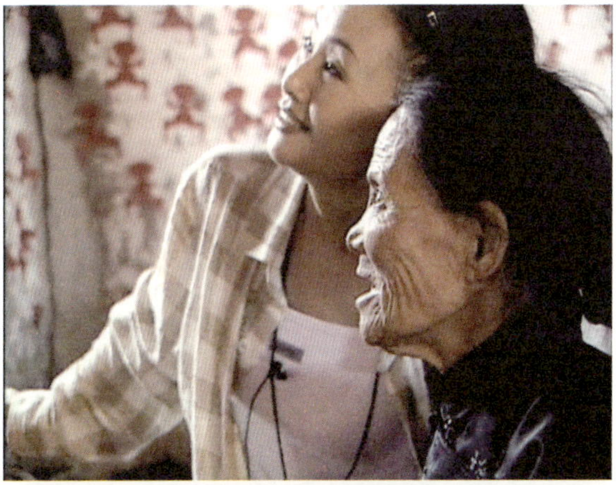

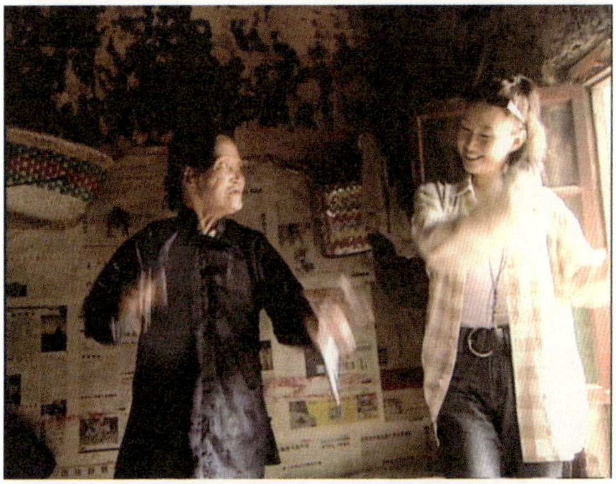

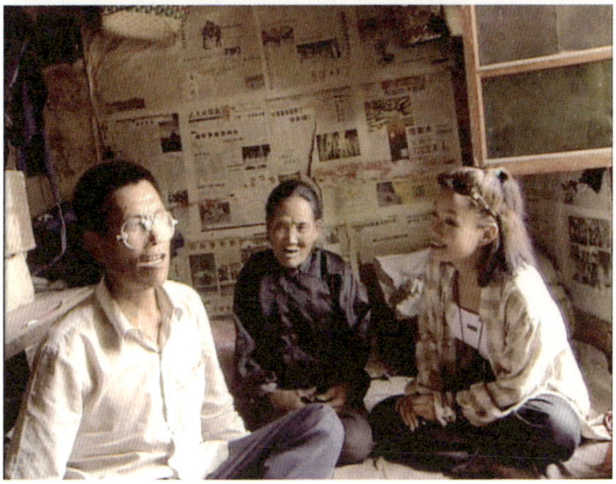

她在炕上边唱边跳边剪。一盏裸灯在头上晃着，库淑兰的脸时明时暗，屋里弥漫着一种说不出的鬼魅之气。

库淑兰骤然停下来看亚妮，少顷，牛眼一瞪："你唱，你跳。"说完一屁股坐了下来，"你不唱不跳，我就不唱了。"

"我跳、跳……"亚妮哄小孩似的拽起她，也就几秒钟，老太太又笑得灿灿烂烂，在炕上和亚妮疯成一堆。

亚妮不知道这一夜有没有睡着，好像躺下没多久，院里几只鸡就叫开了，窗口变得清冷灰白，几个小孩探头探脑趴上来和鸡一起咯咯地笑。

亚妮下炕端过一碗水，抓了一只馍给了库淑兰，老太太一口馍就一口水地吃着。亚妮上炕时，库淑兰盯着她的脚："瞧，你这双大脚，难看哩，要穿多大的鞋呢！"亚妮看着库淑兰的小脚："你的好看。"库淑兰笑着唱起来：

"大姐娃巧打扮，白凌高底子赛牡丹。走桥头过花园，瓜子嗑了一摊摊……"

"我想买几张你的花花纸。"亚妮盯着老太太，笑容清爽。"咋卖？"太阳移进了窗，照在库淑兰脸上，沟沟壑壑油亮油亮的。

"你说。"柔风拂面。

"你说。"老太太有些扭捏。

"你说。"风走无涟漪。

老太太犹犹豫豫伸出一根手指。

亚妮略觉意外："一百？"

老太太悠悠收了那根指头："一千。"

"……"亚妮立马意识到美国卖画的事已不是"哄鬼"。

"就一千。"老太太转身拿下那捆纸。

"太贵了，干娘。"亚妮看着她打开，"五百。"

"五百就五百。"老太太这回爽朗，把纸往亚妮跟前一推，"一朵莲花一条根，来的都是自家人。门口的娃娃骑上驴，屋里的闺女把馍馍蒸……"

"我们晌午走。"亚妮突然蹦出一句，没抬头，一张张挑着画。

老太太没了声。

过了一会儿，亚妮收了三张画："我们去供销社。"她把一千五百块钱往库淑兰怀里一塞。

老太太接了钱，没吱声。

"去买茶叶、鸡蛋、白糖、奶粉、花花布……"亚妮扶她下炕时，她竟没动。这时，她老伴进来，看了杨铭一眼就到院里推车去了。

"我先去趟县城，你那些大的剪纸不是都展在县群众艺术馆哩？我去看看，改天再来看你。"老太太这才跟亚妮下了炕。老伴推了车等在门口，她好像没看见，径直走过，老伴就推着车跟在后面。

正午的阳光将街上溜达的女人们照得十分鲜亮，孩子扔着泥块，撒腿互相追逐着。村口大树下围着几个老少，亚妮挽着库淑兰一路走去。不时有人招呼老太太，老人家竟无一言相应。

快到供销社门口，一村干部模样的领着五六个穿戴时髦的男女迎过来："他姥姥，这是县里的客人。"转向客人，"这是库淑兰，大师，联合国的。"库淑兰高兴得像个孩子似的，跟每个人握手。亚妮也鲜鲜亮亮地笑着，她知道，这茶叶、奶粉有人接着买了。

亚妮刚走出几步，老太太突然撇下一堆人，追过来拉住她的手："再来时给我拿上些纸。"亚妮又走出几步，背后是老太太一声大喊："剪刀——"

县城仅有一条主街道。汽车、马车、拖拉机在人流中穿梭，街两边是凌乱的铺面和各式各样叫卖的人。一辆马车溜溜达达过来，驾车的老汉笑眯眯地像有了什么喜事。卖馍的大嫂懒散地靠在手推车上，身后墙上是一条"计划生育、丈夫有责"的大标语，几个服装小贩在标语前大声吆喝着。街道尽头，挂了一块黑漆木牌子，上面有金色的字：陕西省旬邑县文化馆。不经意，会以为是棺材铺。一小男孩正在牌子下挺起小鸡鸡撒尿。门口候着一小伙子，自称馆长，姓何。说馆里保存着库淑兰大部分作品，还有一个专门为她设的陈列室。

"这个陈列室库淑兰从没来过，她到过很多大城市，但很少到县城里来。这个人胆儿特别小，又怕坐车，也怕县城里稀奇古怪的新鲜事儿。"馆长说着推开了二楼陈列室的铝合金门。

当头一幅剪纸颇似亚妮在老太太窑洞里见到的那幅供像，馆长如数家珍："这是库淑兰1989年剪的，高四米，宽两米，是我们的镇馆之宝。"

"我在她家里也看到这幅作品了，她说这是她自己，"亚妮仰头站着，眯缝起眼睛，"剪花娘子。"

"这是她给自己瞎起的名字。"馆长不屑地说。

亚妮就有点不高兴："村里的老乡都信。"

"我不信。"馆长摇摇头，"你信？"

"我信。"亚妮一本正经，"你们拿库淑兰的剪纸给不给钱？"

"不给。"馆长很爽直，甚至有点不解，"这是给她做展览哩。"

"但我听库淑兰讲，她这几年的作品都让县里给拿走了，我看陈列馆里也没多少啊？"亚妮一幅一幅看着剪纸说。

"这我就不知道了。"馆长脱口而出。

"她身边留下的也没几张，现在她眼睛不行了，几个月都剪不了一张……"亚妮依然看剪纸，自言自语道。馆长不置可否地"嗯"了声。亚妮慢慢回过头，看着馆长："现在还去要她的剪纸哩？"

馆长没什么表情："应酬了嘛，他儿子送上来。"

从旬邑县到北京，是为了拍另一奇人文怀沙。这之前，亚妮去了中国美术馆。在库淑兰那幅原本叫《剪花娘子》的大型剪纸面前伫立良久，剪纸下端标着黑底白色的新名字，叫《姑娘巧打扮》。亚妮转身离开时，杨铭明明听见她说："哄鬼哩。"

2001年10月31日，浙江卫视播出"遭遇剪花娘子"。三年又两个月十四天后，库淑兰死在总也点不着火的那间村公所的屋子里。

库淑兰的"花花纸"。

没眼的光棍八路

The eyeless bacholor

2002年几乎是一个预兆。

入夏前,亚妮在鲁豫冀一带赶制了一批节目。然后去北京会她的好友,一对电影夫妻,导演古榕和演员徐松子。那段时间,夫妻俩捣鼓着给"独行侠"说个对象,搜寻一遍,行,瑞典有个搞艺术的人儿合适。越洋电话几个来回,那人来了北京。

亚妮被逼着跟人去听歌剧。剧院很远,顺带溜达,下午早早就出发了。可能是国外盛行节俭,也可能是人家考验她的持家意识,反正走着去。实在辛苦,打个车?不行,几步路,没必要。什么几步路,明明好几条马路伸到哪里都不知道。好,上大公交,说国外都这样,明星都坐地铁。哐当哐当,下了车,接着走。亚妮工作、跑码头,吃苦耐劳一等,跋山涉水吭都不吭。从外景地回来,到宁波,家务一大摞,干。适逢装修,看不上装修工的手艺,扎个头巾爬上梯子自己刷墙,均匀、稀薄,品质一流,工头简直不相信是她干的活儿,她在梯子上呲嘴:"我,美工底子。"可一旦歇息,回到自己的日子,就是个享受主义典范。精油馆一躺,一次几千元的香薰,眼都不眨;家居奢侈到在美国生活的女儿都看不下去。在她看来,日子和工作,就是两股道上的车,那不叫奢侈,叫简单,叫愉悦。

好了,一场歌剧回来,就跟人家称兄道弟了。她一跟你称兄道弟,就是没戏了。但人家挺上心,松子就不放弃,非逼着她去瑞典。北京赶出几期节目,然后整个夏天她都游荡在瑞典、挪威等国。她不谈恋爱,是跟踪北欧最隆盛的音乐节,那人儿后来干脆做了兄弟,帮她拍出八期节目来。我看过其中一期专访瑞典钢琴王子的"中国月亮",极精彩。松子当然咬牙切齿,可又能怎样,她俩好得差不多睡一炕吃一锅,依然卿卿我我。她中科院一个朋友的话很贴切:"亚妮就是被朋友们宠坏了。"

亚妮在法国采访画家朱德群。

亚妮在埃及拍摄纪录片《中国大使》。

亚妮在科威特拍摄纪录片《外交档案》。

亚妮和瑞典"钢琴王子"。

北欧回来，有一场"首届中国原生态南北民歌擂台赛"，在浙江西南山城仙都举行，她和时任文化部非遗中心主任田青联袂主持。决赛时冒出个人，是田青在太行山采风时发现的，一个二十六岁的羊倌，叫石占明。石占明最终拿了冠军"歌王奖"。歌赛一结束，亚妮跟踪羊倌去了山西左权县红都村。那是守在太行山脉入口的一个村子，抗战期间为日本人盘踞的要冲，有过一场"红都之战"，让它有些名声。

拍完片子出村，在村口她遇上了一群男人。坐在打成四方的铺盖上，每人操持好几样乐器，吹着拉着，个个身怀绝技，向天而歌。亚妮六年戏曲训练，而后又钻研音乐、舞蹈，那群男人唱的左权民歌，她很熟。在刚刚结束的歌赛上，石占明唱的就是有近千年传承、早先称作辽州小调的左权民歌。但没有这般唱法——和阳光笑声一起，无拘无束、清朗恣肆到连叫绝都不用。

石占明说："这是没眼人。"

石占明的娘说："他们是光棍。"

石占明的爹说："他们是八路。"

那三句话，追溯出一个传说。上世纪三十年代末，八路军总部、机关、兵工厂等迁至太行山麻田村，被日军重兵封锁。能穿越封锁线的，唯有走山卖唱的盲艺人。那时，晋中山里的盲艺人有一个组织，叫"三皇会"，相当于现在的行会，既检点盲艺人的行为，也为受欺辱的盲艺人出手相帮，每年会有一次聚集。八路军利用这个机会，鼓动民众抗日救国，很快把流浪的盲艺人组织起来，总共三十四人，分作四个小分队，每队都有一名"扮老瞎"的八路卧底当队长，利用说唱作掩护，在敌占区宣传抗日、转送情报、偷运物资，什么都干，成了一支编外谍战部队，山里人叫他们没眼人。抗战胜利后，没眼人没散，继续保持军队那一套管理、分配、生活制度，卖唱走山，也沿用打起背包的行军规矩，俨然一支有纪律的军队。七十年新老更替，亚妮遇上的十一个盲艺人，跟八路已无关系，但老乡还叫他们没眼人，还按着当年边区政府的指令，给他们吃派饭、睡派炕。

好，既有抗战的谍战背景，又是传承非物质文化遗产的活化石，七十年生死恩怨更是埋着故事。亚妮身兼制片人和导演，肩负收视率压力，好的选题她绝不肯放过。这群"没眼的光棍八路"，首先在"亚妮专访"播出了两期。一期名为"向天而歌"，讲述这支队伍的传奇经历和传承非遗歌唱的今昔。在专访中，主唱红权跟她讲，他有个哥哥在北京，有眼，还是个记者。一对兄弟，活在截然不同的两个世界，有故事。"向天而歌"一播出，她就想找那个哥哥，想弄清楚情况。但红权说，他哥哥十六岁出山，十多年一直没回山，很难找，找到了也不会有结果。兄弟之间似乎颇有隐情，这更促使她成行。一到北京，才知道那个哥哥居然是田青的学生。于是顺风顺水地就有了另一期名为"弟弟的歌"的记录专访，也许是在拍摄这两期节目的过程中，牵扯到了栏目所不能承载的故事，她开始做纪录片；抑或更多的故事超出了纪录片的范畴，她想借助艺术介入，拍电影。时间已到了2006年。这时，她恰好获得了一系列政府奖励和专业课题的扶持资金，于是连脑门都不拍，决定做电影。

做电影，我没有概念，但亚妮大学修的是导演，想想也门当户对。但为了写剧本，她要去跟没眼人流浪，这让我忧心忡忡：十一个没眼的男人，一个女人？

一去就没了音讯，她妈妈天天守着电话，一有铃声就冲过去，一听不是她，放下后，会在电话边的沙发上坐很久，不说话。终于有了电话来，妈妈打开免提，我俩一起听。那头轻轻松松，山里的面食怎么好吃，老乡怎么厚道，故事怎么精彩，总之是好。妈妈放下电话后，还是在沙发上坐很久。我们都知道，亚妮从来报喜不报忧。过一段，她回来了，本来就瘦，加上黑，换了个人似的。我问，她三言两语，好像一趟惬意的旅游，没有细节。

这年年底，一部叫《桃花红杏花白》的电影在广电总局立项。她这一走，必定千辛万苦，但无论是我还是亚妮自己，由这群"没眼的光棍八路"所引出的，会是做梦都梦不到的，几乎改变她生命轨迹的，而且一走就是十年，绝对没预料到。

这十年，我很少见到女儿。犹如一堵墙，墙那边是风是雨，看不见。推倒这堵墙的，是今年，2013年春节，我见到一本近二十万字的手稿，来自亚妮十年的日记。她犹豫要否出版，让我审阅定夺。

原来，墙那边，是个完全陌生又惊奇的世界。

那部日记体手稿让我震惊，不是太多的故事，是故事的决绝与奇葩。

有三件事尤其值得一说。

第一件事就是她晚上跟没眼人挤炕，共睡一室，这全然不可思议。

第二件事发生在2007年秋天。拍摄盲人穿越峡谷，一个盲人湿了袜子，她二话没有脱下自己的袜子，摄影老远就被熏倒，此女竟仔细帮他穿上。一天的山路，她光脚穿鞋磨破脚，又无法及时消毒，伤口感染；包扎后，穿大号的鞋，告诉助手，不许说。

第三件事，发生在2008年春天。电影耗尽了她所有积蓄，在筹款的过程中，又被朋友误会，一度想放弃。去山里，一个老盲艺人不知跟她说了什么，好像队伍里又发生了什么，她立马跑回来抵押房子，借钱，还是不够，又去三亚卖了度假的房子，接着干（我们一概不知）。一天，说好早上七点出外景，拍公路上拦车送一没眼人去北京的场景，到点了，没人。制片过去一问，没眼人集体罢工。罢工？不可能。那之前，亚妮游说县长，把县城一座古戏台腾出来让没眼人歇脚避冬，就成了团部。平时不走山，他们都住在戏台后面的厢房里。摄制组住的县政府招待所，离戏台也就几百米。她过去，没眼人就问："你们是不是天天喝酒吃肉？"亚妮没明白，没眼人里有个直筒子，名叫喇叭，一句话刹车："不把我们当人，不干哩！"跟去的制片主任方才明白过来。原来，那次的摄影团队来自香港，合同签得很详尽，包括伙食标准、作息规定。山里伙食根本没标准，记录拍摄基本靠肩扛，非常辛苦，作息又无法保证规范。亚妮吩咐过制片部门，在县城住，就尽量补充摄影团队的营养。县政府招待所对面有个副食店，最好的东西是午餐肉罐头和啤酒，剧务经常去买这两样东西。副食店里两个姑娘，其中一个的娘，就挨着古戏台开了个面食店，没眼人在那里搭伙，每人一天两块七毛钱，三顿面食。那天早面，那老娘跟没眼人递话："你们导演天天喝酒吃肉，你们咋还寡瘦着面汤汤？"她就是想多挣钱，添油加醋，说亚妮多么多么有钱，一顿捣鼓，没眼人就罢工了。

亚妮解释了合同，其他，没解释，说："你们做个决定，跟着干，就干，不干了，咱今天就散。"走了。

制片气不过，一五一十讲了亚妮卖房欠债、被人误会的事，讲完，也撂下一句："反正我也不想干了。"

差不多把小时，有人敲亚妮的房门。一开门，门口站着喇叭，手上捧着一包用布包着的东西，递过来，一句话没有，转身走了。亚妮打开一看，是两万元钱。这是几天前亚妮给十个没眼人的两个月工钱。亚妮赶去戏台，没眼人坐一排，红权站起："从现在起，你叫做甚就做甚。"

下午走上公路拦车。因为纪录拍摄，十几辆运煤的重型卡车压过来，没眼人盲棍牵盲棍，横贯在路中央。打头的车好像刹车失灵，全剧组的人吓得魂飞魄散，扯破了嗓门喊没眼人散开，人家却纹丝不动。亚妮从小动不动就走失的魂，此时真不知去了哪里。车最后在离他们不到一米的地方刹住，司机破口大骂。没眼人怡然放歌，吓得司机骂了一半愣在那里。拍完，亚妮问他们为什么不散？异口同声："因为你没有发话。"

对这样一群可以把命都交给你的人，亚妮能说什么，能做什么。自然，就有了后面很多年的继续。没眼人的事，实在纷繁纠结，深不见底，可能要另说，还是回到2004年的另一件事。

163

你见过这样小便的吗?

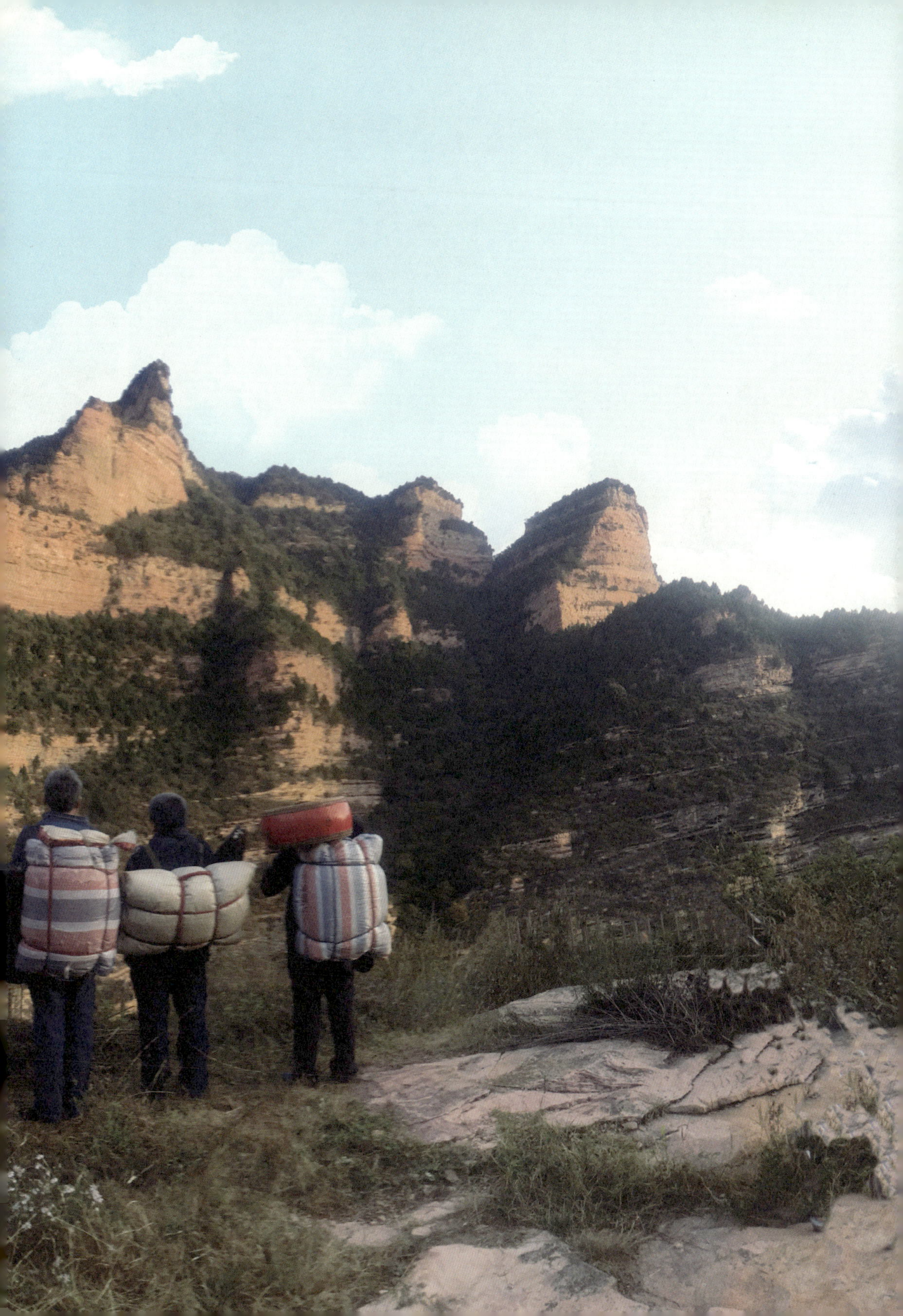

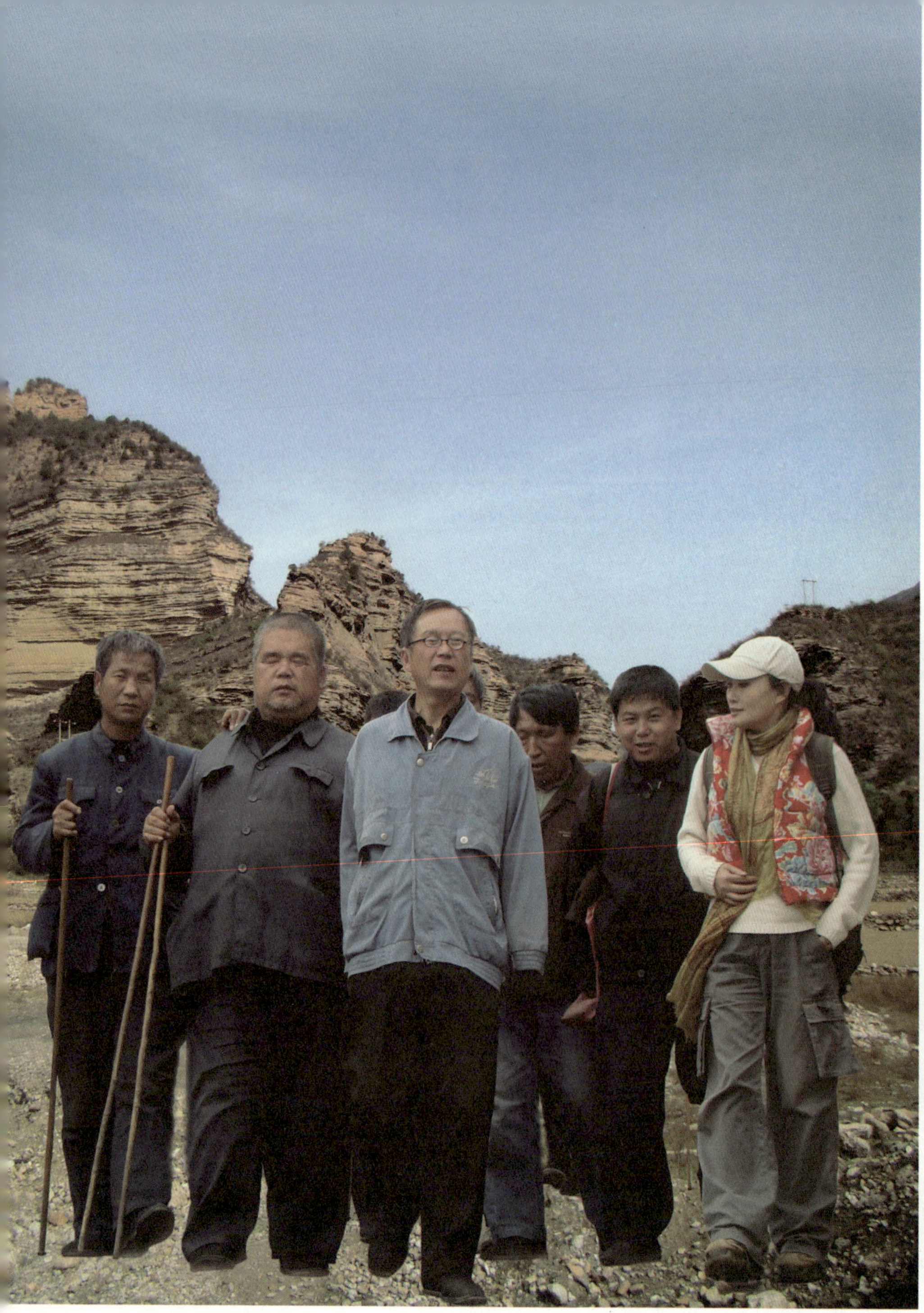
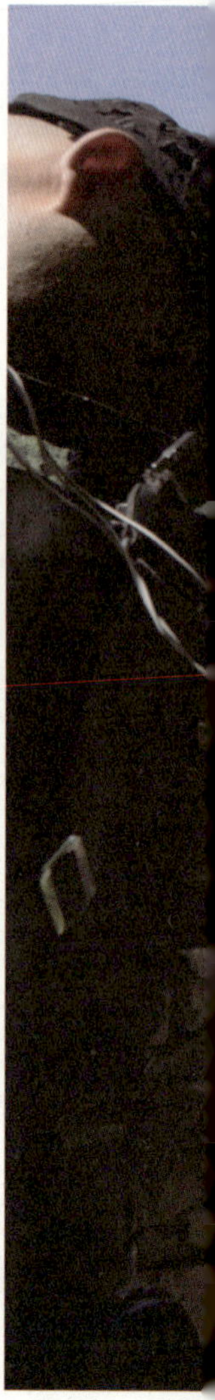

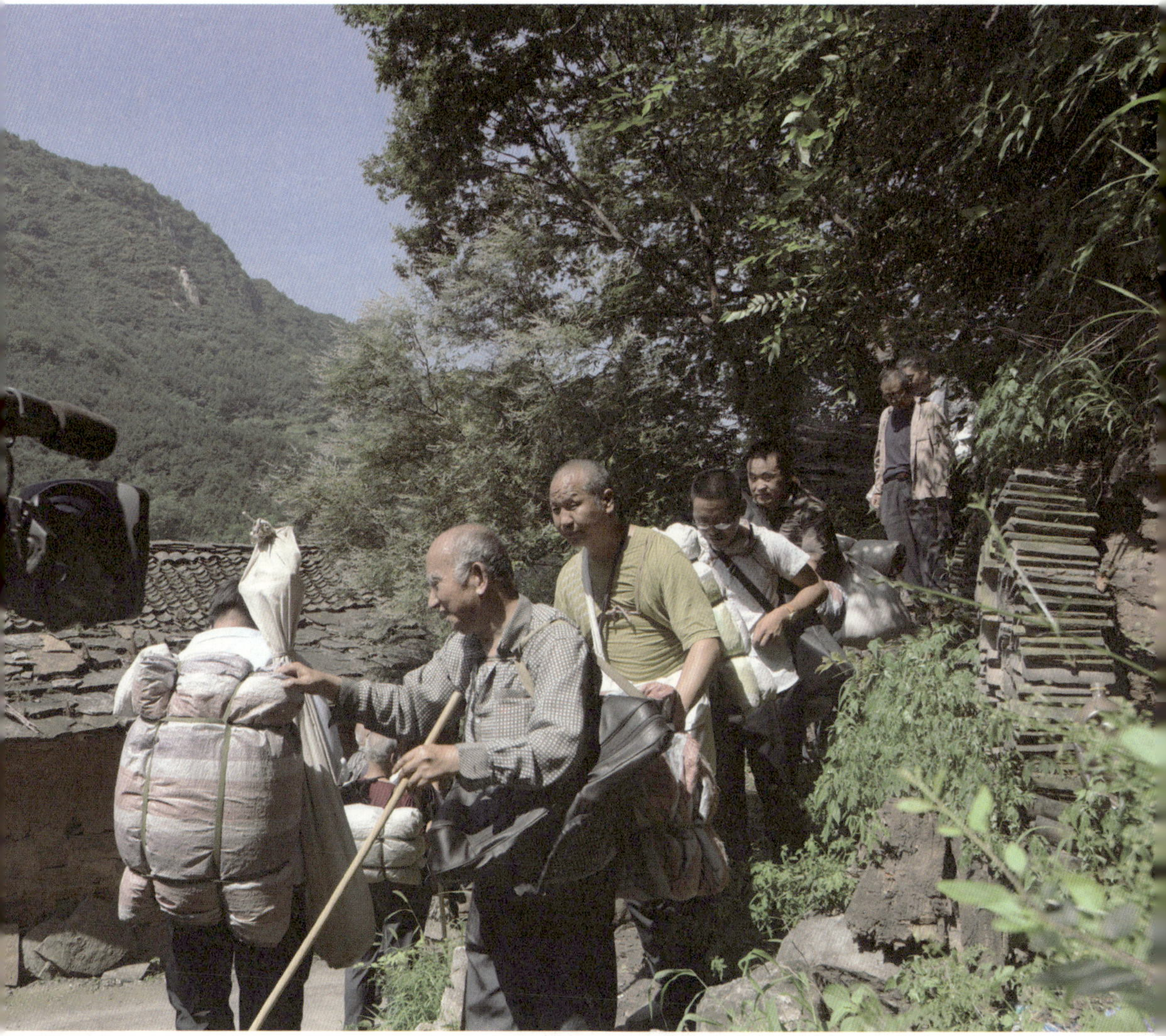

你见过这样吃饭的吗?

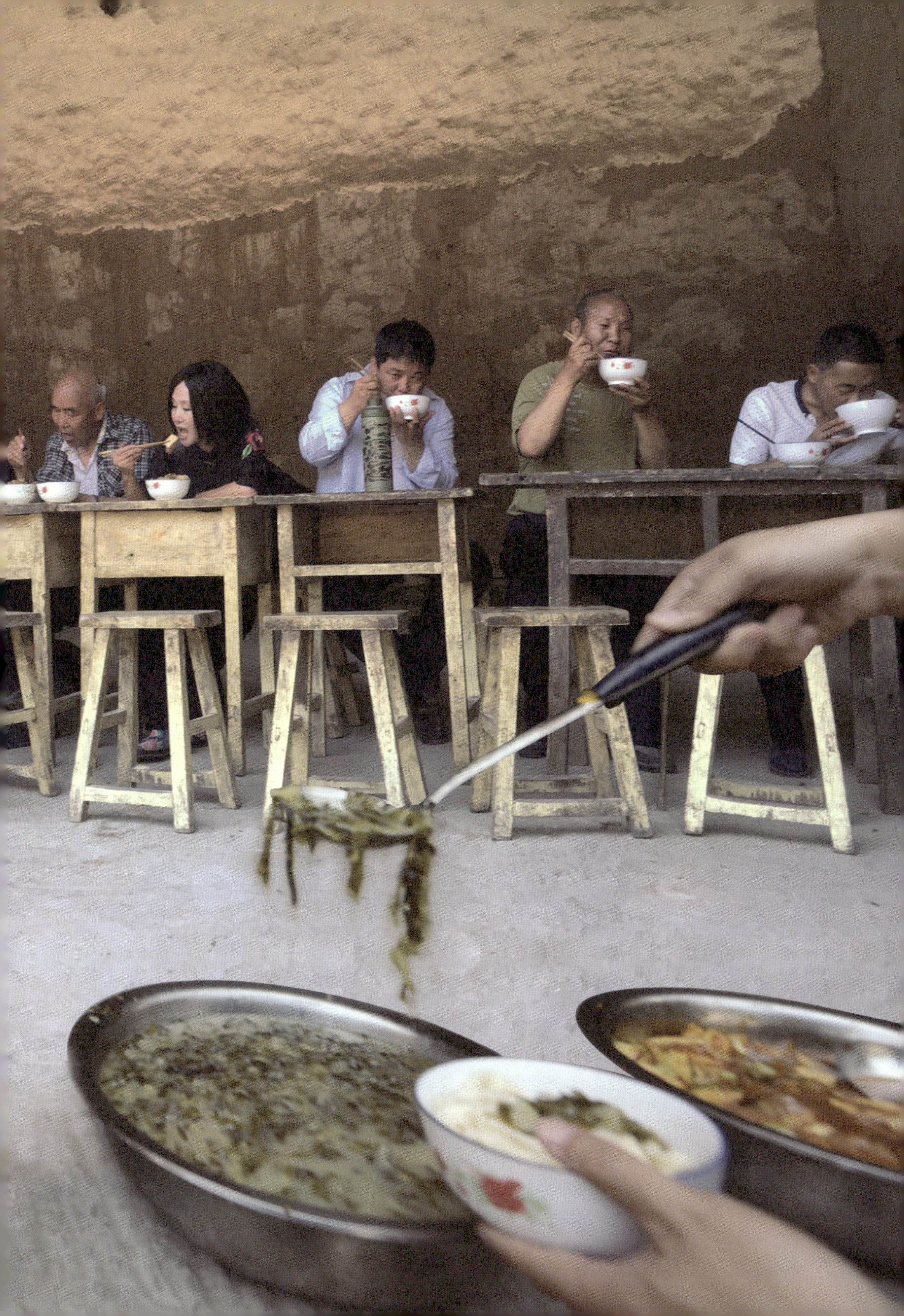

为解决没眼人的困难,亚妮自编自导自演,为他们募款。

春满乾坤

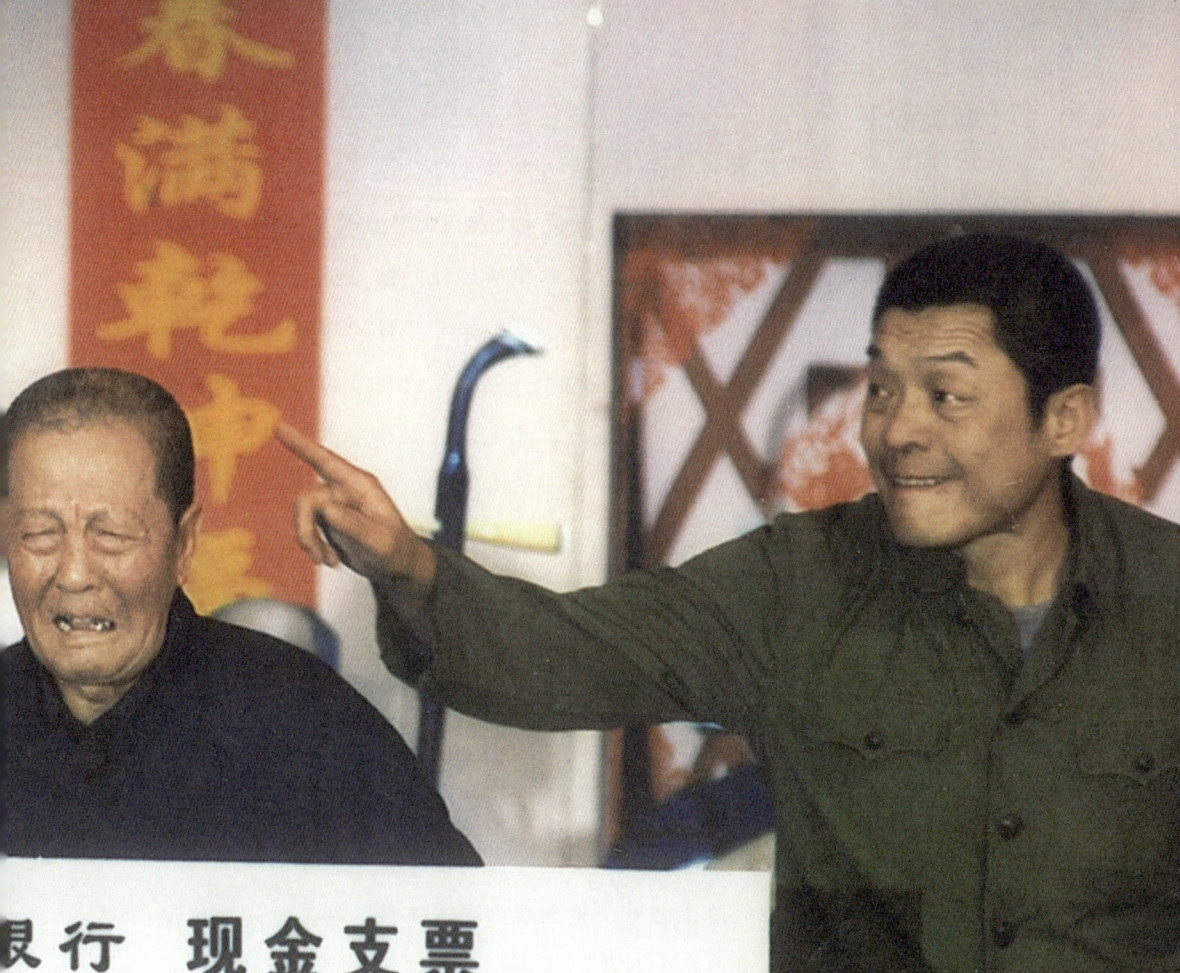

银行　现金支票
月31日　付款人名称　XN0015619
安世忠
传队　出票人账号：

百十万千百十元角分
￥2000000

元整

复核　记账

【亚妮说】

　　十年前，一个飘雪的黄昏。我带着制片主任、副导演等一行人，到了左权县东长义村。因为第二天要拍摄电影《没眼人》男主角的一场戏。这场戏说的是，一个八岁的孩子，无意中听到他的瞎娘说："如果生下没眼的娃，就直接淹死在便盆里。"于是，娘要生娃的那天，他要没命地跑二十里山路，去叫回在外烧窑的爹，他要救他的弟弟！又因为我当时一直在国外采访，等我赶到拍摄地，才发现，副导演找了一个月的演员，但最后定的"儿时的男主角"完全不合要求。于是，只能立马到离县城最近的村，为第二天的拍摄救场，这个村叫东长义。

　　我集合了东长义所有的孩子，没有入眼。

　　就在我彻底灰心且决定延迟拍摄时，村小学的校长说：还有一个"野孩子"没到场。我进了"野孩子"的家。他八岁，但看上去也就五六岁，棉裤棉袄都很短，手腕和脚脖都露出一大截，一条山里女人才围的红围巾缠在他的脖子上，在雪的映衬下格外耀眼。

　　校长说：他娘是个疯子，爹出走了，他是这个家的顶事男人。

　　"顶事男人"在台阶上扫雪，见到我，一点不怯，居高临下，仇视地看着我。那双眼，让我想起狼崽。我决定要他演我电影里的那个"儿时的男主角"，于是一再嘱托校长，照管好疯妈妈。当我要带走"野孩子"时，疯娘露出的乞求眼神，至今刀刻般留在我的记忆里。

　　车开出东长义，我问"野孩子"叫什么，他说他叫亮天，朗朗地回答："天上的天，月亮的亮！"

　　我和车上所有人全都愕然。因为亮天要演的"儿时的男主角"，就叫亮天！我在写剧本的时候，写到这个角色，脑子里跳出的就这两个字，没有任何犹豫！

　　我倏然记起，山里老乡告诉我，没眼人是通灵的，我只能理解为，这是上天对《没眼人》的眷顾，那就是没眼人对我的护佑！

半个月后，我带小亮天从剧组回到东长义。穿着剧组买的新衣服、满脸快乐的小亮天很快从他家的院子里冲出来，拽着我的手问："导演阿姨，俺娘呢？"

小亮天的疯娘死了。

那天的事，像雪一样寒冷，我愧责至今。

父亲对我拍《没眼人》的了解，很有限，但这个故事他记得非常清楚。这个小亮天，因为我的无意过失，几乎成了孤儿，父亲一直关注他的情况，一直叮嘱我，无论如何要把这个孩子照顾好，甚至说，有机会你把他带到宁波来。

十年后的 2016 年 7 月，我的新书《没眼人》在左权首发。我想让小亮天到首发现场，于是又去了东长义。村口站着一个小伙子，一直看着我，我没在意，问身边的老乡：亮天在吗？那个老乡手一指，竟是那个一直看着我的小伙子。

十八岁的亮天，完全没有了"狼崽"的犟性，腼腆、持稳。

我问起这十年他的生活，他不答，温和恬淡地笑着。

几个大婶说，亮天的娘去世后，他的爹工伤瘫痪，小亮天靠拾荒的钱，治好了他爹的病，又完成了自己的初中学业。我的泪流下来，不停地问亮天："这么苦，为什么不找导演阿姨？"

亮天还是温和恬淡地笑着。

我进到那个十年前去过的院子。半个院子堆着他拾来的破烂；他住的那间小屋，除了一张炕，就是一张饭桌，上面放着一盆没有卤的面。我问他：你就吃这个？

亮天仍温和恬淡地笑着。

院子里站着和我同行的德思源财富教育机构总裁常青，他是我的好

173

友，也是一路支持我拍摄《没眼人》电影的同道。我一步跨出门槛，几乎不假思索地对他说："你把我的儿子带走，从今天起，他的一切由我负责，你助他上学，助他工作，等他完全独立。"

常青不假思索地回答了两个字：放心。

就在那天晚上，左权的一个企业家告诉我，他的儿子跟亮天是同班同学，说，亮天在班里从来不要任何人的一分钱，同学喝饮料，他会等着，喝完他把瓶子拿走，换钱。我就担心，这么自尊的孩子，会不会接受我的安排？于是深夜给常青电话："不管你用什么办法，无论如何一定要帮到亮天。"

常青又回答了两个字：放心。

9月5日，亮天入学晋中市职业中专学校，学的专业是他自己选择的，汽车修理。常青夫妇资助他所有的学杂费，包括生活费用。

我莫名地想到了一部美国电影的片名《当幸福来敲门》。

谁敲的门，什么时候敲的，已经不重要了，重要的是，我十八年后见到的亮天，有那么灿烂、舒展的笑。

这是父亲一直关心和想见到的结局，如果他活着，他会说，你做了一件好事。

那么，这是不是我为父亲做的第三件叫作"好事"的事？

小亮天第一天进剧组,对亚妮说的第一句话:
"导演阿姨,俺的鞋烂了!"

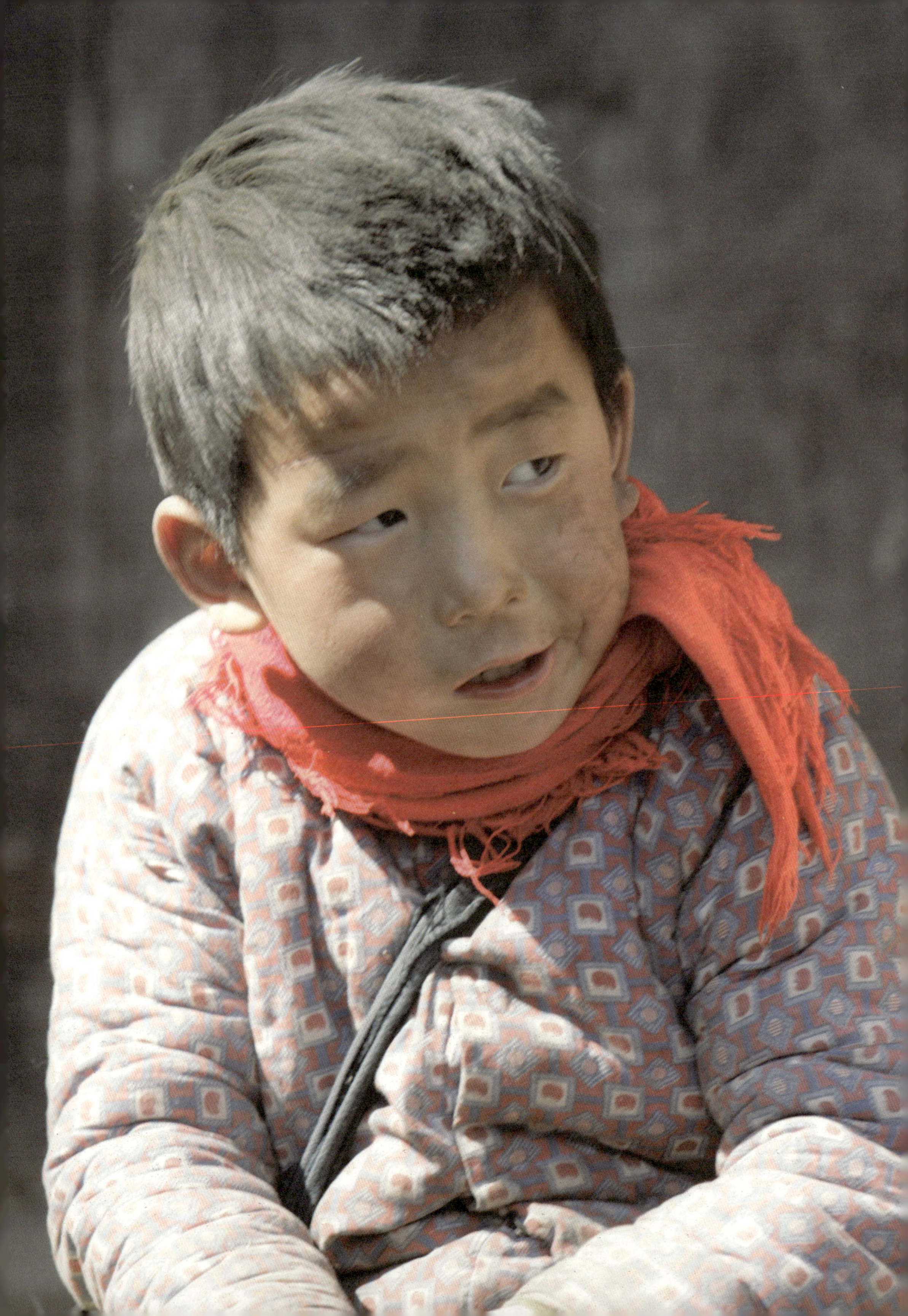

创造奇迹

八岁到十八岁的亮天。

寻找记忆

Finding the meromy

2004年春节，亚妮在家住了几天。

这期间，报社一老美编过来，聊起往事。

很多年前，一个农民的儿子，隔三岔五地会带着他画的几张画稿到报社来投稿。是油画，印象派，风格很接近梵高。美编很好奇，这种画法在宁波也很少见，更别说在农村。但手法有些匠气，又无明朗的主题，没登。一天，此人又来，美编竟把他带到我办公室。美编手上摊开的两幅画，让我非常吃惊。一幅女人人体，已不是手法娴熟可以形容，那种细腻臻绝的用笔，尤其用光，绝对出自大家之手。另一幅静物，午后阳光下，农家桌上一束随意插在陶罐里的野花，一旁两只半石榴，姹紫嫣红，情趣盎然。原来是他老师的作品。老师住在他家十几年，人称"疯子公公"。疯子公公大名沙耆，名字完全陌生，而他的身世更是悬疑。我就跟亚妮讲，这个"疯子公公"会有故事，可以挖掘挖掘。

亚妮向来雷厉风行，认准的事不会耽搁。没几天，她就去浙江省博物馆寻访。馆长给她讲了一个故事。

文革时期，浙江省博物馆的文澜阁大修，所有藏书需转移到库房。许多当时被认为是垃圾的杂物，乱七八糟地堆在仓库大门外，准备运到食堂当废料烧掉。老博物馆馆长的儿子汪大川，其时正在学油画，不经意路过，发现其中有兽皮样的东西，好奇，废了好大劲把它弄回家，洗了，发现是一个叫沙耆的人画的油画。喜欢至极，晒了，藏到床底下，时常拿出来临摹，沙耆成了这个少年从没见面

179

的老师。事情最终还是被他的父亲发现,大骂一通,令其送回。谁都没想到,这就是沙耆中期最完美的十九幅画作,也是他留世的唯一正规作品,后成为该馆的稀世馆藏。馆长非常肯定地对亚妮说:"沙耆已经过世。"

1983年,沙耆曾有过一个画展,在北京、上海、杭州三地举行。人们都以为那是他的遗作,这位大师不可能活在人间。

学画出身的亚妮,被那十九幅作品震倒了。她以为,解密此人此画,或许会填补中国美术史的空白。不知为什么,亚妮坚信,沙耆还活着。她很快找到收养沙耆的农民家,在离宁波市区几十公里的一个山村——沙村。一进那户农家院子,就是一株遮天蔽日的石榴树,挂满殷红的果实。这果实她熟悉,常常落在沙耆的画中。一对五六十岁的夫妇很客气地接待了亚妮。憨实善良的夫妇,对沙耆的身世所知寥寥,但一个关键信息拉开了这个人物记录的帷幕:三年前,沙耆被他在上海的儿子沙天行接走,音讯全无。

亚妮总能从稀奇古怪的事情中理出头绪,从而找到前行的路。没几天,她就到了上海沙天行的家中。

1914年,沙耆出生在沙村。这个百余户的村子,出过中国近代史上颇为传奇的"沙家五兄弟",分别是:拒绝为蒋谋事的大才子、书法家沙孟海,牺牲在广州红花岗的革命家沙文求,浙江省省长沙文汉,中共传奇间谍沙文威,红色画家沙季同。沙耆是五兄弟的堂兄,从小由沙家养大。沙耆在西湖艺专求学时,在沙孟海引荐下,入门王个簃、刘海粟和徐悲鸿。1937年春天,他因阅读违禁书刊和参与闹学潮,被政府通缉。在沙文汉的帮助下,沙耆远赴比利时皇家美术学院深造,师从画家白思天。

沙耆1939年毕业,画作已先后两次获优秀美术精致奖,这在当时赴欧学画的学生中绝无仅有。1940年,二十六岁的沙耆居然和毕加索齐名,联袂参加了阿特利亚蒙展览会,在欧洲画坛上崭露头角。两年后,他的《吹笛女》面世,被比利时皇太后伊丽莎白亲购收藏。1945年抗战胜利后,沙耆多次在欧洲举办个人画展。这期间作品甚丰，其中一幅《雄狮》，是献给他战后祖国的礼物。然而，他的生活却异常窘迫。栖身比利时郊外一间十平米的陋室，三顿不济，有时连颜料都要赊账。贫困无序的生活使他的健康每况愈下。1946年，沙耆带着数百幅作品和颜料、画布返回中国。但等他登上上海港时，随身的东西不见了，精神也完全失常。

不知人事的沙耆回到沙村，老家已无故亲，一对好心的农民夫妇收留了他。这一留便是十六年。其间徐悲鸿寄过药，并致函请沙耆赴北京共事，但沙耆根本无法成行。1952年，欧洲有一个艺术代表团向周恩来总理打探沙耆的情况，周从徐悲鸿处了解到沙耆近况，当即通知有关部门函告浙江省统战部，给沙耆发放每月八元的生活补助，并安排治疗。徐悲鸿去世后，外界很少有人知道沙耆，此人从此在人间蒸发。

活在沙村的沙耆百无禁忌，以为仍在欧洲。村人常见他手拄文明棍，头戴礼帽，脚蹬皮鞋四处游荡；招呼他，他则用外语作答。夏天，他经常赤裸着躺在山坡上，晒日光浴。跟他讲话，根本鸡鸭两笼。在沙村人看来，那真是疯了，于是就有了"疯子公公"的绰号。他已梦游另一个世界。但有一件事他记得，他结过婚；有一个人的名字他清楚，他们相亲相爱。每天清晨和黄昏，他都会坐在村口，望着远方很久。他在等自己的妻子。他不知道，他在异乡多年，音讯断绝，又不断传回来种种他的桃色谣言，万念俱灰的妻子早已跟他离婚。他天天等，没人告诉他真相，他也辨不清真假。爱，早已远去，他再也等不到。而各种谣传则让他背负了恶名。

那个农民的孩子回忆：不知从哪天起，疯子公公烦躁起来，开始疯狂地画画。他笔下出现了常人无法理解的手法和内容，躁动、混沌，又璨若神明。他甚至在狂舞中挥笔，在打砸中涂抹，他的魂魄好像走丢了。村里，有谁给他一碗酒，有谁给他一块肉，他就给谁画。颜料挤尽了，他便在村口的墙壁、堂屋的门板、灶间的隔板、院落的任何平坦空间肆意涂抹。他画一切事物，老虎、飞禽、人物、山水、五花八门。沙村人说，疯子公公画的东西是活的，会从壁板上跳出来、飞起来。一个小孩第一次见他画老虎，吓得当场哭逃，甚至尿床许久。日子过了很久，沙村的每个角落都布满了疯子公公的画。某天，一台湾人进村，说要买走所有疯子公公的画，连门板都拆走，五块钱一张。村人趋之若鹜，他们根本不屑于保留一个疯子的涂鸦。很多年后，消息从宝岛那边传来，台湾成立了专门研究疯子公公的"沙耆研究机构"，其画从几十万上百万到上千万一张。当村人追悔莫及的时候，疯子公公已躺到上海一家临终医院的床上。

亚妮又找到步入中年的汪大川。汪大为讶异，怎么可能还会有沙耆的音讯？早已埋葬的记忆，拒绝被翻出来。亚妮是有本事完成任何采访的人，汪大川自然很快就被说服。当年因汪大川私下藏匿沙耆画作，他父亲在文革中受牵连挨斗，少年也蒙受冤屈，志向毁灭。亚妮在汪大川处得到许多资讯，包括沙孟海为感谢汪大川无意间的抢救行为而发来的亲笔信。

亚妮要去临终医院见沙耆，汪大川执意同行，他要为从未谋面的老师画一张肖像。

临终医院位于静安寺，门面不大，非常安静。三楼一间病房，一眼望去，白墙、白床、白寝具、白缭缭一片。医生告诉亚妮，尽头第六张病床上躺着的就是沙耆，他已三年没睁开眼睛。汪大川摊开几十年未碰的画本，执笔的手分明在抖。一笔下去，过很久，再一笔，很仔细地画。老人肖像完成，一个临终的、生命正在远离的老人。汪大川把它放在沙耆枕边，轻声叫了声老师，坐定，泪流下，再无话。

亚妮坐到沙耆床前时，服侍他三年有余的四川小保姆进来。听亚妮说，躺着等死的这个爷爷，曾是中国最顶尖的画家，与毕加索齐名，还没什么反应，毕加索何人，她不知道，但闻说爷爷一张画上千万，她的嘴就没合拢过。小保姆看着只需她翻身、擦洗的这个临终老人，问亚妮："他画什么？"意

汪大川相信，他的画，沙耆一定能看见。

思是，画金子也不会卖这么多钱吧。亚妮答："他画自己。"小保姆被惊着了，连给他翻身都不敢，还是沙天行自己动了手。

其实亚妮也很茫然。当年呼和浩特的林炳炎再怎么，起码还有人样，眼下的沙耆，双目紧闭，嘴张着，有出气没进气，采访如何进行下去？

回到宁波，她跟我讲，准备去比利时。因为老人所有的记忆，就丢失在在那里，所有的传说都从那里过来。她需要第一手资料来支撑故事的真实性。

她又回到上海。沙耆依旧张着嘴，紧闭眼睛。医生说，时日不多了。

这回，连沙天行都放弃了，但亚妮坚持。她是个南墙都会撞过去再说的人。

还是用宁波话，乡情乡音是可以神交的。宁波小娘细声慢语，在沙耆耳边说着自己的难处，说着她决意要到他曾经留学、生活过的每一个地方，去寻回他的记忆，去还他一个真相。沙耆长长出了口气，亚妮站起来，以为沙耆有反应，小保姆说，这是常有的生理现象。不知为什么，亚妮相信沙耆能听见。说了许久，午后的一缕阳光从窗帘缝隙溜进来，端端照在沙耆脸上。又一声长吁，亚妮明明看见，那双紧锁的眼睁开来。小保姆喊着去叫医生，冲进来的是沙天行。亚妮弯下身去，沙耆的眸子里是空的，就这么睁着。

亚妮："沙老，我该去找谁，你要指点我。"

空的眸子流过最后一丝光。

亚妮说了最后一句话："沙老，你要等我。"

空的眸子闭上了。

一周后，亚妮飞往比利时。

此次探寻采访的关键人物，是比利时"沙耆研究会"的台湾人郭凤西。这人五十几岁，研究和搜寻沙耆资料几十年，拥有大量一手资料。她把亚妮带到沙耆足迹所涉的诸多地方，还帮亚妮找到沙耆当年的同学、友人，辗转法国、德国、挪威、瑞典等八个国家，寻访了很多直接、间接的知情者，散落的记忆一点点被串起来。事实上，多年异乡旅居的孤独和窘迫生活的压抑，

沙耆自画像。

已经让沙耆精神濒临崩溃。1942年,他的《吹笛女》被比利时皇太后伊丽莎白亲购收藏,消息传来,他几乎不能自制,从皇宫被接见回来就失常了。可能初期是间隙性的,后来发展到混沌一片,无法归来。至于传回国内的,说他与三个女人的桃色事件,沙耆的同学、九十一岁的黄瑞章深感讶异:"怎么可能?这个人不要说女人,连男人都不交往的。"

四集系列纪录片《寻找记忆》,于2004年11月17日开始在"亚妮专访"连播。一个月后,沙耆安详离去,那双空眸再没睁开。

葬礼前夕,沙天行来电话,请亚妮务必到场,他说了与林炳炎儿子一模一样的话:"我父亲,这辈子就在等你。"

鄞县韩岭乡人民政府

没有了画布、画笔的"疯子公公",只好随处作画。

这户人家养了沙耆十六年。

沙耆九十多岁的同班同学。

研究沙耆的郭凤西。

沙耆的儿子沙天行。

沙耆的画。

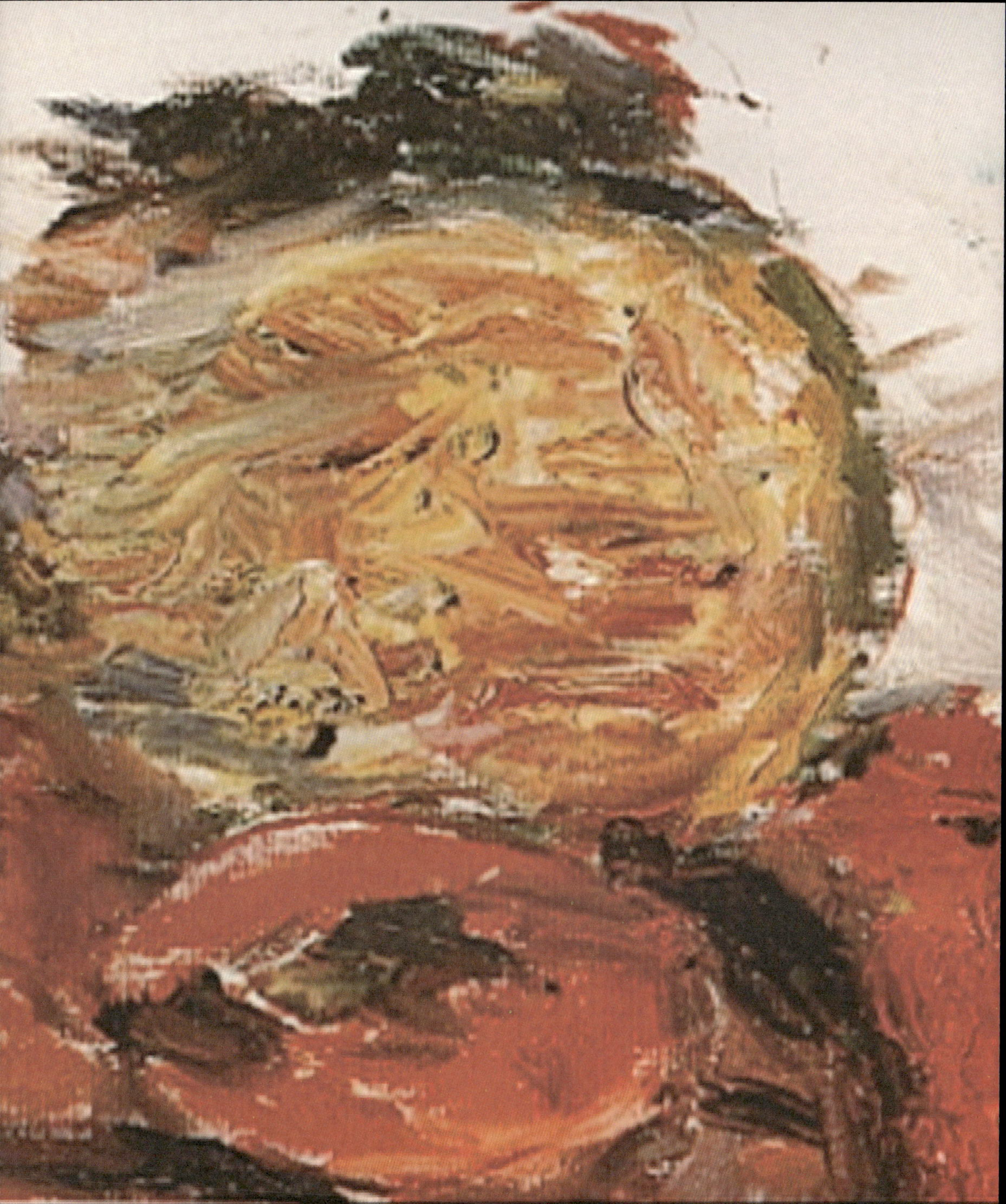

沙耆的画。

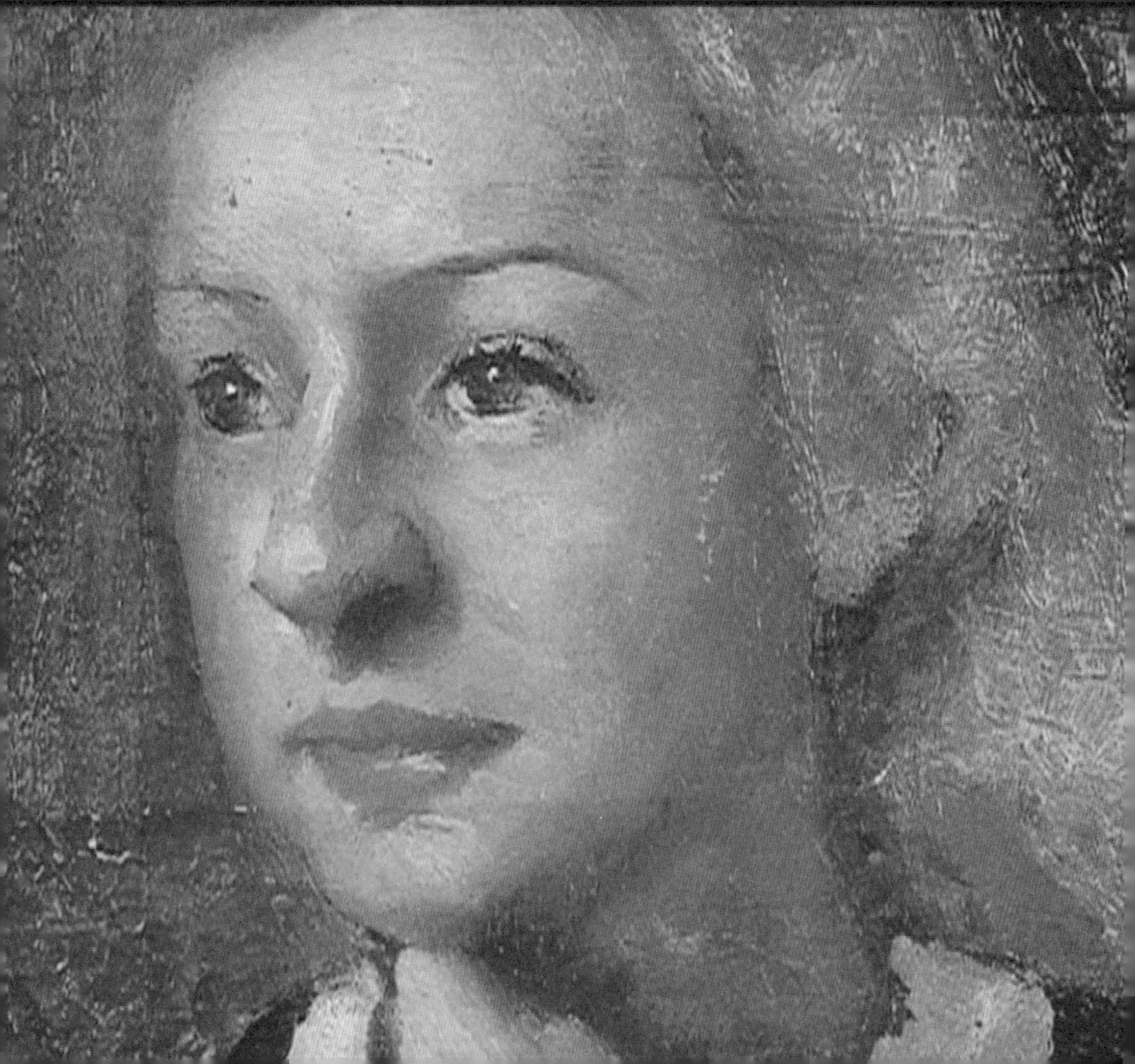

遥远的古歌

Distant song

2006年来临,亚妮去了贵州黔东南州的深山,拍摄一个叫王安江的人物。

王安江是位民办教师,十八岁师范毕业,就当了民办教师。到二十七岁那年,有一天上课,讲到中国少数民族的三大英雄史诗——藏族民间说唱体长篇英雄史诗《格萨尔》、蒙古族英雄史诗《江格尔》和柯尔克孜族传记性史诗《玛纳斯》,倏然想:产生在公元前二三百年至公元六世纪之间的《格萨尔王》,将藏族古代神话、传说、诗歌和谚语等民间文学融为一体,让格萨尔王完成降妖伏魔、抑强扶弱、造福百姓使命之传说成为藏民族伟岸历史的缩影,至今无人能否认它代表着古藏文化最高成就;而蒙古族卫拉特部英雄史诗《江格尔》,则由民间口头流传,最终经民间艺人江格尔奇传承、加工、丰富,形成了长达十万行、共六十多部的巨作,世人在江格尔建立的一个"没有冬天和严寒,四季如春阳光灿烂;没有痛苦和死亡,人人永葆青春时光;没有潦倒和贫穷,只有富足和繁荣;没有孤儿和鳏寡,只有兴旺和发达;没有动乱和恐慌,只有幸福和安康;珍禽异兽布满山头,牛羊马驼撒满草原,和风轻吹,细雨润田"的理想乐园和社会中为其欢呼,这个人至今举世敬仰;产生于九至十世纪的史诗《玛纳斯》,通过柯尔克孜天才歌手们世代传递,至今不朽。那么,可追溯到五千年前的苗族历史,从母权制过渡到父权制,从血缘婚演变到对偶婚,如此漫长的原始社会,我们的史诗在哪里?它凭借优越的地理条件,世代开拓,先后发明了冶金术和刑法，以东方的强大部落雄踞，这个英雄的魂在何方？浩瀚苗族的传奇迁徙、兴衰故事去了哪里？苗族没有自己的英雄史诗，于是苗族就没有让灵魂生根的故事。苗族的历史，是凭民间艺人的说唱代代相传。但随着社会变迁，生活方式的改变，那种靠说唱谋生的民间艺人，大多老去、死去，后生的传承者寥寥无几，于是苗族面临着原生历史传承的断层或危机。于是，王安江萌生了一个念头，他要写苗族的英雄史诗，因为他是苗人后裔。

王安江面临的，首先要寻找到那些传唱和传播苗族迁徙故事的民间艺人，学会歌唱，然后把歌唱变为文字，写出属于苗族的史诗。而那些艺人或传唱者，各揣历史一端，牵着岁月或长或短的线索，分布在天南海北。于是，王安江领了当月发的十六元工资后就辞职了。

一卷铺盖，一个水壶，从老家贵州出发，徒步走遍黔、湘、鄂、川、滇、桂、琼、老挝、越南、泰国等所有苗族驻足的村寨。这一走，就是三十七年。

亚妮走进台江县台盘乡一个叫棉花坪村的寨子。寨子三面环山，高峻林密的大山；一面临水，清澈见底的一条河；一栋老屋兀自沉默在那里。

六十多岁的王安江佝偻着背，苍老灰暗，像是早已迈过七十。见到亚妮，没有欣喜，径直走进了猪圈。一阵猪叫后，亚妮看到近一米高的一沓由各种纸装订的书走出来。亚妮接过半截，书后面露出王安江脑袋："八本。"

八本史诗。亚妮翻开，里面除了文字，还有大量奇谲的手绘图案，如同天书。翻着，眼就湿了。问他怎么完成这件事的，王安江低着头，喃喃几句说完了经历：从二十七岁一直走到六十三岁，在此期间，贤淑的妻子死在找他的半道；尚年幼的两个儿子，艰难撑到十七八岁，幼子自杀，长子出走。细节，不说，眼里一片平和。接着，王安江坐在自家门前，对山对天，唱起。那是一种低回温婉的长腔，像是一个长者走在苍茫大地，时而前方河流湍急，时而穹宇雄鹰掠过，时而山巅云卷万千，时而硝烟弥天蒙日，时而花开绚烂无际……据说，他在诠释苗族从开天辟地的混沌时代走过来的千年英雄足迹。

苗人知道，自己的部落联盟，史书上称为"九黎"，其首领是战神蚩尤。他依靠甲坚兵利，纵横南北、威震天下，后与黄帝部落因土地之争起兵战伐。再后来，蚩尤在涿鹿被黄帝、炎帝两大部落联军打败，从而开始了漫长的迁徙。征战、劳作、饥馑、疾病、繁衍；昌盛、颓灭、匍匐、生长……苗人的迁徙，惊天地泣鬼神。他们最早的分布是，一支去了广西、湖南，一支去了贵州、云南，另一支留在湘鄂川黔边区。再后来的延展融入，区域就更广大。王安江从早到晚的吟唱，亚妮听不懂；上千万字裹在神话、传说的图腾中，看不懂。但拿一家性命换来的叫史诗的东西，捧在手中，让亚妮无法安心。

王安江说，你把它带走，带给能让全世界都知道它美丽的人的手里。亚妮犯难了：第一，离开王安江的吟唱，那就是一堆废纸；第二，"亚妮专访"是周播栏目，时间钉在节目的每一个关节上，没有挤出来的可能。亚妮无奈得连解释都觉多余。于是，几天几夜，王安江就唱，唱着说，说着唱。

亚妮要走了，他不说话，捧着八本他叫史诗的手稿，站在家门口。

亚妮走到村口，回头，他还站在那里，亚妮再也不敢回头。然后，身后王安江的唱飘过来，然后，唱飘散，留下风走在她耳边。

亚妮离开后，那八本苗族史诗，还是躺回猪圈里。

亚妮从贵州回来不到一个月，王安江的儿子打电话，说他父亲病了，需要输血，没钱，求援助。亚妮当即汇去三千元。五天后，王安江的儿子又来电话，说钱取不出来，因为乡邮电所规定，电汇的钱必须存满一个月，方能提取。人命关天，亚妮立马打电话到贵州省民委，民委致电县里，再找到镇里乡里，钱取出来那天，王安江过世。

那八本手稿组成的上天入地的民族史诗，那条漫漫迁徙的族人之路，那些可以让人神魂飞天的神话、传说，那些穿过千年依然活着的故事，躺在王安江的猪圈里，就在等一个叫亚妮的人带走它。亚妮没去，她没有时间。王安江的儿子，就在他父亲去世的葬礼上，将八本手稿烧成灰烬。

这是个痛。两年时间，一直伴随亚妮。直到亚妮准备拍《没眼人》电影，这个痛睁着眼看她，问她，纠缠她，最终让她做出了一个令很多人诧异的决定：放弃"亚妮专访"，把手头一些要紧事交给好友崔永元，进太行山。后来她说，进山沿途，遥远的古歌就飘荡在林间山峦，飘荡在她的脑海里。

没眼人，是一支极其特殊的流浪盲艺人队伍，他们与世隔绝，几乎没人知道其传承的中国西部民歌最完整的曲牌曲目和原生的演唱方式，已列入非遗；七十年里亦真亦幻的生死爱恨故事或传说，关乎人文失落，关乎人性的生态蜕变……其记录价值毋庸置疑。而队伍里的老艺人所剩无几，人走歌走的情况随时会发生，记录这支队伍的现状迫在眉睫，必须全身心地进入，这是唯一的选择。

亚妮是我的女儿，我见证她长大，我知晓她的性格。

在她中途想放弃的时候，我只给了她一句话："如果要做，就自始至终。"

至于那部手稿，出版与否，已不重要。重要的是，她去做了。我相信，她做的终有回报，只是迟早。

所谓坚守执念，不过如此；所谓一生一念，此行者就是。

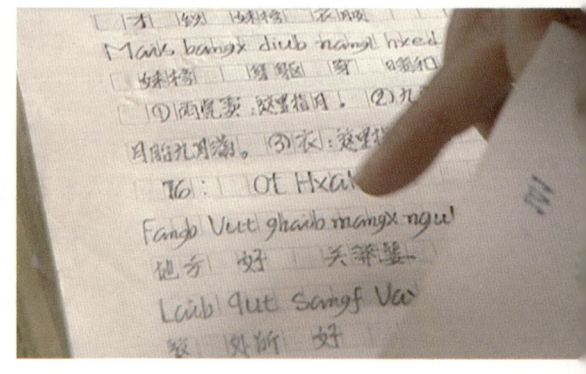

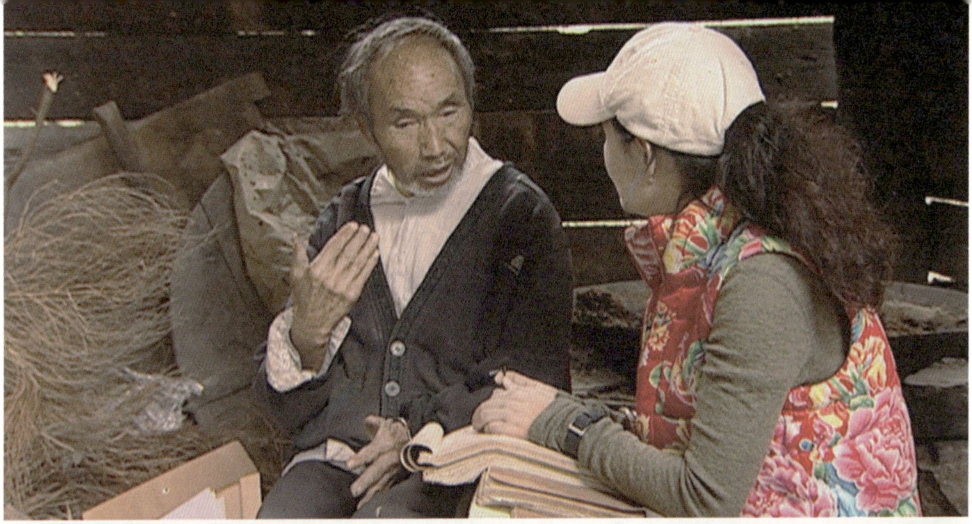

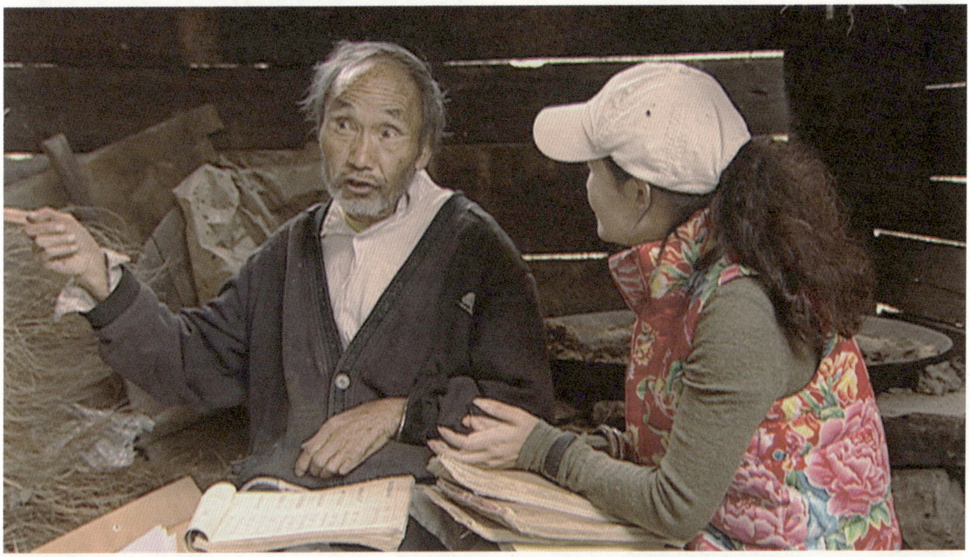

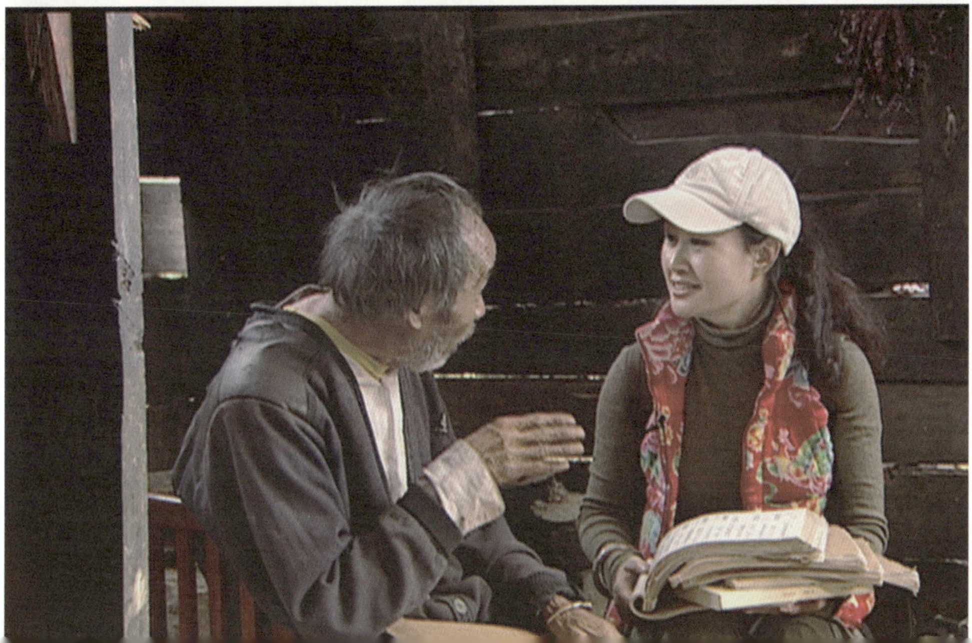

王安江的家门口有座这样的桥，有人过来，王安江就得这样避让。

王安江让亚妮带走八本民族史诗……

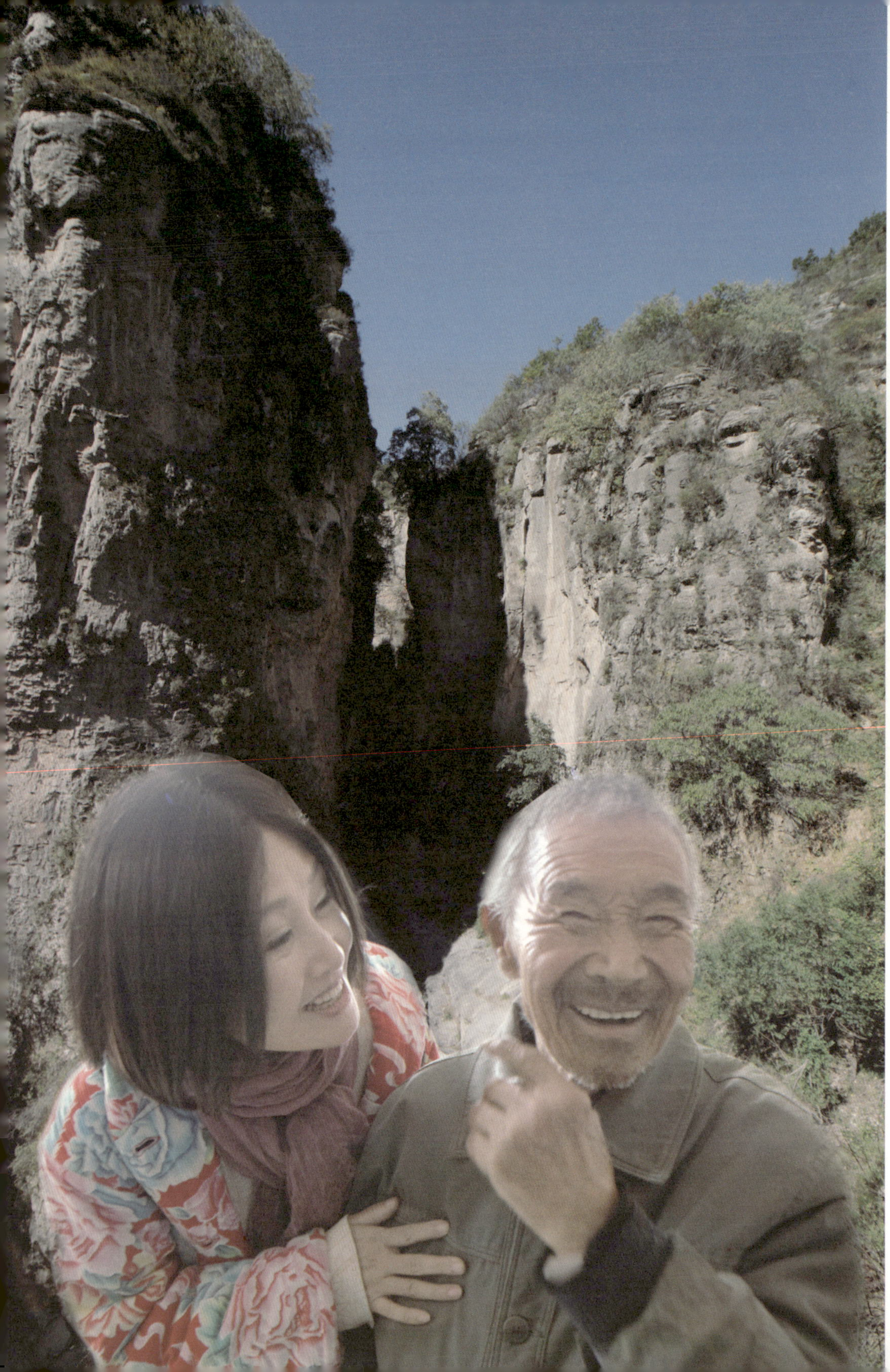

采访中的亚妮。

◀ 第一个跟亚妮讲没眼人传奇的红都村石老爹。

203

好友胡松华对亚妮讲："你看，前面没路，走过去就有了。"

亚妮自语
Self portrait

有事有难，我总会想起两个人的话。

父亲说："做事有始有终，做人坦白磊落。"

大脚嬷嬷说："什么事，熬过去就好了，船到桥门自会直。"

这两个人，让我做了很多我做不到的事。

于是，这本书当然是献给父亲的，但我也很想献给我家的老保姆大脚嬷嬷。